MITTEN IM DSCHUNGEL

Katherine Rundell

MITTEN IM DSCHUNGEL

Aus dem Englischen von Henning Ahrens

CARLSEN

CARLSEN-Newsletter: Tolle Lesetipps kostenlos per E-Mail!
Unsere Bücher gibt es überall im Buchhandel und auf carlsen.de.

MIX
Papier aus verantwortungsvollen Quellen
FSC® C014496

Originalverlag: Bloomsbury Publishing, London
Originaltitel: The Explorer
Umschlaggestaltung: formlabor
Umschlagillustrationen: shutterstock.com / © Nataleana; © Sloth Astronaut; © Airin.dizain; © Dn Br
Aus dem Englischen von Henning Ahrens
Lektorat: Katja Maatsch
Layout und Herstellung: Gunta Lauck
Satz: Pinkuin Satz und Datentechnik, Berlin
Druck und Bindung: GGP Media GmbH, Pößneck
ISBN: 978- 3-551-55480-2
Printed in Germany

Für Charles

DER FLUG

Das Flugzeug stieg zum Himmel auf, als wäre der magische Wunsch eines Menschen Wahrheit geworden.

Fred klammerte sich zitternd an den Sitz und hielt den Atem an, während das Flugzeug immer höher kletterte. Mit einem mulmigen Gefühl verfolgte er die Handgriffe des neben ihm sitzenden Piloten, der Gashebel und Steuerknüppel bediente.

Das Flugzeug vibrierte, während es immer schneller in Richtung der untergehenden Sonne flog. Es folgte den Windungen des Amazonas und Fred konnte das Spiegelbild der sechssitzigen Maschine als dunklen Fleck auf dem breiten, blauen Fluss erkennen. Sie waren nach Manaus unterwegs, der Stadt am Ufer des Amazonas. Er strich sich die Haare aus den Augen und drückte die Stirn gegen die Scheibe.

Hinter Fred saßen ein Mädchen und ihr kleiner Bruder. Beide hatten geschwungene Augenbrauen, braune Haut und lange Wimpern. Das Mädchen hatte sich auf dem Flugplatz bis zuletzt an ihre Eltern geklammert; nun betrachtete sie den Fluss und sang leise vor sich hin, während ihr Bruder versuchte den Sicherheitsgurt zu essen.

In der nächsten Reihe saß ein blasses Mädchen mit hüftlangen, blonden Haaren. Sie zog die bis zum Kinn reichende Halskrause ihres Kleides immer wieder nach unten und schnitt dabei Grimassen. Sie hatte offenbar beschlossen nicht aus dem Fenster zu schauen.

Der Flugplatz, von dem sie abgehoben hatten, war staubig und fast menschenleer und im Grunde nur ein Asphaltstreifen gewesen, der in der heißen brasilianischen Sonne schmorte. Freds Cousine hatte darauf beharrt, dass er Schuluniform und Pullover trug, und in der heißen, stickigen Kabine hatte er irgendwann das Gefühl, in seiner Haut auf kleiner Flamme gegart zu werden.

Der Motor jaulte und der Pilot griff stirnrunzelnd nach dem Steuerknüppel. Er war alt, wirkte militärisch, drahtige Haare ragten aus seinen Nasenlöchern, und sein grauer, gewachster Schnurrbart schien den Gesetzen der Schwerkraft zu trotzen. Er betätigte den Gashebel, und das Flugzeug schoss aufwärts, noch höher in die Wolken.

Es war fast dunkel, als der Pilot plötzlich aufzustoßen begann, anfangs leicht, dann immer heftiger. Seine Hand zuckte, und das Flugzeug scherte nach links aus, entfernte sich vom Fluss und schoss über das grüne Laubdach des Urwalds. Hinter Fred schrie jemand. Der Pilot brummte und keuchte, dann drosselte er den Motor. Er hustete erstickt.

Fred starrte den Mann an, dessen Gesicht auf einmal so grau war wie sein Schnurrbart. »Geht es Ihnen gut, Sir?«, fragte er. »Kann ich irgendwie helfen?«

Der Pilot rang um Atem, aber schüttelte den Kopf. Er griff nach dem Armaturenbrett und stellte den Motor aus. Das Dröhnen verstummte. Die Nase des Flugzeugs kippte nach unten. Die Bäume wurden größer und größer.

»Was ist los?«, fragte das blonde Mädchen scharf. »Was macht er da? Er soll das lassen!«

Der kleine Junge begann zu kreischen. Der Pilot packte Freds Handgelenk mit einem eisernen Griff, dann sackte sein Kopf auf das Armaturenbrett.

Und der Himmel, der gerade noch so zuverlässig gewirkt hatte, ließ sie fallen.

DAS GRÜNE DUNKEL

Fred fragte sich beim Laufen, ob er tot war. Aber, dachte er, wenn man tot ist, kann es nicht so laut sein. Das Prasseln der Flammen dröhnte in seinen Ohren, dazu sein eigenes Blut, er konnte es bis in die Hände und Füße spüren.

Eine stockdunkle Nacht. Er rang beim Laufen verzweifelt um Atem, weil er um Hilfe rufen wollte, aber sein Hals war zu rau und zu trocken. Er legte einen Finger hinten auf seine Zunge für mehr Spucke. »Ist da jemand? Hilfe! Feuer!«, rief er.

Ein Baum direkt hinter ihm schickte eine Flammenfontäne in den Himmel, das war die Antwort des Feuers auf sein Rufen. Ein Donnergrollen.

Ein brennender Ast zersprang krachend, ergoss rote Glut und stürzte mit einer Funkenkaskade in die Tiefe. Fred wich mit einem Sprung aus, stolperte in das Dunkel und knallte mit dem Kopf gegen etwas Hartes. Der Ast landete genau dort, wo er gerade gestanden hatte. Fred schluckte die Galle hinunter, die in seiner Kehle aufstieg, und rannte weiter, noch schneller, noch panischer.

Irgendetwas klatschte gegen sein Kinn. Er schlug danach und duckte sich gleichzeitig, aber es war nur ein Regentropfen.

Der Regen fiel ebenso plötzlich wie heftig. Er verwandelte Ruß und Schweiß, die Freds Hände bedeckten, in eine Art Teer, dämmte aber auch die Flammen ein. Fred verlangsamte sein Tempo zu einem Traben, dann blieb er stehen. Er drehte sich keuchend und japsend um und hielt Ausschau nach der Stelle, von der aus er losgelaufen war.

Das kleine Flugzeug lag qualmend zwischen den Bäumen und sandte weißgraue Wolken in den Nachthimmel.

Er sah sich benommen und verzweifelt um, konnte aber keinen einzigen Menschen hören oder sehen. Nur knöchelhohe, wie Farne aussehende Pflanzen und himmelhohe Bäume, dazu panisch kreischende und flatternde Vögel. Er schüttelte heftig den Kopf, denn er hatte noch den Lärm des Flugzeugabsturzes in den Ohren.

Die Haare auf seinen Armen waren versengt und rochen nach faulen Eiern. Er legte sich eine Hand auf die Stirn: Eine seiner Augenbrauen war verbrannt und löste sich teilweise ab, als er danach griff. Er rieb seine Finger an einem Ärmel ab.

Fred schaute an sich hinunter. Ein Hosenbein war bis zur Tasche aufgerissen, aber er schien sich nichts gebrochen zu haben. Rücken und Nacken taten ihm höllisch weh, was zur

Folge hatte, dass sich seine Arme und Beine fremd und weit weg anfühlten.

Da ertönte eine Stimme in der Dunkelheit. »Wer ist da? Bleib weg von uns!«

Fred fuhr herum. In seinen Ohren dröhnte es immer noch, als er einen Stein vom Boden aufhob und in Richtung der Stimme warf. Er ging hinter einem Baum in Deckung und hockte sich hin, bereit jederzeit aufzuspringen und wegzulaufen.

Sein Herz lärmte wie eine Ein-Mann-Band. Er versuchte den Atem anzuhalten.

Die Stimme sagte: »Hör auf mit Steinen zu werfen, um Himmels willen.«

Es war die Stimme eines Mädchens.

Fred lugte um den Baum. Der Mondschein wurde vom Laub zu einem dunklen Grün gefiltert und warf langfingerige Schatten auf die Baumstämme und den Urwaldboden. Fred konnte nur zwei Büsche sehen. In beiden war ein Rascheln zu hören.

»Wer da? Wer bist du?« Die Stimme ertönte im rechten Busch.

Fred spähte aus zusammengekniffenen Augen ins Dunkel und spürte, wie sich die nicht versengten Haare auf seinen Armen aufstellten.

»Bitte tu uns nicht weh«, sagte der Busch. Es war eindeutig eine Kinderstimme, keine erwachsene, und der Akzent war zu weich, um britisch zu sein. »Hast du uns etwa mit Kacke beworfen?«

Fred senkte den Blick auf den Boden. Er schien nach dem alten, steinharten Dung eines Tieres gegriffen zu haben.

»Oh«, sagte er. »Ja.« Seine Augen gewöhnten sich langsam an die Dunkelheit, und er konnte im grüngrauen Zwielicht zwei Augen erkennen, die ihn aus dem Busch anstarrten. »Habt ihr auch im Flugzeug gesessen? Seid ihr verletzt?«

»*Klar* sind wir verletzt! Wir sind vom Himmel gefallen!«, sagte ein Busch, während der andere meinte: »Nein, nur angekratzt.«

»Ihr könnt rauskommen«, sagte Fred. »Ich bin allein.«

Einer der Büsche teilte sich. Fred erschrak heftig, denn sowohl das Mädchen als auch ihr Bruder hatten Verbrennungen und Schürfwunden und waren mit Asche bedeckt, die auf ihren Gesichtern durch Schweiß und Regen zu einer Paste geronnen war. Aber sie waren am Leben. Er war also nicht allein. »Ihr habt überlebt!«, sagte er.

»Ja, scheint so«, sagte der andere Busch. »Sonst würden wir wohl nicht so viel quasseln, oder?« Das blonde Mädchen trat in den Regen. Sie sah Fred und die beiden anderen mürrisch an. »Ich bin Con«, sagte sie. »Das ist die Abkürzung von Constantia, aber wehe, ihr nennt mich so.«

Fred schaute sie an. Sie lächelte nervös und zuckte mit den Schultern. »Gut«, sagte er, »wie du willst. Ich bin Fred.«

»Ich heiße Lila«, sagte das zweite Mädchen. Sie hatte ihren Bruder auf eine Hüfte gesetzt. »Und das ist Max.«

»Hallo.« Fred wollte lächeln, aber das brannte, weil sich die Schnitte auf seinen Wangen dehnten. Also ließ er es sein und grinste nur mit einer Gesichtshälfte.

Max hatte stumm geweint und klammerte sich so fest an seine Schwester, dass seine Finger Druckstellen auf ihrer Haut hinterließen. Sie neigte sich zur anderen Seite, um ihn tragen zu können, und zitterte vor Anstrengung. Sie klammerten sich aneinander und sahen aus wie ein Geschöpf mit zwei Köpfen, fand Fred.

»Ist dein Bruder schwer verletzt?«, fragte er.

Lila patschte ihrem Bruder verzweifelt auf den Rücken. »Keine Ahnung. Er spricht nicht – er heult nur.«

Con drehte sich zum Feuer um und erschauderte. Die Flammen erhellten ihr Gesicht. Ihre ursprünglich blonden Haare waren grau von Ruß und braun von Blut und auf einer Schulter klaffte eine Schnittwunde.

»Geht es dir gut?«, fragte Fred und wischte sich Regen aus den Augen. »Die Schnittwunde sieht übel aus.«

»Nein, geht es nicht«, fauchte Con. »Wir sind in den Amazonas-Urwald gestürzt und haben keine Ahnung, wo wir sind. Sehr wahrscheinlich werden wir alle sterben.«

»Schon klar.« Fred mochte an diese Tatsache nicht erinnert werden. »Ich meinte ja nur …«

»Die Antwort lautet also nein.« Cons Stimme klang jetzt schrill und hoch. »Man kann wohl festhalten, dass es keinem von uns gut geht. Nicht mal ansatzweise. Kein bisschen!«

Die Büsche raschelten. Der Regen prasselte in Freds Gesicht.

»Wir müssen einen Unterschlupf finden«, sagte er. »Einen großen Baum oder eine Höhle, irgendetwas, das uns …«

»Nein!«, kreischte Max verängstigt.

Fred wich zurück und hob die Hände. »Nicht weinen! Ich dachte ja nur …« Dann sah er zu der Stelle, auf die Max zeigte.

Da war eine Schlange, nur zehn Zentimeter von seinem Schuh entfernt.

Sie war braun und schwarz gefleckt, eine gute Tarnung auf dem Urwaldboden, und ihr Kopf war faustgroß. Allen stockte der Atem. Der Urwald wartete. Dann stieß Max noch einen Schrei aus, der weit in die Nacht hallte, und alle vier fuhren herum und rannten davon.

Der Boden war aufgeweicht, und als sie Hals über Kopf flohen, flog ihnen Matsch in die Augen und mit den Ellbogen streiften sie die Bäume. Fred rannte, als würde sein Körper nicht ihm selbst gehören, er rannte so schnell wie noch nie, die Hände nach vorn gereckt. Er stolperte über eine Wurzel, schlug unfreiwillig einen Purzelbaum, kam wieder auf die Beine und spuckte Erde aus. Dann rannte er weiter. Der Regen nahm ihm die Sicht, in der Dunkelheit flogen Schatten an ihm vorbei.

Hinter ihm ertönte ein Schrei.

»Bitte, Max!«, sagte Lila.

Fred wandte sich um und schlitterte durch den Matsch.

»Er will nicht laufen!« Lila beugte sich über ihren Bruder. »Und ich kann ihn nicht mehr tragen!«

Der kleine Junge lag auf dem Rücken und sah weinend zum Himmel auf, sein Körper bebte im strömenden Regen.

»Komm schon!« Fred hob Max hoch und warf ihn über seine Schulter. Er war schwerer als erwartet, aber Fred hielt ihn an den Beinen fest und lief weiter. Sein ganzer Körper schrie vor Schmerz. Direkt hinter sich hörte er die klatschenden Schritte von Lila.

Freds Seitenstiche waren unerträglich, aber dann öffneten sich die Bäume zu einer Lichtung. Er blieb abrupt stehen. Max schrie auf, als sein Kopf gegen Freds Rückgrat knallte. Er versuchte wütend Fred in die Schulter zu beißen.

»Lass das«, sagte Fred, ohne dem über seinen Rücken baumelnden Jungen viel Beachtung zu schenken. Er stand da und starrte wie gebannt geradeaus.

Vor ihnen erstreckte sich eine weite, runde Lichtung, bedeckt von einem Teppich aus Moos und Gräsern. Es hatte aufgehört zu regnen. Am Himmel leuchtete der kugelrunde Mond, und die funkelnden Sterne waren so dicht gesät, dass sie die Nacht beinahe in den Tag verwandelten. Fred setzte Max ab und bückte sich keuchend, die Hände auf den Oberschenkeln.

»Hat uns die Schlange verfolgt?«, fragte Max.

»Nein«, japste Con.

»Wie willst du das wissen?«, jaulte Max.

Lila sank auf die Knie, presste eine Hand gegen ihre Seite. »Das tun Schlangen nicht, Maxi. Das weißt du doch auch. Ich wurde einfach …«

»Panisch«, meinte Con verdrossen. »So war das. Siehst du? Keine Schlangen. Idiotisch, dass wir weggerannt sind. Jetzt wissen wir erst recht nicht mehr, wo wir sind.«

Die Lichtung fiel sanft zu einer großen Pfütze ab. Fred ging mit schmerzenden Muskeln dorthin und schnupperte am Wasser; es roch vermodert, aber er war unglaublich durstig. Er wollte einen Schluck trinken, spuckte das Wasser jedoch sofort wieder aus. »Ungenießbar«, sagte er. »Schmeckt wie die Füße eines Toten.«

»Ich habe aber Durst!«, sagte Max.

Fred suchte die Lichtung mit Blicken ab, weil er Wasser zu entdecken hoffte, bevor Max wieder losheulte.

»Du kannst deine Haare auswringen«, sagte er dann. »Sie sind nass geregnet.« Er zog seinen dunklen Schopf in die Stirn und quetschte ein paar Tropfen auf seine Zunge. »Das ist besser als nichts.«

Max kaute kurz auf seinen Haaren herum, kniff dann die Augen zusammen und erklärte: »Ich fürchte mich.« Er sagte das nicht weinerlich, sondern ganz nüchtern. Das hörte sich noch schrecklicher an, als hätte er dabei geweint, fand Fred.

»Ich weiß«, sagte Lila liebevoll. »Das geht uns allen so, Maxi.« Sie ging zu ihrem Bruder und zog ihn an sich. Seine kleinen, knochigen Finger schlossen sich über einer Brandwunde um ihr Handgelenk, aber sie schob seine Hand nicht fort. Sie begann auf Portugiesisch in sein Ohr zu flüstern, leise, fast singend: ein Gute-Nacht-Lied. Beide zitterten leicht.

Fred schluckte. »Morgen früh sieht es bestimmt besser aus«, meinte er.

»Ach, ja?«, fragte Con bissig. »Meinst du wirklich?«

»Viel schlimmer kann es nicht werden«, erwiderte er. »Sobald es hell ist, überlegen wir uns, wie wir nach Hause kommen.«

Con sah ihn eindringlich an; ihr Blick war herausfordernd, und Fred erwiderte ihn, ohne mit der Wimper zu zucken. Sie hatte ein spitzes Kinn, spitze Wangenknochen und stechende Augen, insgesamt ein sehr kantiges Gesicht.

»Und was nun?«, fragte sie.

»Mama und Papa meinen …«, begann Lila. Als sie ihre Eltern erwähnte, verzerrte sich ihr Gesicht, aber sie schluckte und fuhr fort: »Sie meinen, man braucht Schlaf, um nachzudenken. Wenn man erschöpft ist, macht man nur Dummheiten. Und unsere Eltern sind Wissenschaftler. Wir sollten also schlafen.«

Fred wurde bewusst, dass sein ganzer Körper schmerzte. »Na, gut. Schön. Schlafen wir.«

Er legte sich im nassen Gras auf die Seite. Seine Kleider waren klitschnass, aber die Luft war warm. Er schloss die Augen. Vielleicht, dachte er, würde er in seinem Bett im Internat aufwachen, neben sich seine schnarchenden Mitbewohner Jones und Scrase. Eine Ameise krabbelte über seine Wange.

»Sollten wir nicht besser wach bleiben?«, fragte Con. »Wenn wir eine Gehirnerschütterung haben, könnten wir sterben.«

»Wenn wir eine Gehirnerschütterung hätten, wäre uns sicher schwindelig«, meinte Lila.

Obwohl Fred schon halb eingedämmert war, horchte er in sich hinein, um herauszufinden, ob ihm schwindelig war. Die Welt schien sich in spiralförmigen Bewegungen von ihm zu entfernen.

»Gut, aber wenn wir morgen tot aufwachen, seid ihr beide schuld daran«, sagte Con.

Mit diesem aufmunternden Gedanken und dem Gefühl, zu fallen, immer tiefer zu fallen, so tief, dass er den Dschungel und die stickige Nachtluft vergaß, versank Fred im Schlaf.

DIE HÜTTE

Die Hitze war erdrückend und er lebte noch. Das waren Freds erste Gedanken, als er die Augen öffnete und direkt in die brasilianische Sonne schaute. Er senkte den Blick instinktiv auf seine Armbanduhr, aber das Glas war gesprungen und der Minutenzeiger hatte sich gelöst.

Die zwei Mädchen schliefen neben ihm. Beide waren von Blut und Schorf bedeckt, atmeten aber ruhig. Con nuckelte am Daumen. Sie wurden von einem Schwarm leuchtend roter und blauer Libellen umtanzt, die vielleicht von dem Blut angelockt worden waren, dachte Fred.

Doch von dem kleinen Jungen keine Spur. Max war verschwunden.

»Max!«, flüsterte Fred und sprang auf. Er erhielt keine Antwort. Er hörte nur das Surren der Libellen.

Sein Herz schlug plötzlich schneller. »Max?«, rief er lauter. Lila bewegte sich im Schlaf.

Er rannte zum Rand der Lichtung. Immer noch keine Spur von dem Jungen.

»Max!«, brüllte er und sah sich hektisch um.

»Was denn?« Max hob den Kopf; er lag neben der stinkenden Pfütze, halb hinter Pflanzen verborgen, die wie Farne aussahen, und zog seine Finger durch das Wasser.

»Max!« Fred rannte zu ihm und zuckte zusammen, als sich eine Rippe mit einem stechenden Schmerz meldete. »Du hast doch nicht etwa das Wasser getrunken, oder?«

Max starrte Fred an, kniff dann die Augen zusammen und stieß einen Schrei aus, der seine runden Kinderwangen erzittern ließ. Auf der anderen Seite der Lichtung schrie die noch halb schlaftrunkene Lila auf.

»Das ist nicht gerade schmeichelhaft«, sagte Fred zu Max, aber dann fiel ihm wieder ein, dass er durchaus verstörend aussah, so voller Blut und Ruß, wie er war.

Der Junge schrie weiter, er holte kaum Luft.

Lila sprang auf. »Max!«, rief sie. »Was hast du?«

Zucker, dachte Fred. Wenn jemand unter Schock stand, gab man ihm Zucker, denn der beruhigte. »Möchtest du einen Bonbon?« Er hatte noch ein paar Pfefferminzbonbons dabei. »Bitte hör auf zu schreien!« Fred griff in die Hosentasche, um die Bonbons herauszuholen.

Als seine Hand wieder zum Vorschein kam, war sie feucht: Er hatte einen Schnitt am Oberschenkel und das Blut in seiner Hosentasche war noch nicht ganz trocken. Die Bonbons waren über Nacht darin mariniert worden. Er zog eine Grimasse und schob sich einen in den Mund. Sie schmeckten nicht unbedingt besser, aber der Zucker regte seinen Kreislauf an.

»Willst du einen?« Fred spuckte auf sein Hemd und wischte einen der Bonbons sauber. »Ist Pfefferminz.«

»Nein! Ich hasse Pfefferminz!«, erwiderte Max.

»Die Bonbons sind mein einziger Proviant.«

»Oh. Dann nehme ich einen«, sagte Max wie ein Lord, der das Brot eines Leibeigenen akzeptiert.

»Bitte«, sagte Fred und drückte den Bonbon in die klebrige Hand des Jungen. »Möglichst lange lutschen.«

Max lutschte lautstark. Seine Nase begann zu laufen, der Schnodder zog sich an seinen Lippen vorbei bis auf das Kinn.

»Max!«, rief Lila. »Komm her!«

»Geh schon«, sagte Fred. Der Junge lutschte hoch konzentriert, die Stirn in Falten gelegt. Er wirkte sehr zerbrechlich. Fred spürte, wie es ihm die Brust zusammenschnürte, doch er sagte nur: »Du solltest dich mal ausschnupfen.«

»Tue ich nie«, meinte Max. Sie humpelten zusammen zu Lila. »Das mag ich nicht.«

»Solltest du aber tun.«

»Nein!« Max leckte Schnodder von der Oberlippe, vielleicht als Würze für den Pfefferminzbonbon.

Mit Fünfjährigen lässt sich nicht diskutieren, dachte Fred. Max hatte einen verkrusteten Streifen Dreck auf der Wange und seine Augenbrauen bogen sich an den Enden nach oben. Das verlieh ihm etwas Spitzbübisches.

Fred hakte einen Finger in Max' Hemdkragen, um ihn an den Dornen und an etwas vorbeizusteuern, das an Kaninchenkot erinnerte. Der Boden war moosig, stellenweise wuchsen Gras und Rankenpflanzen. Die Blüten eines Baumes bedeckten den Waldboden wie ein scharlachroter Teppich.

Lila und Con, die im grellen Sonnenschein zwischen den Blumen saßen, diskutierten heftig miteinander.

»He, Junge! Wie heißt du? Fred?«, rief Con. »Komm mal her und sag diesem Mädchen, dass sie total falschliegt.«

»Sie glaubt …«, begann Lila und wurde rot.

»Ich finde es am besten, zum Flugzeug zurückzugehen und dort zu warten«, sagte Con. »Damit man uns von oben sieht. Damit wir gerettet werden können.«

»Ich finde es sinnvoller, hierzubleiben«, widersprach Lila, die ihre Knie unter das Kinn gezogen hatte. »Wir würden uns nur verlaufen, wenn wir zurückgehen wollen. Und ich bezweifele, dass man das Flugzeug aus der Luft sehen kann. Niemand kennt die Absturzstelle. Man müsste den ganzen Urwald nach uns absuchen. Wir sind auf uns allein gestellt.« Sie richtete ihren Blick auf eine Pflanze, die an einen Löwenzahn erinnerte. »Wir müssen selbst zusehen, wie wir nach Manaus kommen«, sagte sie entschlossen.

Fred betrachtete das Mädchen genauer. Sie hatte eine Schramme auf einer Seite ihres schmalen Gesichts, ihre Haare waren zu zwei Zöpfen geflochten. Einer davon war beim Absturz versengt worden. Ihr purpurroter Rock und das blutrote Top hatten graugrüne Flecken. Sie schien in seinem Alter zu sein und sie sah Con grimmig an.

Con hielt ihrem Blick stand. »Das ist doch verrückt. Wir müssen in der Nähe des Flugzeugs bleiben und auf Rettung warten. Meine Familie hat sicher schon Dutzende von Flugzeugen auf die Suche geschickt. Wahrscheinlich sogar hundert.«

»Aber«, wandte Lila ein, »rings um die Absturzstelle hat es gebrannt. Die Hälfte der Bäume ist verkohlt, es gibt da keine Tiere mehr ...«

»Wir brauchen keine Tiere als Freunde!«, blaffte Con. »Glaubst du, wir sind im Märchen, oder was?«

»... die wir essen könnten«, beschloss Lila ihren Satz. »Außerdem ist er noch dort.«

»Wer?«, fragte Con.

»Der Pilot.«

»Der Mann ist tot«, sagte Con, die ehrlich verwirrt wirkte. »Er kann uns nichts anhaben.«

Lila sprach sehr leise, aber überraschend entschieden, wie Fred fand. »Wir sollten hierbleiben.«

»Nein!«, sagte Con. »Das ist total unlogisch.«

»Fred?«, meinte Lila. »Deine Stimme entscheidet.«

»Oh, nein!«, zischte Con. »Das ist unfair. Die Entscheidung darf nicht nur von einer Person abhängen!« Sie musterte Fred mit einem strengen Blick von Kopf bis Fuß. »Außer er ist meiner Meinung.«

Fred sah sich wieder auf der Lichtung um. Die Luft war frisch, der Himmel von einem Blau, das es in England nicht gab. Er wollte gerade antworten, als er am fernen Rand der Lichtung, wo der Urwald dichter war, vier schräg stehende Bäume sah, deren Spitzen aneinanderlehnten, ein Anblick, bei dem sich seine Nackenhaare sträubten.

»Findet ihr diese Lichtung nicht auch irgendwie komisch?«, fragte er.

»Das ist keine Antwort!«, fauchte Con.

»Wieso?«, wollte Lila wissen.

»Die Bäume«, antwortete er, »da drüben.« Er zeigte dorthin.

»Was soll schon mit ihnen sein? Sie sind umgekippt«, meinte Con. »Wie es mit Bäumen halt manchmal passiert.«

»Ich finde nicht, dass sie aussehen, als wären sie umgekippt«, sagte Fred und rannte über die Lichtung. Er hatte das immer stärkere Gefühl, dass hier etwas nicht stimmte. Doch seine Neugier verdrängte seine Furcht.

Einer der Bäume war besonders imposant – sein Stamm war so dick und so hoch wie die Nelson-Säule auf dem Londoner Trafalgar Square. Die anderen drei Bäume lehnten dagegen. Sie waren jeweils ein kleines Stückchen voneinander entfernt und bildeten ein unregelmäßiges Dreieck. Ihre Äste waren von dunkelgrünen Rankenpflanzen überwuchert.

»Bleib weg, Fred«, rief Con. »Nicht reingehen!«

»Das ist wirklich merkwürdig.« Er strich über einen der kleineren Bäume, der am unteren Ende in einem Wirrwarr von Pilzen und farnartigen Pflanzen verschwand. Als Fred die Farne zu Boden drückte, krampfte sich sein Magen zusammen.

Die drei kleineren Bäume waren nicht im Boden verwurzelt. Stattdessen waren es fünf Meter hohe Stämme, jeder mit Bedacht gegen den in der Mitte stehenden Baum gelehnt. Er konnte noch die Spuren der Schläge mit einer Axt oder einer

Machete erkennen. Am Fuß der Stämme wuchsen Farne – oder waren dort *gepflanzt* worden, wie Fred dachte – und verdeckten die Spuren der Hiebe.

»Eine Hütte«, hauchte Fred.

»Was hast du gesagt?«, rief Con.

Fred riss an den Ranken, die zwischen den Stämmen hingen.

»Das ist eine Art Zelt«, murmelte Fred. »Eine Hütte.« Er bückte sich, um das Pflanzengewirr zu durchdringen.

»Nein! Nicht reingehen!«, schrie Con. »Nicht, dass ich Angst hätte, aber bitte lass das, das wäre kein sinnvolles Risiko.«

Fred warf ihr über seine Schulter einen Blick zu. »Ein was?« Er hatte noch nie jemanden von einem »sinnvollen Risiko« reden hören; das klang wie eine Formulierung seines Schulleiters.

»Darin kann sich alles Mögliche verbergen! Jaguare oder Schlangen oder Ratten«, rief Con.

»Aber ich muss mir das anschauen!«, erwiderte Fred.

»Sie hat vielleicht recht«, rief Lila. »Mit den Schlangen. Sei vorsichtig.«

»*Ich* schaue mir das an!«, sagte Max und sprang auf.

»Nein, auf keinen Fall!«, sagte Lila und ergriff ihn beim Handgelenk. »Du bleibst, wo du bist.«

Fred schob die Lianen zur Seite, die zwischen den Stämmen hingen.

»Autsch!« Er zuckte zusammen, denn manche Ranken hatten kleine, gemeine Dornen, und ein paar davon hatten sich in einer seiner Wunden verhakt. Er schob noch eine Handvoll Lianen zur Seite – und erstarrte. Sein Herz, das seit dem Absturz doppelt so schnell wie normal pochte, schlug jetzt dreimal so schnell.

Die Stämme bildeten eine Art Zelt, in dem ein erwachsener Mann aufrecht knien, Fred sogar aufrecht stehen konnte. Es roch intensiv nach Grün. In einer Ecke hing ein Spinnennetz, darunter lagen Bananenblätter, so geschichtet, dass sie eine Schlafunterlage bildeten. Sie waren stark von Ameisen zernagt.

Als Fred den Blick hob, staunte er nicht schlecht. »Das müsst ihr euch ansehen!«, rief er. Die Lücken zwischen den Stämmen hatten ein Dach aus einem Flechtwerk von Palmblättern. Er reckte den Arm und betastete die Blätter, die halb verfault waren und so löchrig, dass das Licht hereinfiel. Trotzdem war das kunstvolle Flechtwerk noch zu erkennen.

Fred, der im grünlichen Licht Ausschau nach Schlangen hielt, krabbelte tiefer hinein. Unter seinen Händen fühlte sich der Boden weich und feucht an. Im hintersten Winkel der Hütte stand eine verschimmelte Kürbisflasche. Fred berührte sie vorsichtig, denn sie war mürbe, und als er sie umdrehte, rümpfte er bei dem Gestank die Nase. Eine Kaskade von Feuersteinen fiel heraus. Gut die Hälfte waren zu Pfeilspitzen geschlagen worden, andere waren faustgroß, flach und kantig.

»He, ihr zwei!« Er kroch zurück und streckte den Kopf zwischen den Lianen ins Freie. »Kommt mal her! Schnell, das müsst ihr euch anschauen! Hier hat jemand gewohnt!«

»Du spinnst ja!«, fauchte Con. »Wenn dort jemand gewohnt hat, will er da bestimmt keine Eindringlinge. Ich habe die Nase voll von diesem Quatsch.« Sie fuhr herum und stapfte zwischen die Bäume.

»Con! Warte mal! Wir dürfen uns nicht trennen!«, schrie Fred, kroch wutentbrannt aus der Hütte und rannte ihr nach.

»Wem gehört das überhaupt?« Sie drehte sich zu ihm um. Fred war verdutzt, denn sie hatte Tränen in den Augen. »Ja klar, das weißt du nicht, wie?«

»Nein, natürlich nicht«, erwiderte Fred, »aber ich denke …«

»Und wenn sie wiederkommen? Ich habe davon gelesen, in …« – Con musste überlegen – »… in *Goldlöckchen.* Ich weiß, wie das endet. Und ich will nicht gefressen werden!«

»Ich bin mir ziemlich sicher, dass diese Hütte nicht von Bären gebaut wurde«, meinte Fred.

»Aber vielleicht von Kannibalen!«

»Kannibalen sind nur ein Mythos«, sagte Lila.

»Behauptet wer?«

»Na, alle! Wissenschaftler. Unsere Eltern.«

»Und woher wollen sie das wissen?«

»Mama ist im Dschungel aufgewachsen, in der Nähe des Rio Solimões. Und sie ist Wissenschaftlerin. Botanikerin.«

»Botannekern!«, sagte Max.

Con warf ihm einen finsteren Blick zu, ihre Gesichtsmuskeln zuckten. »Soll das jetzt witzig sein?«

Lila legte schützend einen Arm um Max und fuhr fort, als wäre sie nicht unterbrochen worden. »Und unser Papa ist

Engländer und erforscht Urwaldpflanzen. Zu medizinischen Zwecken. Unsere Großmutter war früher wissenschaftliche Assistentin. Wir sollten sie in England besuchen. Wir wollten in Manaus an Bord eines Schiffes gehen. Sie will uns vor ihrem Tod noch einmal sehen. Sie kennt Max noch gar nicht.«

Con schnaubte verächtlich. »Dann ist es vielleicht gar nicht so schlecht, dass wir abgestürzt sind.«

Lila überhörte das. »Aber weißt du was? Wenn hier Leute leben, könnten sie uns vielleicht nach Manaus bringen.«

»Klar, sie könnten uns aber auch zum Abendessen fressen«, erwiderte Con aufgebracht und ließ einen zornigen, verstörten Blick von Lila zu Fred zucken.

»Kommt einfach mal rein«, sagte Fred. »Dann werdet ihr schon sehen. Hier ist seit einer Ewigkeit niemand mehr gewesen.«

Con drehte sich verdrossen um und stapfte zur Hütte. Sie bückte sich und zwängte sich dann in den Unterschlupf. Lila und Max folgten ihr.

Fred zog am vermoderten Flechtwerk des Daches. »Wir könnten das Dach mit frischen Blättern ausbessern«, sagte er, »und neue Betten bauen. Dann würde es hier auch nicht mehr nach alten Socken stinken.«

Er raffte halb vermodertes Laub zusammen und schob es nach draußen. Die Erde darunter war weich und puderig; sie roch nach tausend warmen Tagen, alle übereinandergeschichtet.

Lila holte einen Arm voller frischer Blätter herein, jedes so groß wie ein Kopfkissenbezug, um damit Schlafstätten herzurichten.

»Wir könnten noch mehr Lianen vor den Eingang hängen«, schlug Fred vor, »damit man nicht hineinschauen kann.«

Con hockte in der Hütte, die Arme vor der Brust verschränkt. »Hat man dich zum Nachfolger eines verstorbenen Königs ausgerufen oder so?«, motzte sie.

»Quatsch!« Fred drehte sich verblüfft um. »Aber wenn wir hier schlafen wollen, sollten wir das Dach gegen Regen abdichten.«

»Ich übernachte hier nicht!«, maulte Con. »Die Leute können jederzeit zurückkehren.«

»Bestimmt nicht«, erwiderte Fred. »Hast du die Feuersteine gesehen?«

»Ja und?«

»Sie sind voller Moos«, sagte er.

»Schön, dann sind sie halt dreckig. Glaubst du, das würde mich beruhigen?«, fragte Con.

»Er will damit sagen, dass sie alt sind«, sagte Lila. »Diese Hütte ist verlassen.«

»Wollt ihr das Risiko wirklich eingehen?«, fragte Con. »Was, wenn sie doch zurückkommen und uns als Eindringlinge betrachten?«

»Und was, wenn sie die Hütte für immer aufgegeben haben?«, entgegnete Lila. Sie sprach nicht laut, aber sehr entschieden. »Wenn hier mal jemand gewohnt hat, bedeutet das, dass es hier sicher ist.«

»Das können wir doch gar nicht wissen.«

»Wir können hier überhaupt nichts sicher wissen!«, sagte Fred. »Lila hat recht. Sobald wir herausgefunden haben, wie wir von hier wegkommen, brechen wir auf. Aber bis dahin ist es sinnvoll, an einem Ort zu bleiben, an dem schon andere Menschen gelebt haben.«

»Außer sie FRESSEN UNS!«, brummte Con.

»Ich bleibe hier«, meinte Max. »Ich will in dieser Baumhütte wohnen. Und wenn ihr wollt, dass ich ausziehe, dann mache ich Pipi auf euch.«

»Nein, das machst du nicht!« Con wich zurück und knallte mit dem Kopf gegen einen Baumstamm.

»Er hat das schon mal gemacht«, sagte Lila.

Das besiegelte die Sache, jedenfalls vorerst und mehr oder weniger.

DER FLUSS

Es dauerte eine Weile, bis sie Blätter fanden, die breit und stabil genug für das Dach waren. Die ersten, mit denen Fred es versuchte, gingen sofort in Stücke; die zweite Sorte löste einen juckenden Hautausschlag aus; aber die dritte Art von Blättern, fleischig und armlang, war genau richtig. Er riss sie mithilfe von Lila in Streifen und flocht sie zu großen Quadraten, die sie dann zwischen die Äste der Stämme fädelten, welche das Gerüst der Hütte bildeten. Con saß währenddessen draußen vor der Hütte und buddelte mit einem Zweig ein Loch in die Erde.

Fred kroch in die Hütte und sah nach oben. Jetzt schien die Sonne nicht mehr durch tausend kleine Ameisenlöcher. Er kam sich vor wie unter Wasser, denn es herrschte ein dunkelgrünes Versunkene-Schätze-Licht. Er spürte plötzlich ein unerwartetes Triumphgefühl. »Das ist super!«, rief er. »Fast alle Lücken sind dicht.« Er hörte Lila jubeln. Fred robbte aus der Hütte und kam zu rasch auf die Beine. Plötzlich schwirrte ihm der Kopf, vor seinen Augen tanzten Lichtpunkte. Seine Lunge schien sich zu verknoten.

»Alles okay?«, fragte Lila.

»Klar«, sagte er barscher als beabsichtigt. Seit seiner Lungenentzündung hasste er Fragen nach seinem Befinden. Er versuchte zu lächeln. »Danke«, fügte er hinzu.

Fred war nach Brasilien geschickt worden, um sich bei einer entfernten Cousine zu erholen. Diese Cousine hatte, sehr zu Freds Befremden, unter Spaß verstanden, in einem finsteren Salon Bridge zu spielen. Freds Vater hatte diese Reise jedoch als die einzige vernünftige Option bezeichnet.

»Ich kann nicht die ganze Zeit zu Hause bleiben, um dich zu pflegen«, hatte er gesagt. »Ich werde in der Firma gebraucht.«

»Ich komme allein zurecht«, sagte Fred mit pfeifenden Lungen.

»Nein, das geht nicht«, erwiderte sein Vater mürrisch. Soweit Fred sich erinnern konnte, waren seine Arbeitszeiten mit den Jahren immer länger geworden. Was Freds Mutter anging, so konnte er sich nicht einmal mehr an ihr Gesicht erinnern, außer in seinen Träumen.

Er hatte seinen Vater immer nur im Anzug erlebt. Die Anzüge schienen allmählich zu einer zweiten Haut geworden zu sein. Seine Stimme trug sozusagen Krawatte.

»Du behandelst mich wie ein Baby«, sagte Fred.

»Unsinn«, erwiderte sein Vater. »Na, komm, du bist doch ein vernünftiger Junge.«

Freds Zeugnisse im Internat enthielten stets das Wort »vernünftig«. »Im Unterricht ein unauffälliger Schüler.« Und wenn den Lehrern nichts mehr einfiel, was ihn von seinen Klassenkameraden unterschied, ergänzten sie noch: »Wird immer größer.«

Fred wusste, dass nichts davon zutraf. Na, gut – er *war* groß. Das hätte wohl niemand bestritten. Er wuchs so rasant aus den Hosen, dass er immer kalte Knöchel hatte.

Innerlich war er aber weder unauffällig noch vernünftig.

Innerlich war Fred voller Neugier und Sehnsucht und stets auf Zack. Nur hatte er nie die Möglichkeit bekommen, dies unter Beweis zu stellen, denn sein Vater hatte immer vehement auf geputzten Schuhen und einer braven Miene bestanden. Aber Fred dachte schnell und forsch. Er wollte mehr von der Welt, als sie bisher für ihn bereitgehalten hatte.

Nun versuchte er Lila anzugrinsen. »Ich bin bloß dehydriert. Wir müssen irgendwo Trinkwasser finden«, sagte er. »Man kann lange ohne feste Nahrung leben …«

»Nein, bestimmt nicht«, empörte sich Max.

»… aber nicht sehr lange, ohne zu trinken.«

»Glaubst du, wir können aus dem …« – Lila zögerte, sie suchte nach dem richtigen Wort – »… kleinen Pfuhl trinken?«

Fred richtete seinen Blick auf die Pfütze. »Ja, könnten wir, nur glaube ich, dass wir danach nicht mehr lange leben würden. Wir müssten aber in der Nähe des Flusses sein – da bin ich mir ziemlich sicher«, sagte er.

»Als wir abgestürzt sind, war er links von uns«, sagte Lila voller Eifer.

»In welche Richtung sind wir gerannt?«, fragte Con.

»Tja, die Sonne geht im Osten auf. Wenn man in diese Richtung schaut, ist links Nordwesten«, sagte Fred.

»Und was bringt uns das, wenn wir nicht wissen, in welche Richtung wir gelaufen sind?«, fauchte Con. Sie war blass und hatte Ringe unter den Augen, als hätte ihr jemand einen mit Farbe beschmierten Daumen ins Gesicht gedrückt.

»Nicht viel«, gestand Fred. Doch im Nordosten lag England. Das Pochen in seiner Brust wurde etwas schwächer: Der Weg nach Nordosten führte nach Hause, zu seinem Schlafzimmer, seinem Bücherregal, seinem an der Wand lehnenden Kricketschläger. Er führte zu seinem Vater.

Con drückte die Schultern durch, als müsste sie gleich kämpfen. »Und nun? Raten wir einfach?«

»Ich habe mal gehört«, sagte Fred, »dass man Ameisen folgen soll, denn sie führen einen zum Wasser.«

»Ameisen!«, fragte Con fassungslos. »*Ameisen* sollen uns die Richtung zeigen?«

Lila sah Con scharf an, dann senkte sie den Blick zu Boden und durchkämmte das Laub mit den Augen. »Hast du einen besseren Vorschlag?«, fragte sie.

Con seufzte, dann bückte sie sich und schaute unter einen Holzklotz.

Die ersten Ameisen erwiesen sich als Enttäuschung. Max entdeckte eine Straße kleiner, roter Ameisen und versuchte sie zu berühren. »Schaut mal! Sie glänzen!«

»Nicht anfassen!«, sagte Lila und riss ihn zurück. »Hier gibt es auch gefährliche Ameisenarten.«

»Etwa diese?«, fragte Con und wich einen Schritt zurück.

»Keine Ahnung, das ist ja das Problem! Die gefährlichste Art heißt Tropische Riesenameise, aber ich weiß nicht genau, wie sie aussieht.«

»Riesig, nehme ich an«, sagte Con.

»Nicht unbedingt«, erwiderte Lila. »Katzenhaie sehen ja auch nicht aus wie Katzen. Ich weiß noch, wie enttäuscht ich war, als ich mal einen gesehen habe.«

»Die hier sehen ganz normal aus«, sagte Max.

»Du darfst sie trotzdem nicht berühren«, meinte Lila. »Versuch es also gar nicht erst.«

Sie folgten der Ameisenstraße mit gesenktem Blick und etwas Abstand in einer Schlangenlinie durch den Wald. Die Ameisen führten sie zu einem großen Laubhaufen.

»Oh.« Fred wühlte mit einem Stock in dem Haufen, vielleicht gab es darunter ja Wasser. Dann wich er angeekelt zurück. Die Ameisen wimmelten auf einem Vogelkadaver herum, offenbar eine Art Geier, der aber nur noch aus Knochen bestand und aus Gestank.

»Das ist nicht so ganz, was ich mir erhofft hatte.« Offenbar, dachte er, konnte man sich doch nicht auf die Vorlieben der Ameisen verlassen.

»Und was jetzt?«, fragte Con und verschränkte die Arme vor der Brust.

»Wir versuchen es noch mal«, sagte Lila. »Vielleicht ist dies die falsche Sorte Ameisen.«

Sie war es, die schließlich eine Straße anderer Ameisen fand, mit Köpfen so groß wie Kugellagerkugeln. Sie folgten ihr tief in den Dschungel, geführt von Lila. Fred beobachtete sie. Lila war klein und bewegte sich, als wäre sie jederzeit sprungbereit – wie ein Reh oder ein Lemur –, als würde sie Dinge hören, die anderen entgingen.

»Unfassbar, dass wir auf Ameisen vertrauen«, murrte Con, die sich eine Spinnwebe aus den Haaren wischte und unter einem Ast durchtauchte. »Selbst in Märchen übernimmt das die weise Eule oder so. Niemand wendet sich an irgendwelche blöden Ameisen, wenn er Hilfe braucht.« Als sie das Wort »blöden« sagte, warf sie Fred einen trotzigen Blick zu, aber im nächsten Moment verhakte sich ein Dorn über einer ihrer Augenbrauen und sie schrie auf. »Ich hasse diesen Wald!«

Fred warf einen Blick zurück. Als er feststellte, dass die Lichtung nicht mehr zu sehen war, krampfte sich sein Magen zusammen.

»Und wie finden wir zurück?«, fragte er. Ringsumher schien das Grün des Urwalds zu summen und zu brummen.

»Bei dem Baum voller Pilze müssen wir nach links, dann rechts bei dem Busch mit den grünen Dornen«, sagte Con. Sie sah ihn nicht an und verpasste so die Überraschung, die sich auf seinem Gesicht abzeichnete und die er sofort zu verbergen versuchte.

»Wir sollten unseren Weg markieren«, sagte er, »damit wir zur Lichtung zurückfinden.«

»Gute Idee«, sagte Con. »Du könntest nachher natürlich

auch eine … äh … eine vorbeikriechende Made nach dem Weg fragen.«

Fred versuchte zu grinsen. »Na ja, Maden sind viel langsamer als Ameisen – sie wären nervige Fremdenführer.«

Con erwiderte sein Lächeln nicht.

Fred ließ sich zurückfallen. Er brach bei jedem dritten oder vierten Baum einen Zweig ab und spießte ein Blatt auf den Stumpf.

Con schüttelte den Kopf. »Das bringt nicht viel. Das Zeichen muss größer sein.« Sie riss eine Rüsche von ihrer einst weißen Bluse und band sie an einen Baum. »So.«

Fred betrachtete Con, die im lichtgesprenkelten Schatten hockte und so ungeschickt hantierte, als wäre sie es nicht gewohnt, ihre Hände zu benutzen. Sie schien in ihren Kleidern in der Falle zu sitzen. Es gibt Kleider, die bestimmen, dass die jeweilige Person still dasitzen und nett lächeln muss. Con trug solche Kleider, nur dass diese beim Absturz braun und grün und rot verfärbt worden waren.

»Wie gut, dass du ein paar Rüschen erübrigen kannst«, sagte er grinsend.

Con warf ihm einen jener Blicke zu, die Nasen brechen können. »Halt die Klappe, Strickpullover.«

Fred wich unwillkürlich einen Schritt zurück. »Ich meinte ja nur … ich finde es nützlich, Kleider mit Schleifen und so zu tragen. Bei Jungs ist das anders.«

»Schön. Wie du meinst. Du musst nicht nett zu mir sein, okay?«

»Was?« Fred starrte sie an wie vor den Kopf gestoßen.

»Ich will einfach nur weg von diesem ätzenden Ort und zurück an meine Schule. Versteh mich nicht falsch, aber ich habe kein Interesse an neuen Freundschaften. Vor allem nicht mit kleinen Kindern.«

Lila hatte mitgehört. »Ich bin kein kleines Kind mehr«, warf sie leise ein, ohne den Blick von den Ameisen zu lösen. »Nur nicht besonders groß für mein Alter.«

»Wie alt bist du?«, wollte Con von Fred wissen.

Fred sagte es ihr.

»Dann bist du nicht viel älter als ich!«, sagte Con.

»Und als ich«, meinte Lila.

»Ich habe dich für viel älter gehalten!«, sagte Con.

Fred zuckte mit den Schultern. »Ich bin einfach groß«, sagte er.

»Aber das bedeutet, dass keiner von uns erwachsen ist! Nicht mal halb erwachsen. Wir sind vier Kinder. Mitten im Dschungel.«

»Das«, meinte Fred, »könnte stimmen.«

»Unglücklicherweise«, sagte Lila.

»Unglöckchenleise«, wiederholte Max. Dann wanderte er ein paar Schritte weiter, wobei er mit dem Schnodder Blasen blies. Lila flitzte hinterher und ergriff ihn beim Ärmel. »Immer dicht bei mir bleiben!«, sagte sie mit angespannter Miene.

Als sie weitergingen, bemerkte Fred einen schneidenden, frischen Hauch in der Luft, der eher blau als grün duftete.

»Ist das der Fluss? Ich glaube, ich kann ihn riechen«, sagte er.

»Du spinnst ja«, meinte Con. »Wasser kann man nicht riechen …«

Sie verstummte abrupt. Fred konnte zwischen den dicht an dicht stehenden Bäumen eine glitzernde Bewegung erkennen.

»Los, kommt!«, rief Con. »Ich habe den Fluss entdeckt!«

Sie standen auf dem Hang, der zum Fluss hin abfiel. Dieser war von einem kräftigen Hellblau.

»Ob es hier Kaimane gibt?«, fragte Lila, die trotz der Sonne zitterte.

Während des langen Winters seiner Krankheit hatte Fred Dutzende Bücher über Entdeckungsreisende verschlungen, die sich in die Wildnis gewagt hatten, nur bewaffnet mit Tropenhelm und Taschenmesser. Er hatte ein ganzes Regal mit solchen Büchern, alle mit Eselohren und Essensflecken, und in allen war ausführlich von Kaimanen die Rede gewesen.

Er beschloss ehrlich zu sein. »Gut möglich«, sagte er, »aber wenn wir etwas trinken wollen, bleibt uns keine andere Wahl.«

»Was sind Kaimane?«, fragte Con.

»Alligatoren«, antwortete Fred. »Wie Krokodile. Nur mit längerer Schnauze.«

»Und kleiner«, ergänzte Lila. »Glaube ich jedenfalls.«

»Glaubst du?«, sagte Con. »Oh, mein Gott.«

»Kaimane liegen am liebsten auf der sonnigen Uferseite«, erklärte Lila. »Wir sind auf der schattigen. Uns droht also keine Gefahr. *Glaube* ich.«

»Hier lauern überall Gefahren«, sagte Fred. »Ich gehe rein.« Als er den Blick über das Ufer gleiten ließ, sträubten sich alle Haare auf seinen Armen.

Er zog sein Hemd aus und zog es gleich wieder an, denn es musste genauso dringend gewaschen werden wie er selbst.

Als er die Uferböschung hinunterging, versanken seine Füße im Matsch, und dann machte er einen Kopfsprung ins Wasser.

Der Fluss war ein Labsal. Er linderte das Brennen seiner Schnitte und den Schmerz in seinen Füßen. Fred schwamm auf der Stelle, dann tauchte er, bis er die kälteren Wasserschichten erreichte, und trank einen Schluck.

Das Wasser schmeckte etwas schlammig, und eine schmale Wasserpflanze wickelte sich um seine Zunge, doch er meinte, nie etwas Köstlicheres getrunken zu haben – es schmeckte leckerer als heiße Schokolade an Weihnachten oder frische Limonade im Sommer. »Kommt rein!«, rief er, als er wieder aufgetaucht war.

Lila sprang ins Wasser, Max auf den Schultern. Con zögerte am Ufer, ihre Miene war ängstlich und wie versteinert.

»Wir haben kein Schwimmen in der Schule«, sagte sie. »Nur Tanzunterricht.« Sie ging langsam ins Wasser und schwamm dann mit nervösem Hundepaddeln und gerecktem Kinn.

Freds Schnitte brannten, als er sich den Dreck von Armen und Beinen schrubbte. Dann trieb er sich wieder in die Tiefe, hielt im dunklen Wasser die Augen offen. Ein Schwarm winziger Fische schwamm vorbei, gefolgt von einem größeren Fisch. Er tauchte auf, um Luft zu holen.

»Hier gibt es Fische!«, rief er.

»Dann versuch mal einen zu fangen!«, rief Con.

Fred tauchte wieder. Die kleinen Fische schossen davon, als er sie zu packen versuchte. Der größere Fisch schenkte ihm keine Beachtung, sah aber irgendwie unheimlich aus – er war fast so rund wie ein schwimmender Teller. Dann zuckte er herum und zeigte Fred die Zähne.

Fred verschluckte sich am Flusswasser und sauste hustend zur Oberfläche. »Piranha!«, schrie er. »Nichts wie raus hier!«

Max dümpelte neben ihm. Fred packte ihn und schwamm angstschlotternd zum Ufer.

»Was sind Piranha?«, fragte Con.

»Fische mit spitzen Zähnen!«

Con schrie ein Wort, das Fred aus ihrem Mund nicht erwartet hätte, schluckte aus Versehen einen Mund voller Wasser und verschwand unter der Oberfläche.

Die panisch dreinschauende Lila ergriff Con bei den Schultern. »Nicht strampeln!«, befahl sie, legte Con dann einen Arm um die Taille und trieb sich mit kräftigen Beinschlägen zum Ufer. »Ruhig atmen!«

Fred und Max hasteten die Uferböschung hinauf, dicht gefolgt von Con und Lila. Schließlich lagen sie alle keuchend auf dem heißen Boden.

Con stöhnte, dann spuckte sie einen Mund voller Algen aus. »Fische! Fische mit Zähnen! Hier ist man immer in Gefahr. Selbst die Fische wollen uns fressen. Was kommt als Nächstes? Tauben mit Reißzähnen? Affen mit Gewehren?«

»Ich habe gelesen«, japste Fred, »dass sie nur beißen, wenn sie extrem ausgehungert sind.«

»Sie fressen meist Kleintiere wie Vögel oder Frösche«, fügte Lila hinzu. Sie wrang ihre Haare aus, die wie in rotbraunen Schlick getaucht aussahen.

»Der Fisch …« – Fred holte tief Luft und merkte, wie sich sein Puls wieder beruhigte – »… sah nicht aus, als wollte er mir etwas tun. Er war sogar ziemlich schön. Silbrig, mit einem roten Bauch.«

»Schön?« Con starrte ihn ungläubig an.

»Wenn wir nicht ins Wasser bluten, locken wir sie nicht an«, meinte Lila. »Das wusste ich eigentlich, aber ich bin durchgedreht. Wir können ruhig weiter im Fluss baden. Ich glaube, sie lassen uns in Ruhe.«

»*Glaubst* du! Schon wieder. Du glaubst, du glaubst, du glaubst!« Con war rot im Gesicht, stinksauer, die Haut straffte sich über den Wangenknochen. »Das sind Fische mit Zähnen! Piranhas! Sie sind gefährlich, sie können gar nicht anders!«

Lila schaue Con an, ihre Miene war undurchschaubar. »Ich glaube«, erwiderte sie, »der Plural von Piranha lautet Piranha, nicht Piranhas.«

»Na, toll«, sagte Con. »Hauptsache, die Grammatik stimmt, selbst wenn man gefressen wird.«

Sie wanderten in feuchten Kleidern zurück zur Lichtung. Lila wischte Max unterwegs mit ihrem nassen Hemd den Matsch aus dem Gesicht. Ihre Körper dampften in der Sonne, während sie trockneten.

Die Rückkehr auf die Lichtung fühlte sich überraschenderweise an, als kämen sie nach Hause. Ein scharlachroter Papagei landete auf einem Ast über Freds Kopf, stieß beim Anblick der klitschnassen Kinderschar ein überraschtes Krächzen aus und flog wieder auf.

Fred suchte den schärfsten Feuerstein und kappte seine graue Schulhose. Ein Bein der fransigen Shorts, die so entstand, war länger als das andere, aber das war ihm egal. Der Schnitt auf seinem Bein fing an zu verschorfen. Dann wrang er seinen Pullover aus.

Irgendetwas in Fred begann zu glühen: Die Sonne schien, Vögel kreischten, ringsumher erstreckte sich der strahlend grüne Dschungel, so riesig, dass ihm der Kopf schwirrte.

Er glaubte etwas wie Optimismus zu spüren.

Entweder ist es das, dachte er, oder eine Gehirnerschütterung.

ESSEN
(ODER SO ETWAS IN DER ART)

Fred hatte zwar so viel getrunken, dass sich die Haut über seinem Bauch straffte, aber er war noch immer furchtbar hungrig. Sein schmerzender Magen knurrte so laut, dass Con kicherte. Fred schlug mit einer Faust darauf. Er fühlte sich schwach und wackelig auf den Beinen.

Zuletzt hatte er einen Apfel gegessen, kurz vor dem Einsteigen in das Flugzeug. Er wusste nicht mehr genau, wie lange das her war? Anderthalb Tage? Er dachte nach: Sie waren am Samstag losgeflogen, also war heute wohl Sonntag, es sei denn, sie wären alle sehr lange bewusstlos gewesen.

Fred erschauderte. Er schüttelte verzweifelt den Kopf, um das Bild des brennenden Flugzeugs loszuwerden. »Ich glaube, man kann bestimmte Insekten essen«, verkündete er, vor allem, um sich selbst abzulenken.

Daraufhin schwiegen alle so angewidert, als würden seine Worte stinken.

»Wir finden bestimmt Früchte«, fügte er hinzu. »Hier muss es welche geben. Schließlich leben hier Affen, die auch etwas essen müssen. Oder Bananen. In der Hütte gab es Bananenblätter. Oder Beeren.«

»Und woran erkennen wir, welche Beeren essbar sind?«, wollte Con wissen.

»Ich probiere sie«, antwortete Fred.

»Und wenn du daran stirbst?«, fragte sie.

»Vielleicht sollte jeder eine Beere probieren, wenn wir einen Strauch finden«, meinte Lila. »Alle außer Max.«

»Wieso nicht Max?«, erwiderte Con. »Warum soll jeder sein Leben riskieren, nur er nicht?«

»Er ist noch zu klein!«, sagte Lila. »Und er hat Allergien.«

»Das ist unfair!«, fauchte Con und warf ein Steinchen gegen einen Felsbrocken. Bei dem Knall schrak Max zusammen.

Fred merkte, dass er allmählich auch schlechte Laune bekam; es war glühend heiß und sein Magen grummelte. »Con«, sagte er, »krieg dich wieder ein.«

»Wie kommst du dazu, mir zu befehlen mich *einzukriegen.* Und wer hat dich überhaupt zum Anführer gewählt?«

Fred biss sich auf die Zunge. Er spürte, wie seine Nasenflügel zornig bebten. »Habe ich je behauptet der Anführer zu sein?«

Lilas Gesicht fiel in sich zusammen. »Hört auf.« Sie schluckte einen Laut hinunter, der Tränen oder einen Schrei anzukündigen schien, und versuchte das Thema zu wechseln. »Wie war das mit den Insekten?«

»In einem meiner Bücher stand, Insekten, die die Früchte der Kakaobäume fressen, seien essbar.«

»In welchem Buch?«

»Einem über Entdeckungsreisende.« Das Buch handelte von Percy Fawcett, der im Amazonasgebiet nach den goldenen Städten gesucht hatte. Es war eines jener Bücher, bei deren Lektüre man den Atem anhielt und die Augen überanstrengte.

»Und wie hat dein *Buch*«, fragte Con, die das Wort misstrauisch betonte, »diese Insekten beschrieben?«

»Als klein«, antwortete Fred. »Man darf keine Insekten essen, die so groß sind, dass sie nicht mehr in ein Nasenloch passen, hieß es.«

»Wurde das weiter ausgeführt?«, fragte Con. Sogar ihre Zähne wirkten sarkastisch.

»Nein.« Fred wünschte sich nicht zum ersten Mal, dass mehr Bücher illustriert waren.

»Lila weiß das«, verkündete Max stolz. »Lila weiß alles über Tiere. Sie ist fast von der Schule geflogen, weil sie ein Eichhörnchen in ihrem Tisch hatte.« Er grinste. »Mama war stinksauer.«

»Pst, Max!« Lila starrte ihren Bruder an.

»Gut, aber Insekten sind keine Säugetiere!«, sagte Con.

»Kennst du dich wirklich aus?«, wollte Fred von Lila wissen.

Ihre Augen leuchteten auf. »Na ja, ein bisschen«, meinte sie. »Aber warte mal …« Sie sprang auf. »Bleib hier, Max. Ich bin gleich wieder da.«

»Was? Nein!« Max legte das Blatt weg, auf dem er gekaut hatte, und verzerrte sein Gesicht zu einer zornigen Grimasse. »Warte!«

Aber Lila rannte schon über die Lichtung. Ihre versengten Zöpfe flogen über ihre Schultern.

Die nächsten fünfzehn Minuten waren nicht gerade friedlich. Max wollte Lila folgen, aber Lila war im Unterholz verschwunden und unauffindbar. Fred nahm Max auf den Arm, um ihn daran zu hindern, in den dichten Urwald mit den zum Verwechseln ähnlichen Bäumen zu rennen. Daraufhin wurde er von Max in den Handrücken gebissen; Con schimpfte Max ein Miststück; Max biss sie ins Schienbein.

Bevor Con ihre Zähne in Max schlagen konnte, kam Lila aus dem Wald gerannt. Sie schaute tief erleichtert drein. »So ein Glück! Ich dachte schon, ich hätte mich verlaufen!«, sagte sie. Ihr Atem ging stoßweise, auf ihrer Stirn glänzte Schweiß. Sie hatte ihr Top mit beiden Händen vor dem Bauch gerafft, so dass es einen Beutel bildete.

»Hast du etwas zu essen gefunden?«, fragte Con.

»Ja«, sagte sie, aber dann fügte sie der Ehrlichkeit halber hinzu: »So etwas in der Art.« Sie öffnete ihren improvisierten Beutel und ließ Dutzende Früchte ins Gras purzeln.

»Nicht alle haben Wurmlöcher«, meinte sie. »Aber vielleicht können wir auch die Kakaobohnen essen.« Sie begann eine Frucht aufzureißen.

Fred bückte sich auch nach einer; sie hatte oben zwei Löcher. »Da ist etwas drin.« Er schüttelte, aber vergeblich. Dann bohrte er einen Stock in eines der Löcher und schüttelte erneut. Eine fette, zwei Zentimeter lange Made fiel auf seine Handfläche.

»Ja!«, rief Lila. »Das ist eine Made! Die kann man essen!«

»Ah, super«, log Fred. Die Made lag auf seiner Hand. Sie bewegte sich nicht, schien aber sanft zu pulsieren. Er roch daran.

»Na los«, sagte Con. »Das war deine Idee.«

»Ähm.« Fred kniff die Nase zu, sammelte seinen Mut und biss in die Made. Sie war weich, im Inneren aber körnig, und er erschauderte, als es zwischen seinen Zähnen knirschte. Er würgte sie hinunter. »Schmeckt ein bisschen wie Schokolade«, sagte er.

»Ehrlich?«, fragte Con. Ihr ganzes Gesicht bis zu den Ohren wirkte skeptisch. Mit den Ohren Gefühle zum Ausdruck zu bringen ist nicht leicht, aber Con gelang es mühelos.

»Insgesamt aber eher wie Dreck«, gab Fred zu. »Wie Dreck mit Erdnüssen.«

Bald darauf türmten sich die rosigen, zuckenden Maden zu einer kleinen Pyramide. Fred bemühte sich, Dankbarkeit dafür aufzubringen, dass sie überhaupt etwas zu essen hatten, scheiterte aber kläglich.

Lila wählte die drei dicksten Maden aus und bot sie Max auf ihrer Handfläche an.

»Nein! Das ist kein Essen. Max isst nur richtiges Essen. Man isst keine Insekten, sagt Mama.«

Lila seufzte. »Wenn er nervös ist, spricht er immer in der dritten Person von sich.«

»Max ist nicht nervös«, sagte Max. »Maxi tut nur, was

Mama sagt.« Er rieb einen Schnitt auf seinem Knie und bekam plötzlich Schluckauf. »Ich will nach Hause«, sagte er.

»Ja, ich weiß«, meinte Lila und zog ihn an sich. »Aber wir haben nichts anderes. Ich weiß auch nicht, was wir tun sollen, Maxi.«

Er stieß sie weg. »Mama wüsste das!« Einer seiner Fingernägel verfing sich in dem Schnitt auf Lilas Wange.

»Aber Mama ist nicht hier!« Sie blinzelte heftig und wischte mit dem Handgelenk über ihre Nase.

»Und wenn wir sie rösten?«, schlug Fred vor. »Einen Pfannkuchen daraus backen?«

»Und worin? Wir haben keine Pfanne«, erwiderte Con.

»Aber wir haben Steine«, sagte Lila, die fröhlich zu klingen versuchte und ihr Gesicht mit ihrem Top abrubbelte. »Wir könnten Schokoladenpfannkuchen backen. Jedenfalls so etwas in der Art.«

»Aha. Etwas in der *Art*«, meinte Con. »Das wäre mal ein wirklich außerordentliches ›Etwas in der Art‹.«

FEUER

Die Paste, die entstand, als sie Kakaobohnen und Maden mit einem sauberen Stock zerstampften, sah aus wie dunkles Mehl mit Wasser, vorausgesetzt, man verengte die Augen und war ein Optimist.

»Jetzt machen wir einfach ein Feuer und backen das Ganze«, erklärte Fred.

»*Einfach*«, brummte Con.

»Wir brauchen Feuersteine«, sagte Fred.

»Wir brauchen Kleinholz«, sagte Lila.

»Und *Streichhölzer*«, sagte Con.

»Ich sammle Holz«, meinte Fred und ging los. Die herumliegenden, nass geregneten Äste waren inzwischen wieder trocken. Er nahm den Saum seines Pullovers zwischen die Zähne und tat die Äste in den so entstandenen Beutel. Die Nacht im Urwald hatte den Geschmack der Wolle nicht verbessert.

Er kehrte auf die Lichtung zurück und schichtete das Holz ein paar Schritte vor der Hütte auf.

»In der Hütte waren doch Feuersteine«, sagte Lila. »Wir säubern sie vom Moos und schlagen dann Funken.«

»Feuersteine allein reichen nicht«, wandte Fred ein. »Ich habe das mal ausprobiert. Man braucht auch ein Stück Stahl.«

Lila huschte in die Hütte, um die Feuersteine zu holen. Con betrachtete Freds Armbanduhr. »Woraus besteht deine Uhr?«

Fred senkte den Blick auf seine Uhr und hielt schützend eine Hand darüber. »Aus Glas.«

»Und?«

»Und aus Stahl«, gab er zu. »Mein Vater hat sie mir geschenkt, als ich aufs Internat gegangen bin.«

»Jetzt ist sie kaputt«, sagte Con.

»Ja, stimmt«, sagte er.

»Und wenn sie kaputt ist«, fuhr Con fort, »ist sie keine richtige Uhr mehr, oder? Sondern nur noch ein Stück Stahl.«

Fred riss die Hand zurück. Sein Vater kaufte die Geburtstagsgeschenke nie selbst, sondern schickte seine Sekretärin zusammen mit Fred zum Kaufhaus *Harrods.* Dort suchten sie dann etwas Passendes aus. Soweit er wusste, war die Uhr das einzige Geschenk, das sein Vater jemals selbst gekauft hatte. Er hatte Freds Initialen eingravieren lassen.

Lila nickte. »Etwas anderes haben wir wohl nicht«, sagte sie mitfühlend, aber entschlossen.

»Na, gut!«, sagte Fred, der, ohne dass er es sich erklären konnte, kurz davor war, zu weinen. »Gut! Wir benutzen sie.«

»Darf ich es zuerst probieren?«, fragte Con.

»Das ist meine Uhr!«

»Schon klar. Aber ich habe noch nie Feuer gemacht«, sagte sie, »nicht einmal zu Hause im Kamin.«

»Nicht einmal ein Lagerfeuer mit Freunden?«, fragte Fred.

»Das war verboten.« Sie schaute sehnsüchtig drein. Dann wandte sie den Blick von ihm ab und drehte den Feuerstein unablässig in ihrer Hand, als wäre er ein Juwel. Ihre Miene schien noch viel mehr auszudrücken, dachte Fred, nur war die Botschaft sozusagen verschlüsselt und er konnte sie nicht entziffern.

»Hier.« Er löste langsam das Armband, hielt die Uhr noch eine Weile in der Hand und strich mit dem Daumen über die eingravierten Buchstaben. Con schaute schweigend zu. Schließlich drückte er ihr die Uhr in die Hand. »Ich bin als Zweiter an der Reihe.«

Lila schob klein gerrissenes Laub und trockenes Gras zusammen. »Versuch es hier«, meinte sie. »Dann landet der Funke gleich richtig.«

Con schlug die Rückseite der Uhr gegen den Stein. Fred wand sich innerlich. Sie schlug zu stark und bohrte den Feuerstein in ihre Hand, gab aber keinen Ton von sich, sondern versuchte es noch einmal. Sie war hoch konzentriert, biss sich auf die Zunge und zog ihre Brauen fast bis auf die Augen hinab. Sie schlug so oft zu, dass sie wunde Finger bekam.

Plötzlich entstand ein kleiner Funke. Con war so verblüfft, dass ihr der Stein fast entglitten wäre.

»Noch mal!«, schrie Max. »Noch mal, noch mal!«

Wieder ein Funke, der kurz aufblitzte und dann im Nichts verschwand.

»Du musst es direkt über dem Haufen versuchen«, sagte Lila.

Con unternahm immer neue Anläufe; schließlich entzündete ein Funke einen Grashalm, dieser einen anderen. Freds Herz tat einen Satz, und er fiel auf den Bauch, um das Feuer durch Pusten zu schüren, voller Angst, er könnte es versehentlich löschen. Die Flamme schwächelte.

»Nein! Nein, nein, geh nicht aus!«, flüsterte Con.

Lila tat eine Handvoll trockenes Moos dazu. Fred pustete noch einmal. Das Feuer schien kurz Luft zu holen und hustete dann immer mehr Flammen aus. Max jubelte. Lila reichte ein Bündel Zweige hinüber, die sofort von den Flammen erfasst und gefressen wurden. Das Feuer loderte auf.

»Noch mehr!«, rief Max, der im Kreis tanzte und mit den Händen auf seine Rippen klatschte. »Leg noch mehr nach!«

Fred warf eine Handvoll knochentrockener Blätter ins Feuer, dann eine zweite und eine dritte. Das Feuer sauste kräftig, es knackte hoffnungsvoll und ließ dann eine Flammensäule in die Höhe schießen.

Alle wiegten sich in der Hocke und grinsten einander an.

»Wir sollten im Wechsel schlafen«, meinte Con, »damit immer einer auf das Feuer aufpasst.« Sie betrachtete die Flammen voller Besitzerstolz. »Wir haben es entfacht. Ganz allein!«

Fred steckte die Uhr schweigend ein, die nun zerkratzt war und tiefe Dellen hatte. Er umklammerte sie so fest, dass sie einen runden Abdruck auf seiner Handfläche hinterließ.

»Das ist das schönste Feuer, das ich je gesehen habe«, sagte Lila.

»Ja«, sagte Con. »Bei Weitem.«

Max biss zärtlich in Lilas Arm. »Können wir jetzt essen? Ich sterbe fast vor Hunger.«

Fred wühlte im Dreck, bis er einen flachen Stein fand. Er bohrte rings um das Feuer vier Stöcke in den Boden und balancierte den Stein auf ihren Spitzen, eine wackelige Konstruktion. Lila formte vier Pfannkuchen aus der Madenpaste und tat sie auf den Stein.

Irgendwann warfen die Pfannkuchen Blasen. Lila stach hinein. »Sie werden fester«, meinte sie.

»Und sie stinken wie alte Schuhe«, sagte Con. »Das heißt wohl, dass sie durch sind.«

Ein Baum in der Nähe der Hütte hatte fleischige Blätter, groß wie Suppenschüsseln. Fred riss vier davon ab und ließ jeweils einen Madenpfannkuchen daraufplumpsen; sie waren klebrig und so heiß, dass man sich daran fast verbrannte.

»Vermutlich sind sie heiß am besten, weil man nicht so viel schmeckt«, sagte er und biss die Hälfte seiner Portion ab. Er kaute nur kurz, denn es schmeckte beunruhigend nach Tier. Ungefähr so, dachte er, als hätte man Haferbrei mit dem Dreck vermischt, der unter den Fingernägeln sitzt, aber es war besser – unendlich viel besser – als nichts.

Con nagte an ihrem Pfannkuchen. Sie zog eine Grimasse, spuckte aber nicht aus. »Eigentlich schmeckt das nicht viel schlechter als das Schulessen«, meinte sie und lächelte schief.

Max ballte die Faust um seine Portion, als wollte er sie vor den anderen in Sicherheit bringen. »Ich gebe nichts ab«, sagte er, während Teig zwischen seinen Fingern durchtropfte.

Auf der Lichtung wurde es minütlich dunkler. Con stand auf. »Ich muss mal auf …« Sie verstummte und errötete. »Ich muss mal aufs Klo, also folgt mir nicht. Und dreht euch nicht um. Sonst knalle ich euch eine.« Sie hielt kurz inne. »Bitte.«

»Wir könnten eine Stelle auswählen«, meinte Fred. »Möglichst weit weg. Und wir könnten den Weg dorthin markieren, damit sich niemand verläuft.«

Sie standen auf und hielten, dicht aneinandergedrängt, im wachsenden Dunkel Ausschau nach einem passenden Baum, weit genug entfernt vom Feuer, aber nicht so weit, dass man Gefahr lief, sich zu verirren.

»Der da ist sehr groß«, sagte Fred.

»Und der da auch«, meinte Con. Die Bäume waren riesig, fast so hoch wie Kirchtürme.

»Die Jungs könnten den einen benutzen, die Mädchen den anderen«, schlug Con vor.

Lila lächelte ebenso plötzlich wie breit; ihr Lächeln zeigte, dass sie einen schiefen Zahn und Grübchen hatte. »Wir nennen ihn *Kack*aobaum.«

Das war nicht umwerfend lustig, aber Fred konnte trotzdem nicht mehr aufhören zu lachen. Con verschluckte sich und musste in ihre Faust beißen. Und Max' Lachen ließ eine Schnur aus Schnodder über die Lichtung schießen. Sie lachten so laut, dass die Vögel erschraken und die Affen, die die Nacht auf ihren Lagern in den Bäumen verbrachten, wütend brüllten.

DAS FLOSS

Das Floß war Freds Idee. Er wusste, dass es das Gegenteil dessen war, was Con als sinnvolles Risiko bezeichnete, aber es gab nur eine Möglichkeit, nach Hause zu kommen, und zwar auf dem Fluss. Die Strömung war stark und schien mit ihrem Rauschen, dem Sprühwasser und der Gischt einen Weckruf durch den Urwald zu schicken.

»Ein Floß bauen?«, fragte Lila. »Und woraus?«

Sie saßen in der Morgensonne auf der Lichtung, verschlafen und taunass. Sie hatten in der Hütte übernachtet und abwechselnd das Feuer gehütet. Die Nacht war nicht erholsam gewesen, denn es war kalt geworden, und Max' Füße, anfangs noch angenehm weit weg von Fred, hatten sich zum Schluss in dessen linkes Ohr gebohrt. Seine tagsüber verdrängten Ängste waren hervorgekrochen und hatten ihn im Schlaf überfallen. Schon in der Morgendämmerung war er schreiend erwacht.

»Aus Holz«, sagte Fred, wischte Tau vom Gras und verteilte ihn auf seinem Gesicht. »Hier gibt es viel Holz.«

»Weißt du denn, wie man das macht?«

»Ich habe viel darüber gelesen«, antwortete er. In den Büchern schossen die Entdeckungsreisenden mit Rufen wie »Halali!« flussabwärts, aber das war wohl kein Muss. Außerdem hatte er auf der ersten Seite der *Times* einmal einen Artikel über einen gewissen Christopher Maclaren gelesen, der monatelang auf einem Floß überlebt, Flusswasser getrunken und Fische gefangen hatte. Das klang kinderleicht.

»Und wozu ein Floß?«, fragte Con.

»Um hier rauszukommen.«

»Nach England?«

»Nach Manaus. Dort gibt es sicher Leute, die uns nach Hause bringen.«

»Auf einem Floß? Nach Manaus?«, fragte Con ungläubig.

»Sogar der Atlantik wurde auf Flößen überquert«, meinte Fred.

»Ja, aber von *Erwachsenen.*«

»Und wo steht geschrieben, dass nur Erwachsene ein Floß bauen können?«, erwiderte Fred genervt. »Dazu muss man ja nicht studiert haben.«

»Fred hat recht, wir sollten es versuchen«, meinte Lila. »Ich finde die Idee gut.«

»War klar, dass du das sagst!«, maulte Con. »Ich wusste, dass du ihm zustimmst.«

»Willst du etwa nicht nach Hause?« Lila war verdutzt. »Willst du deine Mama nicht wiedersehen?«

»Doch, natürlich!«, fauchte Con.

Fred senkte den Blick. Er hatte Con nachts weinen und im Schlaf um Hilfe rufen hören.

»Wenn wir hier nur weiter rumsitzen«, sagte Lila, »können wir warten, bis wir schwarz sind.«

»Aber man wird uns suchen! Wir müssen hierbleiben, irgendwann kommen sie schon«, sagte Con.

Lila schüttelte den Kopf. »Der Urwald ist riesengroß und wir sind winzig.«

»Ich nicht«, sagte Max wie aus der Pistole geschossen.

»Im Vergleich mit dem riesigen Urwald bist du winzig, Max.«

»Wir könnten Rauchsignale geben«, schlug Con vor. »Wir haben ja ein Feuer – das sollten wir nutzen.«

»Wir müssten den halben Urwald in Brand setzen, damit man unser Signal sieht«, erwiderte Lila.

»Und ein so großes Feuer würde uns nicht retten, sondern umbringen«, ergänzte Fred.

Con wurde rot. »Ich will das nicht, klar? Ich setze mein Leben ganz bestimmt nicht auf einem Floß aufs Spiel, nur weil das jemand für eine gute Idee hält.«

»Ja, vielleicht ist es keine so gute Idee«, sagte Lila, »aber es ist unsere einzige Idee.«

Freds Haut begann zu kribbeln und sein Magen verkrampfte sich. So war es immer, wenn sich Leute stritten. Er stand auf.

»Ich baue ein Floß. Ihr müsst mir nicht helfen, wenn ihr keine Lust habt.«

Der Bau des Floßes dauerte länger und sorgte für mehr Blasen als von Fred erwartet. Aber er hatte zu tun und das dämpfte das Brausen der Angst hinter seinen Rippen.

»Das kann nicht funktionieren«, meinte Con, die Arme so fest um den Körper geschlungen, dass sich ihre Finger hinter dem Rücken berührten. Der Schnitt auf ihrer Schulter schmerzte immer noch. »Außerdem macht die Arbeit hungrig und müde und wir haben nur Maden zu essen.«

Fred erwiderte nichts, sondern zerrte weiter große Äste aus den Bäumen. Die meisten saßen so fest, dass er sie nicht losbekam, aber wenn er sich mit dem ganzen Gewicht darauflegte und mit den Beinen strampelte, brach manchmal einer ab. Er arbeitete immer schneller und wischte sich dabei Blätter und Insekten aus den Augen.

Sobald das Holz aufgestapelt war, schleppte Lila jeden Ast zum Feuer und legte ihn über die Flammen. Dort ließen sie die Äste in der Mitte durchbrennen, damit sie zwei ungefähr gleich lange Stücke bekam. Jedes davon etwa so lang, wie Lila groß war.

»Ich hacke die verkohlten Enden ab«, sagte sie. »Es soll ordentlich aussehen, finde ich.« Dazu nahm sie einen Feuerstein und wurde langsam immer rußiger.

»Ich will helfen!«, sagte Max. Er stapfte mit stolzgeschwellter Brust über die Lichtung, zerrte Lianen aus den Bäumen und türmte sie auf. »Ich bin der beste Helfer der Welt«, sagte er. Danach setzte er sich und ließ die Lianen ein Gespräch führen.

Nach ein paar Stunden löste sich Con aus ihrer zornigen

Erstarrung und ging stumm zu Max. Sie nahm einen Feuerstein und begann die Rinde von den Lianen zu schälen, um das weichere Innere bloßzulegen, dick wie ein Seil und fast so geschmeidig. Sie arbeitete mit den Haaren vor dem Gesicht und wich trotzig jedem Blick aus.

Fred beobachtete sie aus den Augenwinkeln. Con war wie verwandelt. Zuvor war sie abweisend und grimmig gewesen und hatte nur aus Klauen und Zähnen bestanden. Nun arbeitete sie hingebungsvoll und schien kaum zu atmen, während sie sich über die Lianen beugte.

Fred war unglaublich stolz auf den Bau des Floßes. Er lenkte ihn von dem quälenden Hunger und dem Pochen in seinem Kopf ab. Er schleppte die Äste zum Flussufer, in jeder Hand einen, lief hin und her und trat so einen Pfad zwischen Fluss und Lichtung aus.

Con reichte ihm Lianen. »Hier«, sagte sie, »vielleicht kann man sie als Stricke verwenden.«

»Wir könnten sie eine Weile ins Wasser legen, damit sie weicher werden«, schlug Lila vor.

»Danke«, sagte Fred. »Sie sind genau richtig, um die Enden zusammenzubinden.«

Con nickte, ohne zu lächeln.

Fred weichte die Lianen ein und wickelte sie danach um seine Faust, damit sie geschmeidiger wurden. Er hatte sich viele Splitter in die Hände gerissen und zog sie mit den Zähnen heraus. Er schwitzte so stark, dass sich sein Hemd unter dem Pullover in eine Art tragbaren Teich verwandelte.

Mittags aßen sie rohe Kakaobohnen, die nicht besonders lecker schmeckten.

»Ist im Grunde eine Beleidigung von Schokolade, dass wir sie essen«, meinte Con.

Um den Magen zu füllen, kauten sie auf dem weißen Fleisch herum, das im Inneren der Fruchtkapseln saß und so ähnlich schmeckte wie die Radiergummis hinten auf Bleistiften.

»Das ist kein Essen«, sagte Max, dessen Kinn und Lippen zitterten.

»Du musst trotzdem aufessen, Max«, erwiderte Lila. »Wir haben nichts anderes.«

»Das schmeckt scheußlich.« Max presste sich eine Faust auf das Auge. »Ich will nach Hause!«

»Ich weiß«, meinte Fred. »Ich auch.« Er beschloss, für heute genug Maden gegessen zu haben und schob den Rest zur Seite. Dann fuhr er fort, das Holzstück vor ihm mit der scharfen Kante eines Steins zu zerteilen. »Wir versuchen es ja.«

Bei Sonnenuntergang brachen Lila, Fred und Con auf, um Essen zu suchen, und zogen den plärrenden Max hinter sich her. Con fand dunkellila Beeren, die in großer Fülle auf einer Palme wuchsen.

»Das sind Acai-Beeren«, sagte Lila. »Die werden hier viel gegessen. Oder …« – sie senkte ihren Blick stirnrunzelnd auf den Berg gepflückter Beeren – »… kocht man Tee daraus?«

Fred probierte eine. »Schmeckt nach Brombeere«, meinte er, »jedenfalls wie eine Brombeere, die sauer auf einen ist.« Doch es war herrlich, etwas zu beißen zu haben.

Con probierte eine und seufzte. »Ich vermisse das Schulessen«, sagte sie.

»Vielleicht schmecken sie besser, wenn wir sie rösten?«, fragte Lila.

Geröstet schmeckten die Beeren auch nicht besser, aber sie aßen sie trotzdem. Fred hockte am Feuer und stopfte sich ganze Hände voll in den Mund, um das gähnende Loch zu füllen, das sich dort befand, wo sein Magen gewesen war.

Nachts wachte er auf, weil er ganz dringend zum Kackaobaum musste. Drei Minuten später erwachte Lila mit dem gleichen Bedürfnis, gefolgt von Con und einem auf und ab hüpfenden, jaulenden Max.

Es war keine angenehme Nacht. Fred watete durch seine Träume in den Morgen und erwachte mit dem Gefühl, in den Bauch getreten worden zu sein. Er wälzte sich stöhnend auf die Seite und sah durch einen Spalt in der Hüttenwand den Stapel Lianen, die sie gestern vorbereitet hatten. Er setzte sich aufrecht hin und dachte: *Das Floß!* Heute müsste es fertig werden.

Die anderen schliefen noch. Sie lagen in der warmen Hütte auf dem Bauch. Fred kroch ins Freie und rannte zu der Stelle am Fluss, wo er das Holz aufgestapelt hatte. Die Sonne glühte und der Himmel war klar; seine Haut war bereits krebsrot und brannte, aber das vergaß er, als er neben den Ästen auf die Knie sank.

Er zurrte die Äste mit Lianen zusammen, machte Knoten in Form einer Acht, und das so oft, bis das Floß fast ganz von dunkelgrünen Lianen bedeckt war. Fred arbeitete schnell, und als er sich einen Dorn in den Finger bohrte, biss er in sein Handgelenk und fluchte so leise wie möglich.

Er baute vier Quadrate, jedes ungefähr zwei mal zwei Meter groß. Dann legte er je zwei Quadrate übereinander und zurrte auch diese zusammen, wobei er die Knoten mit den Zähnen straff zog.

»Bäh!« Er spuckte einen Käfer aus. Schließlich trat er einen Schritt zurück. Das Floß hatte unregelmäßige Kanten und war voller Ruß, aber es war ein stabiles, zwei mal vier Meter großes Gefährt mit doppeltem Boden.

Fred zerrte es zum Flussufer, wobei ihm Schweiß über die Nase in den Mund lief. Er wünschte sich plötzlich sehnsüchtig, ein Foto machen zu können; fast konnte er sich vorstellen, wie sein Vater ebenso überrascht wie erfreut die Augenbrauen hochzog. Dann kehrte er zur Lichtung zurück.

JUNGFERNFAHRT

Lila erwartete ihn vor der Hütte. Sie hatte die Arme um ihre Knie geschlungen und starrte ihn wütend an. »Mann! Ich dachte schon, du wärst tot!«

»Ich war am Fluss.«

»Vielleicht kannst du nächstes Mal eine Nachricht in den Boden kratzen.«

»Ja, natürlich. Entschuldige.« Aber Fred konnte sich kaum auf ihre Worte konzentrieren. »Das Floß ist fertig! Kommt ihr mit? Dann können wir es ausprobieren.«

»Max muss zuerst Zähne putzen. Sein Atem stinkt wie die Pest. Da bekommen sogar die Libellen Angst.«

Lila hob vier Zweige auf und zerfaserte die Spitzen mit den Fingernägeln, so dass sie wie Pinselborsten aussahen.

»Hier.« Sie reichte Fred einen. »Wenn uns die Zähne ausfallen, wird alles noch schlimmer.«

Fred musste zugeben, dass sich saubere Zähne gut anfühlten. Aber er platzte vor Ungeduld. Er schrubbte drei Mal, dann ließ er die Bürste fallen.

»Los, kommt!«, sagte er, nachdem auch Con artig in die Pfütze gespuckt hatte.

Fred führte sie im Laufschritt zum Fluss. Dann standen sie keuchend da, während er ihnen die doppelt gebundenen Lianen und die zusätzlichen Äste auf der Außenseite zeigte.

»Und was erwartest du jetzt von uns?«, fragte Con. »Sollen wir applaudieren?«

Insgeheim erwartete Fred das tatsächlich ein bisschen, aber er grinste bloß. »Nein, ich möchte nur, dass ihr an Bord geht.«

Er gab dem Floß einen Schubs und es rutschte über den Matsch, klatschte ins Wasser und neigte sich zur Seite. Fred hielt den Atem an – aber es pendelte sich wieder ein. Es lag so stabil im Wasser wie ein Schlachtschiff und war schöner als jede Millionärs-Jacht, fand Fred. Er hielt die Liane fest, die er an eine Ecke gebunden hatte.

»Es schwimmt!«, sagte Max.

»Natürlich schwimmt es«, meinte Con. »Ist ja Holz.«

Fred watete in den Fluss und hievte sich auf den Rand des Floßes. Es schwankte und kreiselte unter seinem Gewicht, stabilisierte sich dann wieder und tanzte auf der Strömung. Er paddelte es näher an das Ufer.

»Kommt auch rauf!«, sagte er.

»Max, warte …«, sagte Lila.

Aber Max war schon kopfüber ins Wasser gesprungen. Als er auftauchte, spuckte er Schlamm aus. »Zieh mich rauf!«, sagte er.

Fred zog ihn an den Achseln auf das Floß. Con und Lila folgten langsamer und hielten Ausschau nach Piranha. Fred hielt beiden eine Hand hin. Lila ergriff sie, Con nicht. Das Floß schwankte, als sie sich einen Platz suchten, aber kurz darauf saßen sie zu viert auf Holz und Lianen und tanzten auf dem Wasser.

»Es funktioniert!«, sagte Max.

»Jedenfalls vorerst«, unkte Con.

»Jetzt fahren wir flussabwärts!«, sagte Fred.

»Warum?«, maulte Con. »Wir wissen, dass es uns trägt. Das wolltest du doch herausfinden.«

»Nur eine kurze Probefahrt, ja?«

Am bewaldeten Ufer war die Strömung träge, in der Flussmitte aber schnell, dort brauste und sprühte das Wasser. Fred juckte es förmlich, das Floß dorthin zu lenken und den Fluss hinabzusausen.

»Gut, probieren wir's«, sagte Lila. Sie klammerte sich so fest an das Floß, dass ihre Knöchel weiß waren, aber ihre Augen glänzten neugierig. »Wenn wir damit nach Manaus fahren wollen, müssen wir eine Probefahrt machen.«

Fred nahm die Stange, die er vorbereitet hatte. Sie war doppelt so lang, wie er groß war; er hatte die Rinde mit dem Feuerstein abgeschält. Das Floß bäumte sich auf, und Fred spürte, dass sein Herz einen Satz tat.

»Aber vorsichtig!«, sagte Con. Die Haut um ihre Nase und ihre Lippen war graugrün. »Nicht zu schnell. Wir müssen wieder zurückfinden.«

Doch die Strömung packte das Floß, wirbelte es herum

und zog es rasch flussabwärts. Es sank etwas tiefer in das Wasser, kippte aber nicht um. Fred duckte sich vor einem Ast, der in sein Auge zu klatschen drohte.

»Ist das ein Kaiman?«, fragte Con und zeigte auf das gegenüberliegende Ufer.

Max machte große Augen. »Er soll verschwinden!«

»Nein! Das ist nur ein Baumstamm«, sagte Lila und ergriff die Hand ihres Bruders. Sie sah Con über seinen Kopf hinweg an und flüsterte: »Könnte sein.«

Fred steuerte das Floß mit pochendem Herzen dichter an das Ufer.

Sie schossen durch einen grünen Tunnel. Fred versuchte mit der Stange den Kurs zu halten. Links und rechts senkten die Bäume ihre Äste ins Wasser. Wie ein Theatervorhang, dachte Fred, mit dem Fluss als Bühne. Zwei bunte Vögel mit gelben Bäuchen flogen über sie hinweg.

»Blaue Aras!«, sagte Lila. »Ich habe meine Mutter lange genervt, weil ich einen als Haustier wollte, aber sie meinte, Max sei schon laut genug, da bräuchten wir nicht auch noch einen Papagei.«

»Schon lustig«, meinte Con, »Vögel haben mich nie besonders interessiert. Aber verglichen mit den Aras sehen die Vögel in England aus, als würden sie zu einem Bewerbungsgespräch gehen.«

Die Sonne blitzte grün und silbern auf dem Wasser. Fred folgte der Strömung flussabwärts. Schließlich gabelte sich der Fluss. »Jemand muss sich einprägen, wie wir gefahren sind«, sagte er, »sonst verirren wir uns.«

Nach einem kurzen Schweigen sagte Con: »Das kann ich machen, wenn du willst.«

Fred sah sich überrascht um. Con hatte bislang nicht den Eindruck erweckt, gern freiwillig Aufgaben zu übernehmen.

»Ich habe … ich habe ein fotografisches Gedächtnis«, meinte sie.

»Ach, ja?«, fragte Lila fasziniert. »Und wie funktioniert das? Hast du dann später noch Bilder vor Augen? Merkst du dir auf diese Weise alles oder nur manches?«

»Vor allem Landkarten, Formeln und Blaupausen. Die habe ich in der Schule während der großen Pause gern rausgeholt und angeschaut. Nur im Kopf, meine ich. Die anderen dachten, ich ticke nicht richtig.«

»Dann sind die anderen Idioten«, meinte Lila. »Ich wünschte, ich könnte das auch.«

Fred stakte wie wild mit der Stange, als das Floß eine weitere Biegung nahm.

»Zuerst ging es nach links. Auf dem Rückweg müssen wir also nach rechts, um zu unserem Ufer zurückzukommen«, sagte Lila.

»Richtig: nach rechts«, erwiderte Con lächelnd. Das Lächeln verwandelte ihr Gesicht: Die Wangen hoben sich und drückten die Augen zu Schlitzen zusammen, ihre Mundwinkel berührten fast die Ohrläppchen. Ihre Rühr-mich-nicht-an-Miene verflog. »Wenn du die Richtung angibst, könnten wir zusammen steuern. Falls du magst.«

Fred stakte weiter. Dabei bekam er noch mehr Blasen auf den Handflächen, aber das war ihm egal. Er hatte festgestellt, dass er das Floß mit einer bestimmten Bewegung der Stange beschleunigen konnte. Es sauste so schnell dahin, dass Max der eigene Schnodder ins Gesicht klatschte. Hier draußen brannte die Sonne extrem heiß. Die Luft roch frisch.

»Schneller!«, rief Max, der sich auf dem Hintern wiegte.

Kurz darauf gabelte sich der Fluss erneut; der eine Arm sah aus, als wäre er fast zugewachsen, also entschied sich Fred für den anderen. »Links!«, rief Lila.

»Links«, wiederholte Con nickend.

Die linke Abzweigung führte sie auf flacheres Wasser. Der Fluss schlängelte sich träge durch den dichten Urwald. Fred holte die Stange ein und sie trieben dahin und betrachteten das Wasser. Ein Schwarm Fische flitzte unter dem Floß hindurch. Max beugte sich gefährlich weit über den Rand und ließ die Finger durch das Wasser gleiten.

Plötzlich erschrak Con. »Was ist das?«

»Was meinst du?«

»Da liegt etwas im Wasser. Etwas Silbriges. Da unten! Ein Piranha!« Con klang schrill und gepresst. »Zieh die Hand aus dem Wasser, Max!«

Alle spähten ins Wasser. Zwischen den Wasserpflanzen hing etwas Kleines und Silbriges.

»Es bewegt sich nicht«, sagte Fred.

»Was kann das sein?«, fragte Con.

»Ich glaube … das ist nichts Lebendiges«, meinte Lila.

»Vielleicht ein toter Piranha«, sagte Con.

»Oder ein silbernes Kästchen?«, fragte Lila. »Schwer zu sagen. Vielleicht spielt uns auch nur das Licht einen Streich.«

»Ich springe rein und schaue nach«, erklärte Fred. »Nur ganz kurz.«

»Nein, auf keinen Fall!«, sagte Con.

Lila ergriff ihn sanft beim Handgelenk. »Lass das«, flüsterte sie. »Das ist gefährlich.«

»Aber es könnte ein Messer sein!«, erwiderte Fred. »Es sieht aus wie von Menschen gemacht. Bitte. Ihr sorgt dafür, dass das Floß nicht abtreibt. Ich muss mir das anschauen. Ich springe rein und komme gleich wieder raus, ganz einfach.«

»Fred!«, sagte Con.

Er zog sich das Hemd über den Kopf, wich Max aus, der nach seinem Bein greifen wollte, und sprang vom Floß.

Das Wasser war ruhig und kühl. Fred trieb sich mit Beinschlägen in die Tiefe. Pflanzen wickelten sich um seinen Fußknöchel, als er noch tiefer tauchte. Seine Lunge begann nach Luft zu schreien. Das silberne Ding war fast in Reichweite – er streifte es mit den Fingerspitzen, strampelte verzweifelt und griff danach. Es fühlte sich scharf an.

Er schoss zur Oberfläche. »Ich hab's!« Er reckte eine Hand, um es ihnen zu zeigen, und ruderte dabei mit den Beinen.

Aber die zwei Mädchen sahen ihn nicht an. Sie hatten den Blick auf eine Stelle gerichtet, die ein paar Meter vom Floß entfernt war.

»Was ist das?«, flüsterte Lila.

Fred folgte ihrem Blick. Durch das Wasser schlängelte sich etwas Dunkles auf ihn zu.

Fred schluckte aus Versehen Wasser und hustete erstickt.

»Ein Aal!«, rief Max fröhlich.

»Ein Zitteraal!«, sagte Lila.

»Schwimm!«, schrie Con, schnappte sich die Stange und versuchte das Floß mit kräftigen Stößen zu Fred zu lenken. Lila reckte ihm über den Rand eine Hand hin.

Fred schwamm so schnell wie noch nie in seinem Leben. Er wuchtete sich auf das Floß, das wie betrunken unter seinem Gewicht schwankte. Con warf sich auf das andere Ende, damit es nicht kenterte, und Lila zog Fred an Bord. Ihre Hände waren klein, aber erstaunlich kräftig.

Fred lag auf dem Bauch, rang um Atem und starrte ins Wasser.

Der Aal war riesig. Er sah aus wie eine dunkelgraue Schlange, war fast zwei Meter lang und schlängelte sich durch die Wasserpflanzen.

Lila holte erschrocken Luft und bekam dabei ihre Haare in den Mund. »Oh! Wow!«, hauchte sie ebenso ängstlich wie fasziniert.

»Sind Aale gefährlich?«, fragte Con.

»Ich weiß nicht, aber wenn man jemanden aalglatt nennt …«, stieß Fred hustend hervor. Sein Herz hämmerte so heftig, als wollte es seine Brust sprengen. Er schluckte: »Dann ist das kein Kompliment. Also sind sie vielleicht gefährlich.«

»Ja, sind sie. Sehr«, sagte Lila. »Sie jagen einen Stromstoß durch das Wasser, um ihre Beute zu lähmen, und dann fressen sie sie. Jemanden, der so groß ist wie Fred, könnten sie damit wohl nicht töten, aber bei Max wäre das anders.« Sie zitterte. Dann griff sie nach der Stange und stakte davon, ganz langsam, damit sie nicht kenterten – fort von dem Aal und dem Baldachin der Bäume.

»Und was hast du heraufgeholt?«, fragte Con.

»Das hier.« Fred öffnete die Faust und zeigte ihnen ein rostiges Rechteck aus silbrigem Blech mit einer blauen, schwungvollen Aufschrift.

»Eine leere Sardinendose!«, sagte Con enttäuscht und angewidert. »Eine dämliche Dose.«

»Ja«, sagte Fred, rieb an dem Rost und schloss die Finger fest um den gezackten Rand. Eine Sardinendose mitten im tiefsten Dschungel. »Eine dämliche Dose.«

SARDINEN

Das Floß flussaufwärts zu staken war mühsamer. Lila lenkte sie dicht am Ufer entlang, und wenn sie mit der Stange allein nicht vorankamen, zogen sie sich an den Ästen weiter, die über das Wasser ragten. Die Äste hingen tief, und als sie den vertrauten Uferabschnitt mit der schwarzen Amazonaserde erreichten, waren alle vier von Spinnweben und Ameisen bedeckt und ihre Hände waren zerkratzt.

»Hier sind wir aufgebrochen«, sagte Con. »Das erkenne ich an der Art, wie sich die Lianen um den Ast schlingen.«

Der lange Ast ragte in einem idealen Winkel über das Wasser. Fred stand auf dem heftig schwankenden Floß.

»Achtung!«, sagte Con.

Der Ast war jetzt direkt über seinem Kopf. Dort, wo er aus dem Baum ragte, war er von Ranken bedeckt und glänzte grün im Sonnenschein. Fred knüpfte das Ende seiner Liane zu einer Schlinge, die er dann über den Ast hängte.

»Passt genau!«, sagte Lila. »Wie ein Kleiderhaken für unser Floß.«

»Ja, passt genau.« Fred blieb stehen und betrachtete den Ast, auf dem seine Hand lag. Er sah genauer hin. »Er passt genau, weil er passend gemacht wurde.«

Ein kurzes Schweigen trat ein.

Dann fragte Con leise: »Wie meinst du das?«

Fred schwieg. Er wackelte an dem Ast, der sich ächzend hin und her bewegte. Die Ranken, die ihn bedeckten, waren von Anfang bis Ende über Kreuz gebunden worden.

»Das ist kein natürlicher Ast. Irgendjemand hat ihn an den Baum gebunden.«

Max stand vor Staunen der Mund offen. »Wer hat das gemacht? Du?«

»Nein, Maxi«, sagte Lila leise. »Nicht Fred. Jemand anders.«

Fred drehte sich um. Ein Windstoß fuhr in einen Laubhaufen und wirbelte Blätter über den Waldboden. Sein Nacken prickelte.

Er sagte sich, dass Bäume keine Geheimnisse haben konnten.

Sie kehrten im Gänsemarsch zur Lichtung zurück. Fred bildete das Schlusslicht. Er warf bei jedem Schritt einen Blick über die Schulter. Das Rascheln in den Büschen schien sie zu verfolgen, aber das, redete er sich ein, war nur der Wind.

Der Wind ist gewieft; er kann einem ordentlich Angst machen.

Die Feuerstelle hatte noch etwas Glut und Fred legte sich auf den Bauch und spielte den Blasebalg, das Gesicht dicht vor dem Feuer. Als es wieder richtig brannte, hatte er rote Augen und stank nach Rauch, aber das Knistern der Flammen erfüllte ihn mit Erleichterung. Das Feuer kam einer Waffe am nächsten und die Wärme sorgte für ein Gefühl der Sicherheit.

Lila ordnete alle Schuhe, die auf dem Floß nass geworden waren, rings um das Feuer zum Trocknen an. »Darf ich mal sehen, was du im Fluss gefunden hast?«, fragte sie.

Fred hielt ihr die Dose hin. Die Beschriftung war fast vollständig verrostet und nicht mehr zu entziffern, aber auf der Unterseite konnte man noch ein paar Angaben lesen. »Schau mal«, sagte er. »Hier steht: ›Hergestellt in Plymouth‹.«

Lila sah ihn verständnislos an.

»Plymouth liegt in England«, sagte Fred. »Am Kanal.«

»Ich wusste gar nicht, dass es in England Fische gibt«, sagte Max.

»Natürlich haben wir Fische. Was essen wir deiner Meinung nach?«, blaffte Con.

»Streuselkuchen«, sagte Max. »Und Zigarren.«

»Aber wenn diese Dose aus England stammt …«, setzte Lila an.

»Dann stammt sie von der Person, die die Hütte gebaut hat«, ergänzte Fred. »Vielleicht ein Entdeckungsreisender.«

»Wer geht denn mit Sardinen auf Entdeckungsreise?«, fragte Con.

»Die Leute sind mit allen möglichen Sachen hergekommen. Mit Klavieren und chinesischem Porzellan. Sardinen sind da noch relativ normal«, erwiderte Fred, dem vor Aufregung ganz heiß wurde. Wenn der Mensch, der die Hütte gebaut hatte, Engländer war, dann könnte er einer der Forscher gewesen sein, von denen Fred in der Zeitung gelesen hatte – Percy Fawcett, Simon Murphy, Christopher Maclaren.

»Ich hatte mal ein Buch«, erzählte Fred, »über jemanden namens Hiram Bingham. Er hat im Gebirge eine ganze Inka-Stadt entdeckt. Na ja, nicht wirklich entdeckt, denn ein paar Peruaner wussten schon davon – aber sonst niemand. Könnt ihr euch das vorstellen? Das wäre so, als würde man in tausend Jahren auf die Ruinen von Birmingham stoßen.«

Lila trat näher an ihn heran. Ihre Augen standen weit auseinander und schienen viele Dinge auf einmal wahrnehmen zu können. Jetzt strahlten sie Neugier aus. »Ja, ich habe davon gehört. Die Stadt heißt Machu Picchu.«

»Ja! So heißt sie. Aber meist bleiben die Entdecker am Ende verschollen.«

»Wie wir?«, fragte Max.

»In gewisser Weise«, meinte Fred. »Nur dass Entdecker oft den Tod finden. Und wir sind am Leben.«

»*Noch*«, unkte Con.

Fred überhörte sie. »Es gab mal einen Mann namens Percy Fawcett, der eine Ruinenstadt gesucht hat. Er nannte sie Stadt Z. Irgendwann ist er einfach verschwunden, ich glaube 1925. Und dann ist ein anderer Typ, Christopher Maclaren, zu einer Expedition aufgebrochen, weil er herausfinden wollte, ob Fawcett recht gehabt hatte. Ich fand ihn am spannendsten – er hat in Briefen geschildert, wie sich Maden in seiner Armbeuge eingenistet haben.«

»Echt süß«, sagte Con. »Wurde er von den Maden gefressen?«

»Das weiß man nicht. Er hat ein letztes Telegramm geschickt und dann ist er verschwunden.« Fred zögerte. »Ich kann es sogar auswendig.«

»Und wie lautet es?«, fragte Lila.

Fred räusperte sich. »›Nur ein kurzes Lebenszeichen aus diesem letzten Vorposten der Zivilisation, um Euch mitzuteilen, dass ich ab jetzt nicht mehr schreiben kann. Ich bin gesund und munter und sehr zuversichtlich, was den Erfolg der Expedition betrifft, mag sie in mancher Hinsicht auch sehr riskant sein.‹«

Con zog die Augenbrauen hoch. »Hört sich an, als hätte er jede Menge Spaß gehabt.«

»Die Zeitungen wollen, dass die Leute so klingen. Als wären sie immer wie aus dem Ei gepellt. Aber so war er nicht, das weiß ich. Seine Bekannten haben ihn als den verrücktesten und mutigsten Mann einer verrückten und mutigen Generation beschrieben.«

»Und warum hast du das auswendig gelernt?«

Fred pustete wieder ins Feuer, damit niemand sah, dass er rot wurde. »Mir gefällt die Vorstellung, dass es immer noch etwas gibt, das wir nicht wissen. In der Schule hört man jeden Tag das Gleiche. Ich fand die Vorstellung toll, dass man auch an große, verrückte, wilde Dinge glauben kann.«

Die Fahrt auf dem Floß hatte den ganzen Vormittag in Anspruch genommen, aber sie hatten noch den Nachmittag vor sich, dicht und grün und hitzeflirrend.

»Wir brauchen mehr Holz«, sagte Fred, denn bei Anbruch der Dunkelheit wäre alles verbraucht. Sie brauchten so vieles, dachte er: Etwas zu essen und einen Plan oder eine Karte und ein vorbeifahrendes Schiff. Aber immerhin wusste er, wo Holz zu finden war.

Als er aufstand, verschwamm alles vor seinen Augen; er wurde schwächer und das Blut in seinen Adern fühlte sich dünner an.

Anfangs ging Fred schnell und mit gesenktem Kopf und markierte die Bäume, indem er ein X in die Rinde kratzte, achtete auf Wurzeln und abgefallene Äste.

Doch er wurde bald langsamer, denn es gab so viel zu sehen. So viel Sonderbares. So viel Neues und Riesiges und pulsierend Lebendiges.

Die Bäume ließen Äste hängen, beladen mit Blättern, die so groß waren, dass man Hosen daraus hätte nähen können. Er kam an einem Baum mit einem Termitenbau vorbei, der sich rund um den Stamm schlang, groß wie eine Badewanne. Er machte einen großen Bogen darum.

Das Grün, das anfangs wie eine abweisende Wand gewirkt hatte, war bei genauerem Hinschauen gar nicht so eintönig grün. Es setzte sich aus tausend unterschiedlichen Nuancen zusammen, Gelbgrün, Smaragdgrün, Jadegrün und ein dunkles, fast schwarzes Grün, das Fred an gesunkene Schiffe erinnerte.

Er schnupperte die Luft. Auch hier hatte er sich getäuscht, denn sie war nicht zum Schneiden dick, sondern sehr vielfältig, eine Mischung aus zahlreichen Aromen.

Je tiefer er in den Urwald eindrang, desto dichter standen die Bäume. Das Licht wurde matter, obwohl es heller Nachmittag sein musste, denn es wurde durch das Dach aus Laub und Lianen gedämpft. Er hörte, wie sich etwas in dem Buschwerk bewegte, das ihn umgab.

»Hallo?«, rief er und wich einen Schritt zurück. »Wer da?«

Während er rief, stach ihn etwas in den Arm.

Er erschrak, sprang fluchend zur Seite und spürte den Geschmack der Angst im Mund: nach Galle und Blech. Doch es war keine Schlange, nicht einmal eine Spinne.

»Bin ich blöd«, murmelte Fred. Es war nur ein Strauch.

Nein, auch kein Strauch. Er schaute genauer hin. Es war eine Ansammlung stacheliger Früchte.

»Eine Ananas«, flüsterte er.

Fred spürte, wie es in seinen Fingerspitzen prickelte, so aufregend war diese Entdeckung. So musste sich Kolumbus gefühlt haben, dachte er.

Er wollte die Frucht von ihrem Thron aus Laub lösen – und riss die Hand zurück, weil Blut aus einem Schnitt im Daumen quoll. »Mist«, brummte er.

Dann nahm er seinen Mut zusammen, löste fünf große Früchte und kehrte im Laufschritt zurück. Er lief schwankend, wobei er nach seinen Markierungen Ausschau hielt und dreimal umkehren musste. Schließlich rannte er auf die Lichtung.

Ein Schrei hallte ihm entgegen. »Hau ab!«

Lila stand schützend vor Max, einen Knüppel auf Freds Hals gerichtet. Con stand mit erhobenen Fäusten hinter ihr.

»Ich habe Ananas mitgebracht«, japste Fred. Dann betrachtete er die drei vor sich. Er grinste. »Wolltet ihr mich etwa umbringen?«

»Wir dachten, du wärst ein wildes Tier«, erwiderte Con und wurde knallrot. »Du solltest uns warnen, wenn du das nächste Mal direkt auf uns zustürmst.«

Max erblickte die Ananas in Freds Armen. Er stieß einen Freudenschrei aus, bei dem die Flammen des Feuers zuckten, und setzte sich dann, wobei er die Zähne bleckte, als wollte er sie sofort in eine Frucht schlagen.

Fred drehte eine Ananas hin und her und suchte nach einer Möglichkeit, die Schale zu öffnen. Dann grub er seine Zähne vorsichtig hinein. Ein Dorn verfing sich in seiner Nase, ein anderer bohrte sich in seinen Gaumen, aber der Fruchtsaft war unfassbar köstlich. Er war süß und warm und prickelte auf der Zunge.

»Das ist irre!«, sagte er. »Als würde man Elektrizität essen.«

Con biss in ihre Ananas. »Für ein Dessert ist es ein bisschen zu sehr so, als müsste man Krieg führen«, meinte sie.

Fred riss die Schale auf und holte ein Stück Fruchtfleisch heraus. Er reichte es Max. »Hier. Das wird dir schmecken.«

Lila beugte sich so tief über ihre Frucht, dass ihre Zöpfe in ihrem Schoß lagen. Dann sah sie grinsend auf. »Möchtest du auch einen Feuerstein?«, fragte sie. Sie hatte ihre Ananas mit einer der Pfeilspitzen geöffnet und handtellergroße Stücke herausgeschnitten, die sie nebeneinanderlegte.

»Oh. Das wäre sehr praktisch«, sagte Fred. Er hatte es irgendwie geschafft, Ananassaft in sein Ohr zu bekommen. Con lachte. Lila schnitt die fünfte Ananas in Viertel. »Für unser Frühstück«, sagte sie, wickelte jedes Stück in ein großes Blatt und legte sie neben die Hütte.

ABACAXI

Als Fred am nächsten Morgen aus dem Schlaf aufschrak, hatte er die Hände voller Gras und Moos. Die Albträume wurden schlimmer. Er sah sich blinzelnd um. Er war nicht in der Hütte, sondern lag in der Nähe des Teiches auf der Lichtung. Er hatte geträumt, sein Vater hätte geweint, aber das war absurd; sein Vater hatte noch nie eine Träne vergossen. Er hatte geträumt nach Hause zu laufen. Er schien im Schlaf über die Lichtung gewandelt zu sein. Ringsumher gab es Stellen, an denen er Gras ausgerissen hatte.

Fred wischte sich Matsch aus dem Gesicht und kroch zur Hütte zurück. Lila und Con schliefen noch, ihre Haare hatten sich ineinander verwickelt. Aber die Ananas war nicht mehr da. Und Max fehlte auch.

Fred brauchte einen Moment, um sich klarzumachen, dass er nicht mehr träumte. Dann sprang er auf und flüsterte: »Oh, nein. Bitte nicht. Nein, nein, nein.«

Doch er konnte weder Blut noch Knochen entdecken. Und ein Jaguar hätte sicher Knochen übrig gelassen, oder?

Fred schüttelte Lila aus dem Schlaf. »Max ist weg!«

»Lass mich in Ruhe«, nuschelte sie, zog die Knie bis unter ihr Kinn und stieß ihn fort. »Ich schlafe.«

»Max ist verschwunden!«

»Was?« Lila schnellte in die Höhe. Sie hatte noch Schlaf in den Augen, schaute aber panisch drein.

»Max?«, schrie sie, sprang auf und krabbelte aus der Hütte, riss sich die Haut an den Dornen auf. »Max!« Sie sah sich hektisch auf der Lichtung um. Dann brüllte sie: »Max! Wo bist du?«

Con zwängte sich nun ebenfalls aus der Hütte. »Was ist denn passiert? Ist alles in Ordnung?« Sie warf einen Blick auf Lilas verzweifeltes Gesicht. »Max!«, rief sie. »Dieser kleine, dumme Idiot! Und wenn er nun gefressen …«

»Nicht!«, sagte Lila und wirbelte zu ihr herum. »Wag das ja nicht!« Dann brüllte sie mit fast überschnappender Stimme: »Max! MAX!«

»Vielleicht ist er am Fluss«, meinte Fred.

»Wir teilen uns auf«, sagte Lila. »Ich gehe zum Fluss. Könnt ihr in Richtung Flugzeug gehen?« Sie tat ein paar taumelnde Schritte, wirr vor Panik. »Max!«

Ein Baum kicherte.

Max erschien hinter einer Amazonas-Zeder am Rand der Lichtung. »Buh!«, sagte er, schwenkte Arme und Beine und zeigte ihnen die Zunge. »Ich bin schon seit Stunden wach! Mir ist langweilig.«

»Max!« Lila starrte ihn wütend an. »Du gemeiner, kleiner Mistkerl! Wenn du das noch einmal machst, erzähle ich es Papa, und dann vertrimmt er dich mit seinem Schuh.«

Max blickte sie ungläubig an. »Das macht er nicht! Er schlägt mich nie!«

»Wenn ich ihm erzähle, was du angestellt hast, macht er das bestimmt!« Sie betrachtete ihn genauer. »Wo warst du?«

»Das ist geheim.«

»Hast du die Ananas gegessen?«

»Das ist auch geheim«, sagte Max und wischte über seine Wange, als hätte er ein schlechtes Gewissen.

»Max!« Lila ballte die Fäuste. »Wenn du wirklich unser ganzes Frühstück aufgegessen hast, dann knalle ich dir eine, egal was Mama dazu sagt ...«

Max kniff die Lippen zusammen und schüttelte den Kopf. »Nimm mich auf die Arme, Lila«, bat er.

»Raus mit der Sprache, Max! Wo warst du?«

»Auf die Arme!« Tränen traten ihm in die Augen. »Wenn du mich hochhebst, erzähle ich alles.« Er wurde plötzlich von tiefen Schluchzern geschüttelt.

Lila zischte vor Wut, aber sie hob ihn hoch. Sofort hörte er auf zu schluchzen.

»Glaubst du, alles wäre vergessen, nur weil du heulst?«, fragte Con mit versteinerter Miene.

Max lächelte sie an. Er weinte nicht mehr. »Ja, das glaube ich«, erwiderte er.

»Und nun erzähl«, sagte Lila und packte Max beim Kinn,

»wo warst du? Wo ist die Ananas? Hast du sie dir einfach genommen? Hast du sie ganz allein aufgegessen?«

»Nein, ich wollte sie mit dem Tier teilen.«

»Mit welchem Tier?«

»Mit dem Affen-Tier.«

»Und wo war das?«

»Im Wald hinter den Kackaobäumen«, antwortete Max. Dann zog er eine Schmollmiene. »Ich habe nichts Böses getan. Das Tier war hungrig. Ich war einfach nett zu ihm.«

Lila setzte Max wieder ab. Er jaulte, verstummte aber, als er ihr Gesicht sah.

»Zeig's mir«, sagte Lila. »Sonst glaube ich dir nicht.«

Fred wurde von einer unerwarteten Aufregung ergriffen. Lila begann zu rennen, und die anderen drei folgten ihr auf dem Pfad, den sie gebahnt hatten, bis zu dem Gehölz, in dem der Kackaobaum für die Jungen stand.

Max wurde an der Hand mitgezogen. Für jeden Schritt, den die anderen taten, musste er zwei machen. »Langsamer!«, jaulte er. Sie ließen den Kackaobaum hinter sich und bewegten sich aus dem Sonnenschein in den dichten Wald.

Plötzlich blieb Max stehen. »Da ist es!« Er zeigte auf einen niedrigen Ast. »Seht ihr? Ich habe *nicht* gelogen!«

Vor ihnen ragte ein großer, weiß blühender Baum auf. An einem Ast hing ein kleines Tier, das Fred vollkommen unbekannt war. Es sah mit großen Augen zu einem Geier auf, der weiter oben im Baum hockte.

Darunter lagen drei intakte Ananasstücke auf dem Boden. Und etwas weiter entfernt beugten sich zwei weitere Geier über den leblosen Körper einer größeren Ausgabe des am Ast hängenden Tierchens.

»Haut ab!«, schrie Lila, rannte los und trat nach den Vögeln. »Hört auf damit!«

Die zwei Geier flogen erschrocken auf, aber der oben im Baum sitzende Vogel plusterte nur das Gefieder auf. Er war riesig, seine Brust so breit wie die eines Labradors, und er starrte das Tierchen hungrig an.

Das am Ast hängende Tier miaute wie eine Katze. Es war graubraun, hatte ein cremefarbiges Gesicht, eine Schnauze wie ein Hund und schwarze Kulleraugen. Seine Arme waren lang und dünn wie Hühnerknochen und liefen in geschwungenen Klauen aus. Es war so klein, dass es in zwei zusammengelegte Hände gepasst hätte.

Lila rannte zum Baum, packte den untersten Ast und schüttelte daran, die Füße gegen den Stamm gestemmt. Als der Geier spürte, dass der Baum wackelte, schlug er mit den Flügeln, stieß einen heiseren Schrei aus und flog davon. Lila schwang sich auf den Ast. Ihre Knie zitterten. Sie atmete ungewöhnlich laut.

Sie setzte sich auf den Ast, an dem das Tierchen hing, und rutschte nach vorn, wobei sie sich mit beiden Händen festhielt. Dann löste sie mit zitternden Fingern den Griff des Tieres und legte seine Gliedmaßen um ihren eigenen Arm. Das Geschöpf gab einen wimmernden Ton von sich.

Lila schob sich auf dem Ast zurück. Fred konnte sie halblaut beten hören.

Als sie auf dem Boden landete, kam sie ins Stolpern und

wäre fast hingefallen, reckte den Arm mit dem Tier aber die ganze Zeit hoch über ihren Kopf.

Max lief zu ihr. »Was ist das? Darf ich mal sehen?«

»Ein Faultier«, sagte Lila mit ehrfürchtig gedämpfter Stimme. »Ein Faultierbaby.«

Fred trat näher. Es war eines der außergewöhnlichsten Geschöpfe, die er je gesehen hatte, sowohl sehr hässlich als auch sehr hübsch. Sein Fell war weich und wuschelig.

»Ich will mit ihm spielen!«, rief Max und packte Lilas Arm.

»Nein!« Lila hielt seine Hand fest und barg das Faultier vor ihrer Brust. »Lass das. Du tust ihm nur weh.«

Die Geschwister sahen einander an. »Nein, tue ich nicht! Ich bin auch ganz vorsichtig.«

»Das geht nicht, Maxi. Das Tier hat schreckliche Angst. Es hat ja keine Mutter mehr, die es beschützen kann. Schau mal, wie es zittert.«

»Aber ich finde es so *niedlich*!« Max schien den Tränen gefährlich nahe zu sein.

»Ja, es ist niedlich, aber kein Spielzeug. Wir müssen sehr behutsam sein«, flüsterte Lila. »Komm, Maxi, wir nehmen es mit zur Lichtung. Du trägst die Ananasstücke.«

Auf der Lichtung bereitete Lila dem zitternden Faultier ein weiches Lager aus Gras. Sie legte es auf den Bauch und hielt ihm die Ananas hin.

»Ich will es streicheln«, sagte Max.

»Nein«, sagte Lila und setzte sich neben das Faultier. »Es muss sich erst beruhigen.«

Das Faultier zitterte am ganzen Körper. Lila zitterte auch.

Sie schien nur noch aus Sehnsucht zu bestehen. Wahrscheinlich war es am besten, Menschen in solchen Momenten allein zu lassen, dachte Fred. Wenn man von einer Leidenschaft erfasst wurde, konnte man unberechenbar sein. Vielleicht würde Lila weinen oder kratzen. Er wich ein paar Schritte zurück, um ihr Raum zu geben.

Das Faultier kroch träge von seinem Lager und bewegte sich auf Lila zu. Es erreichte ihren Schuh und kroch dann auf ihren Schoß, so langsam, dass Fred hören zu können glaubte, wie sich die Muskeln unter dem Fell dehnten und strafften. Dann griff das Faultier mit sonderbar ruckartiger Anmut nach der Ananas.

Lila hielt den Atem an. Gleichzeitig schien sie von innen zu leuchten.

Das Faultier drehte das Ananasstück umständlich so hin, dass es hineinbeißen konnte, aber Lila regte sich nicht. Sie war wie versteinert und sah zu, wie sich das Tierchen auf ihrem Schoß bequemer hinsetzte. Es bewegte sich wie ein lange nicht mehr geöltes Schaukelpferd, dachte Fred.

Lila sah zu ihnen auf. »Ich habe noch nie eines in freier Wildbahn gesehen«, flüsterte sie. »Die Leute behaupten immer, Faultiere seien dumm und träge. Aber ich glaube, sie bewegen sich ähnlich langsam, wie es Balletttänzer manchmal tun.« Sie legte dem Faultier sehr, sehr behutsam einen Finger auf die Brust. »Ich spüre sein Herz. Es schlägt schnell. Es hat einen anderen Rhythmus.«

Das Faultier ließ die Ananas links liegen. Es kroch auf Lilas Arm und klammerte sich dicht unterhalb der Schulter daran fest, legte den Kopf an ihr rechtes Ohr. Es schnaubte leise und sein Atem bewegte Lilas Haare.

»Es braucht einen Namen«, meinte Con.

»Ich habe noch nie einem Tier einen Namen gegeben«, sagte Lila, die den Hals verdrehte, um das Faultier betrachten zu können. Es versuchte träge ihr Ohrläppchen anzuknabbern.

»Habt ihr keine Haustiere?«, fragte Fred verwundert, denn Lila war wie geschaffen dafür, ein Tier an ihrer Seite zu haben.

»Das haben unsere Eltern mir nie erlaubt. Ich habe gebettelt und gefleht, aber wir müssen wegen ihrer Arbeit oft umziehen, und sie meinten, das wäre nicht gut für ein Tier.« Lila starrte das Faultier intensiv an. Sie verengte die Augen. Ihre Lippen formten ein Wort.

»Wie heißt es?«, fragte Max. »Das musst du uns verraten! Das darf kein Geheimnis sein!«

»Abacaxi«, antwortete sie.

»Ja«, sagte Max entschieden, »das ist prima.«

»Kannst du das noch mal sagen?«, bat Con.

»Abacaxi. So heißt die Ananas auf Portugiesisch«, sagte Lila. »Abgekürzt Baca.«

DIE AFFEN UND DIE BIENEN

Fred stellte fest, dass Urwälder unzählige Winkel und Ecken hatten; und diese bargen Geheimnisse, die sehr unerwartet ans Licht kommen konnten. Den Zettel, der alles veränderte, hätten sie ohne das unverhoffte Zusammenwirken von Affen, Ameisen und Bienen wohl nie gefunden.

Max entdeckte die Bienen zuerst. Er hatte am späten Nachmittag auf dem Rücken gelegen und in den Himmel gestarrt, während Lila, Con und Fred am Feuer saßen und sich den Kopf über die nächsten Schritte zerbrachen.

Dummerweise brach Max trotz der ausdrücklichen Anweisung, sich nicht vom Fleck zu rühren, immer wieder zu Erkundungstouren auf; und er war ein sehr kleiner Fünfjähriger in einem sehr großen Urwald.

»Kannst du mit Gewissheit sagen, dass sich das Floß nicht in seine Einzelteile auflöst?«, fragte Lila.

Fred dachte nach. Das Floß war breit und stabil und so fest

mit Lianen zusammengezurrt, dass es eher grün als braun war; es sah aus wie ein auf dem Wasser treibendes Kricketfeld. Aber, dachte er, der Pilot hatte wohl auch nicht mit einem Absturz gerechnet.

»Mit mittlerer Gewissheit.« Er bemerkte das Gesicht, das Con zog. »Mit hoher mittlerer Gewissheit. Zu Fuß wären wir wochenlang unterwegs«, sagte er. »Wir wissen, dass Manaus am Amazonas liegt – wenn wir flussabwärts fahren, müssten wir also dorthin gelangen!«

Max kam herbei und setzte sich auf Lilas Füße, zupfte an ihrer Socke. »Lila!« Er pulte einen Batzen Schnodder aus seiner Nase und wischte den Finger im Gras ab.

»Aber wir wissen nicht, ob Manaus von hier aus flussabwärts oder flussaufwärts liegt«, wandte Con ein. »Die Chance, dass wir sterben, liegt also bei fünfzig Prozent.«

»Lila!«, sagte Max. »Ich muss dir was erzählen!«

»Unsere Überlebenschance liegt aber auch bei fünfzig Prozent!«, meinte Fred. Con grinste schief, und er unterdrückte den Impuls, ihr Max' Schnodder ins Gesicht zu schnippen.

»Du solltest dich mal hören«, erwiderte Con. »Ist dir klar, wie verrückt das klingt?«

»Lila!« Max riss noch heftiger an ihrer Socke. »Hast du das auch gesehen? Hast du gesehen, wie die Affen gegen die Bienen gekämpft haben?«

»Was meinst du damit?«, fragte Lila. Baca hatte sich auf ihre Schulter geschmiegt und die Hinterbeine unter ihre Achsel gehakt. Er sah aus wie ein Schulterstück der alten Militäruniform seines Vaters, fand Fred.

»Die Affen haben gesiegt«, erklärte Max. »Ich bin ihnen gefolgt.«

»Max! Was redest du da?« Lila hob ihn hoch und sah ihm stinksauer ins Gesicht. »Ich dachte, du wärst in der Hütte. Du weißt doch, dass du nicht herumlaufen darfst. Das habe ich dir zigmal gesagt! Wenn ich mich nicht auf dich verlassen kann, muss ich dich irgendwo festbinden.«

Max schmollte. »Ich war nicht weit weg. Und ich habe Abstand gehalten, weil ich Bienen nicht mag.«

»Das ist doch Unsinn, Maxi. Hier gibt es keine Bienen«, sagte Lila. »Ich habe alle möglichen Fluginsekten gesehen – Ameisen und Käfer und Moskitos –, aber keine Bienen.«

»Sie sind dort drüben«, sagte Max und zeigte zur anderen Seite der Lichtung, wo hohe Kautschukbäume standen. »Oben in einem Baum.«

Lila sah die anderen mit hochgezogenen Augenbrauen an. »Hast du das geträumt oder wirklich gesehen, Max?«

»Wirklich gesehen«, beharrte Max.

»Ich glaube dir nicht.«

»Wirklich gesehen!« Max zog ein wütendes Gesicht. »Wirklich gesehen! Die Affen haben ihre Hände in den Ameisen gewaschen und danach gegen die Bienen gekämpft.«

»Keine Ahnung, was du da erzählst«, sagte Con, »aber es klingt furchterregend.«

Max stand auf, brüllte und stampfte und trat aus Versehen auf Cons Hand. Sie schrie auf und schlug ihn gegen ein Bein. »Das hat wehgetan!«, fauchte sie.

»Hör auf ihn zu schlagen«, sagte Lila.

»Keiner von euch hört mir zu«, klagte Max. »Hört mir doch mal zu!«

Fred betrachtete den unglücklich und wütend dreinschauenden Jungen. »Wir hören dir zu, Max«, sagte er.

»Nein! Tut ihr nicht. Kommt mit.« Max ergriff Cons Hand, zog sie auf die Beine und zerrte sie mit entschlossenen Schritten zu den Bäumen.

Con wirkte überrascht, wehrte sich aber nicht, sondern lief neben ihm her. Sie sagte nichts zu Max' Hand, die auf undefinierbare Art klebrig war. Fred und Lila rannten ihnen nach.

»Da!«, sagte Max. »Dort waren sie!«

Er zeigte auf einen Ameisenbau, ein großes, bauchiges Gebilde, das an einem Baumstamm klebte. Affen waren nicht zu sehen.

»Sie waren gerade noch da, ehrlich«, sagte Max. »Sie kommen sicher zurück.«

Fred setzte sich skeptisch hin. Max sank auf Lilas Beine. Baca klammerte sich an Lilas Hemd.

Still und untätig dazusitzen war gar nicht so einfach, wie Fred merkte. Denn plötzlich wurde er von allem eingeholt, was er verdrängt hatte – dem Gesicht seines Vaters, der Stimme seiner Mutter. Und von düsteren Visionen – er sah vor sich, wie sie alle vier fast verhungert und verloren auf der Lichtung hockten.

Er versuchte eine Melodie zu pfeifen, doch sein Kopf schwirrte und er brachte nur einen sonderbar schrillen Laut hervor.

»Fred«, flüsterte Lila. »Du erschreckst die Affen.«

Und dann tauchten sie auf. Drei Affen, dunkelbraun, mit kräftigen Armen und Beinen und niedlichen Gesichtern.

Fred sah bewundernd zu, wie sie einander mit schrillen Rufen die Bäume hinauf- und hinabjagten. Sie tobten mit fliegenden Schwänzen auf den Ästen herum. Schließlich legte der Größte von ihnen, eine Mutter mit einem Baby, das sich an ihren Hals klammerte, die Hände auf den Ameisenbau. Die Ameisen strömten auf ihren Armen nach oben, bis ihr Fell schwarz von ihnen war. Die Affenmutter rieb sich rasch die Hände, bevor die Ameisen beißen konnten.

Con berührte Fred an einem Ärmel. »Will sie die Ameisen töten?«

Fred sah, wie die Affenmutter an ihren Händen schnupperte. »Vielleicht ist das ihr Parfüm«, meinte er. »Oder sie berauscht sich daran.«

Da fuhren alle Affen wie auf ein Signal herum und sprangen von Baum zu Baum davon.

»Los, hinterher!«, sagte Lila.

Wenn man seit Tagen nichts Vernünftiges mehr gegessen hat und nicht zufällig selbst ein Affe ist, fällt es schwer, mit Affen Schritt zu halten. Alle vier waren geschwächt und Lilas Hände zitterten. Con wurde kreidebleich, als sie den davonflitzenden Affen im Laufschritt folgten.

Diese sprangen schließlich auf die Äste eines hohen, ausladenden Kautschukbaumes und blieben dort sitzen.

»Bienen«, verkündete Max selbstzufrieden. »Habe ich doch gesagt.«

Hoch über ihren Köpfen, so hoch oben, dass er kaum zu sehen war, befand sich ein Bienenstock. Er war riesig und außen von grauem Harz bedeckt und die Tiere summten erstaunlich laut. Honig lief am Baumstamm hinunter.

Lila machte große Augen und griff nach Baca. »Sie greifen keine Faultiere an, oder?«

Dann sahen sie, wie sich die Affenmutter dem Bienenstock näherte, die Außenhaut aufbrach und ihre Hände hineinstieß. Sie brach etwas von der Honigwabe ab und biss hinein, wobei Honig auf den Kopf ihres Babys tropfte. Die Bienen brummten angriffslustig, aber mit Abstand um sie herum.

Lilas Augen waren so groß wie Untertassen. »Ich glaube, der Ameisengeruch verhindert, dass sie gestochen wird«, sagte sie. »Er schreckt die Bienen ab.«

»Kommt, wir versuchen das auch«, sagte Fred, der schon auf den Beinen war.

»Und wenn es nur bei Affen funktioniert?«, wandte Con ein.

»Tja, gibt nur eine Möglichkeit, das herauszufinden.« Er dachte daran, dass sie abends wieder Ananas essen müssten, vorausgesetzt, es war noch welche übrig. Wenn nicht, wäre es wieder die Kakao-Maden-Pampe. »Würdet ihr nicht auch gern Honig essen?«

»Denk kurz nach, bevor du …«

Aber Fred war schon losgerannt, zurück zum Ameisenbau. Dort wartete er keuchend auf die anderen. Dann legte er die Hände auf den Bau. Die Ameisen schwärmten über seine

Finger, Knöchel und Handgelenke; es sah aus, als würde er schwarze Handschuhe tragen.

»Das kitzelt«, sagte er.

»Jetzt die Hände reiben!«, kommandierte Max. »Schnell! So schnell wie die Affen.«

Ein paar Ameisen waren bis zu Freds Kinn gekrabbelt, schienen aber nicht beißen zu wollen. Er rieb seine Hände aneinander, wenngleich mit leisen Skrupeln, und roch im Anschluss daran. Der Geruch war so intensiv, dass er japste.

»Kennt ihr das Mittel, mit dem man in der Schule Wunden behandelt?«, fragte er. »So ähnlich riecht das.«

»Desinfektionsmittel?«, meinte Lila.

Er rieb sich mit den Händen über das Gesicht wie es die Affen getan hatten, danach über die Arme. Er zögerte kurz, ließ dann noch mehr Ameisen auf seine Arme krabbeln und rieb danach vorsichtshalber auch Beine und Knöchel ein.

Con ergriff seine Hände und schnupperte daran. »Riecht wie Ammoniak!«, meinte sie. »Wie das Riechsalz meiner Tante.«

Sie eilten wieder zum Honigbaum. Fred hatte den Eindruck, dass die anderen mehr Abstand zu ihm hielten als üblich.

»Du stinkst zehn Meilen gegen den Wind«, sagte Max. »Wie Hustensaft.«

Als Fred vor dem Baum stand, hob er den Blick. Der Stamm war riesig und die Bienen waren eine ferne Wolke.

»Bist du sicher, dass du nicht doch kurz nachdenken möchtest? Um dir eine Taktik zurechtzulegen?«, fragte Con.

»Das wird schon«, erwiderte Fred. Er war immer gern auf Bäume geklettert, um die Wipfel zu erkunden.

Die anderen beobachteten ihn. Lila erwartungsvoll, Con mit einer hochgezogenen Augenbraue und offenem Mund, Max mit einem Finger in der Nase.

Fred packte einen der unteren Äste und zog sich hinauf. Max jubelte. Fred strampelte mit den Beinen, um Halt zu finden, ertastete eine Ausbuchtung in der Rinde und stemmte sich hoch.

Er merkte sofort, dass dies nicht mit dem Klettern zu Hause zu vergleichen war. Außerdem war er nicht ganz bei Kräften und deshalb nicht so geschickt und schnell wie üblich. Dann wurde ihm schlagartig bewusst, dass er nicht nachgeprüft hatte, ob der Baum morsch war. Die Äste knarrten unter seinen Füßen so laut wie das Scharnier eines mächtigen Tores.

»Mist«, flüsterte er sehr leise.

Er packte einen Ast nach dem anderen. Seine Schuhe glitten immer wieder auf der glatten Rinde aus.

»Um Gottes willen«, hörte er Con sagen. »Er bringt sich noch um.«

»Er schafft das«, erwiderte Lila, »glaub mir.«

»Und wenn nicht? Zu dritt hätten wir es hier noch schwerer. Fred!«, rief sie. »Komm bitte wieder runter!«

Fred ignorierte sie. Er wurde immer sicherer und schneller. Dann setzte er beide Füße auf einen dicken Ast und suchte weiter oben nach einem guten Halt.

Plötzlich brach der Ast, auf dem er stand. Er trat ins Leere und seine Füße knallten gegen den Stamm. Dann hing er nur noch an den Händen und spürte, wie sie auf der glatten Rinde abrutschten. Mit der rechten Hand griff er hektisch nach einem anderen Ast und tastete mit den Füßen blind nach einem Halt. Zum Glück stieß er rasch auf eine Art Astloch.

Er wollte sich nach oben ziehen, aber seine Arme fühlten sich plötzlich an wie Pudding. Er stand auf einer Auswölbung des Stamms und klammerte sich erstarrt an den Ast über seinem Kopf. Er versuchte, nicht an das Gesicht zu denken, das sein Vater ziehen würde, wenn er hörte, dass sein Sohn von einem Baum zu Tode gestürzt war.

»Seht nur!«, sagte Con von unten. »Er kommt nicht weiter.«

»Alles klar da oben?«, rief Lila.

»Ganz eindeutig nicht«, meinte Con. »Ich stehe hier jedenfalls nicht untätig herum und schaue zu, wie er abstürzt.«

Sie stampfte zum Baum, die Schultern bis zu den Ohren hochgezogen, und begann sich auf einen Ast zu hieven, das Kinn wie ein Boxer entschlossen nach vorn geschoben. Sie kletterte ungelenk, aber stetig, obwohl ihre Hände und Knie zitterten.

Fred sah zu, wie sie ein paar Äste unter ihm innehielt und zu ihm aufschaute. Sie klammerte sich mit beiden Armen an den Stamm und ihre Fußknöchel wackelten vor Angst.

»Was willst du hier?«, fragte er durch zusammengebissene Zähne.

»Dir sagen, dass du runterkommen sollst.«

»Nein«, erwiderte Fred. »Ich klettere weiter.«

»Dann komme ich mit.«

»Warum?«

»Sieht aus, als würdest du festsitzen.«

»Quatsch!« Doch er wusste, dass sie nicht ganz unrecht hatte. Er hatte kein Gefühl mehr in den Armen. Er blickte auf Con hinunter; sie war so bleich wie Buttermilch und Spucke, wirkte aber fest entschlossen. Also bemühte er sich um eine Miene, die entspannte Neugier signalisierte. »Selbst wenn es so wäre – wie könntest du mir dann helfen?«

»Ich klettere voran und prüfe die Äste«, antwortete sie. »Denn wenn du noch mal Angst bekommst, stürzt du ab und brichst dir das Genick.«

»Ich hatte keine Angst«, sagte Fred, noch bevor er die Worte zurückhalten konnte.

»Oh, doch«, erwiderte Con, die zu ihm hochblickte. »Und ich habe auch Angst. Also.«

Sie kletterte weiter, wenn auch viel langsamer als er, und zog dabei ein wütendes Gesicht. Sie prüfte jeden Ast mit den Füßen, bevor sie ihr Gewicht darauf verlagerte, und wischte sich vor jedem Griff die Hände am Rock ab.

Fred löste eine Hand vom Ast. Er schob seine Angst weit von sich fort und folgte Con.

Nach einer Weile fand er wieder in den Rhythmus des Kletterns und atmete normal. Dann sahen sie den Bienenstock. Hunderte, ja Tausende von Insekten summten in der Luft.

»Die Bienen schauen nicht gerade freundlich drein, oder?«, meinte Con mit viel schrillerer Stimme als üblich. »Beeil dich, damit wir schnell wieder nach unten können.«

»Dauert nur eine Sekunde.« Fred hockte sich mit zitternden Beinen auf den Ast und stopfte sich Blätter in die Nasenlöcher, um nicht in der Nase gestochen zu werden. »Halt zur Sicherheit Abstand.«

Tief unten rief Lila aufmunternd: »Ihr schafft das!«

Und Max schrie ermutigend: »Dürfen wir euch essen, falls ihr beide abstürzt?«

Fred richtete sich auf und legte einen Arm um einen Ast. Dann reckte er den freien Arm über den Abgrund und zwängte die Hand durch das faustgroße Loch, das die Affenmutter in den Bienenstock gebohrt hatte.

Das Summen wurde immer lauter und zorniger. Fred wappnete sich innerlich. Die Bienen umschwärmten ihn wütend, und einige prallten gegen seine Shorts, aber keine wagte sich an seine nackte Haut. Er brach triumphierend ein Stück von der Honigwabe ab, dann noch eines.

»Es funktioniert!«, sagte Fred. Eine Biene flog in seinen Mund. Er fluchte und spuckte sie aus, riss den Kopf zur Seite und merkte, wie der Baum unter seinen Füßen schwankte.

»Und wohin damit?«, fragte Con.

»Wir könnten die Honigwaben einfach fallen lassen«, meinte Fred, »aber vielleicht verfangen sie sich in den Ästen.«

»Sag mir nicht, dass die ganze Mühe umsonst war ...«, begann Con.

»Nein. Ich habe eine Idee.«

Er raffte all seinen Mut zusammen und schlang einen Arm um einen schmaleren Ast vor ihm. Dann steckte er sein

Hemd mit der freien Hand in die Hose und ließ den Honig vor seinen Bauch rutschen. Er leckte seine Finger.

»Bäh!«, sagte er, denn er hatte vergessen, dass sie voller Rindendreck und Ameisensekret waren. Trotzdem war der Honig köstlich. Bei dem Geschmack kribbelte es ihn am ganzen Körper.

»Darf ich auch mal probieren?«, fragte Con.

»Ich dachte, du willst unbedingt runter.«

Sie zitterte so stark, dass ihre Knie zuckten, reckte aber trotzig das Kinn. »Wenn du das schaffst, schaffe ich es auch.«

Als sich Fred um den dicken Stamm auf sie zuschob, sah er es: etwas Rotes, so groß wie ein Apfel, mit Lianen fest an einen Ast gebunden.

Er hielt den Atem an und lehnte sich zurück, um das Etwas besser sehen zu können.

»Fred!«, rief Con. »Vorsicht!«

»Keine Sorge.« Er packte einen Ast. »Schau mal nach oben.«

Das rote Etwas war keine Pflanze. Es wirkte nicht lebendig.

»Was ist das?« Con blickte mit zusammengekniffenen Augen nach oben. »Die Blätter sind im Weg.«

»Sieht aus wie Leder.«

»Eine Handtasche?«

»Nein. Etwas anderes.«

Er hangelte sich um Con herum und kletterte höher. Dann löste er das Ding mit zitternden Händen so rasch wie möglich vom Baum. Der Ast, auf dem er stand, war so breit, dass er sich rittlings daraufsetzen konnte.

Con kraxelte zu ihm und setzte sich gegenüber hin. Sie schlang einen zitternden Arm um den Stamm. »Nicht öffnen!«, sagte sie. »Warte, bis wir wieder unten sind, du Idiot.«

»Nur ein kurzer Blick«, erwiderte Fred. Es war ein roter Lederbeutel mit goldener Aufschrift auf der Unterseite und einem Lederband zum Zuziehen. Der Beutel war schwer. Seine Hände zitterten, als er ihn öffnete und etwas aus Metall herausholte.

»Eine Tabaksdose«, sagte er. Sie war rostig, wenn auch nicht so sehr wie die Sardinendose.

»Darf ich mal sehen?«, fragte Con. Auf dem Rand der Dose stand etwas. Sie flüsterte die Worte, als wäre es ein Zauberspruch: »Colliers Feinster Tabak. London, Piccadilly.«

»Hier ist noch etwas«, sagte er. Der Baum schwankte in einer plötzlichen Windböe und das Ding entglitt ihm. Er fing es im letzten Moment auf. Es war auch rostig und hatte eine raue Oberfläche. »Ein Taschenmesser!«, sagte er.

»Ist das alles?«

»Glaube schon.«

Er wedelte eine verirrte Biene davon und drehte den Beutel über seiner Handfläche um. Ein Zettel fiel heraus.

»Was ist das?«, fragte Con. »Ein Brief?«

Der Zettel schien ursprünglich eine leere, überzählige Seite hinten in einem Buch gewesen zu sein. Er war mit Tinte in sauberen Blockbuchstaben beschriftet. In einer Ecke sah Fred die Skizze einer Kompassrose.

»Das ist eine Karte«, sagte er.

Fred bekam eine Gänsehaut, denn er wusste, wie mächtig

Landkarten waren. Sie führten zu verborgenen Dingen. Ihre Linien enthüllten die Geheimnisse der Welt.

Fred betrachtete die Karte. Dort, wo man sie gefaltet hatte, war die Tinte verblasst. Dünne Linien markierten Nebenflüsse, eine dicke vermutlich den Amazonas. In der rechten Ecke stand ein X. Es war mit so viel Druck notiert worden, dass der Stift das Papier durchbohrt hatte.

»Was ist auf der Karte zu sehen? Und wofür steht das X?« Con machte große Augen und schien vergessen zu haben, dass sie sich in dreißig Metern Höhe befanden.

»Weiß ich auch nicht.« Fred hob den Blick. Der Baum, in dem sie saßen, war besonders hoch. Seine schmale Spitze überragte fast alle anderen Bäume. »Ich steige noch höher«, sagte er. »Vielleicht kann ich etwas sehen, wenn ich über den Blättern bin.«

»Nein, das tust du nicht! Das wäre verrückt – du willst doch nur angeben, weil du dich dafür schämst, dass du vorhin Angst hattest.«

Fred bekam rote Ohren. »Ich klettere höher. Willst du schon wieder runter oder kommst du mit?«

Con zog die Mundwinkel nach unten. »Natürlich komme ich mit, ist doch klar.«

Sie kletterten langsam und prüften die Äste auf Trittfestigkeit, denn sie wurden immer dünner, waren teils so schmal wie ein Besenstiel und wippten gefährlich.

Nachdem sich Fred wieder durch dichtes Laub gezwängt hatte, tauchte er mit Kopf und Schultern aus der Baumkrone auf und blickte auf das Blätterdach des Dschungels. Tief unten schlängelte sich der silbrige Fluss. Fred versuchte ruhig zu atmen. Dieser Anblick entsprach nicht ganz der Vorstellung, die er sich früher, in einer Ecke der Bücherei auf dem Fußboden sitzend, gemacht hatte.

»Schau mal!«, sagte er.

»Ich schaue ja«, erwiderte Con, die sich dicht unter ihm befand. Sie kniff die Augen fest zu.

Der endlos lange Fluss schlängelte sich in Schleifen und Kurven in die Ferne und verschwand am Horizont vor dem Fuß eines Gebirges. Während Fred diesen Blick in sich aufnahm, kam wie aus dem Nichts ein Affe angesprungen und schwang sich an ihm vorbei.

»Augen auf, Con«, sagte Fred. »Das musst du sehen!«

Con öffnete ihre Augen zuerst ein wenig und dann himmelweit. »Das ist ja irre! Das ist zum In-die-Faust-Beißen schön.«

Es schien Fred, als wäre das alles mit einer bestimmten Absicht entworfen worden: Irgendjemand hatte die Welt so wild und grün und lebendig wie möglich gestalten wollen.

Als er seine Hand langsam vom Baum löste, schmeckte er Angst im Mund. Trotzdem holte er den Zettel aus der Tasche und faltete ihn auseinander.

Es war ein kleines, grünes Wunder – die Karte entsprach ganz genau dem, was er vor Augen hatte. Sie hätte aus dieser oder einer ähnlichen Position gezeichnet worden sein können.

Er senkte den Blick auf die Karte. »Wir sind hier«, flüsterte er.

»Und in der Flussbiegung – da liegt unser Floß«, sagte Con. Die gewissenhaft gezogenen Linien entsprachen genau – oder fast genau – der Welt, die sich unter ihnen ausbreitete.

»Und wo soll das X sein?«, fragte Con.

Fred beschirmte seine Augen. »Irgendwo dort drüben. Aber ich kann nichts erkennen.« Der Horizont war ein grüner, verschwommener Streifen und der Fluss war nicht mehr zu sehen.

»Wir müssen auf der Karte eintragen, wo wir sind«, sagte Con. »Damit wir es nachher wiederfinden.«

Fred senkte den Blick auf seine Hände. Die Schnitte auf den Knöcheln verheilten allmählich; er riss mit den Zähnen etwas Schorf ab, quetschte einen Blutstropfen aus der Wunde und markierte damit ihren Standort.

»Ist ja ekelhaft!«, brummte Con. »Aber eine gute Idee.«

Fred grinste. »Lass uns runterklettern«, meinte er. »Es gibt Honig zum Mittagessen.«

Er kletterte schneller, als gut für ihn war. Auf halbem Weg nach unten schrammte er sich die Haut an einem Knoten in der Rinde auf und bekam einen Zweig ins Auge. Con, die langsamer folgte, erteilte sich beim Klettern leise Anweisungen.

Als Fred unten auf den Boden sprang, war sein Hemd voller Honig und sein Herz schlug bis zum Hals.

»Du lebst!«, sagte Max, schlang die Arme um Freds Beine und versuchte ihn zur Feier des Tages ins Knie zu beißen. »Und ich dachte schon, wir könnten euch essen.«

»Ich hoffe, du bist nicht zu enttäuscht«, erwiderte Fred grinsend.

Da erreichte Con den untersten Ast. Sie zögerte. Lila hielt ihr eine Hand hin, aber Con ignorierte sie und sprang entschlossen auf den Urwaldboden.

»Wir haben eine große Entdeckung gemacht«, verkündete sie feierlich.

»Echt? Und welche? Essen?«, fragte Lila.

»Abwarten. Lasst uns zuerst zur Lichtung zurückgehen«, sagte Con und stieß so plötzlich, als wäre in ihrem Inneren ein Ventil geplatzt, einen halb lachenden, halb triumphierenden Laut aus. »Um ehrlich zu sein, bin ich noch nie auf einen Baum geklettert!«

»Noch nie?«, fragte Lila. »Dann war das eine große Leistung.«

»Ja«, meinte Con, »das finde ich auch.«

In der Hütte angekommen zog Fred sein Hemd aus. Er schabte den Honig ab und verteilte ihn auf mehrere breite Blätter.

Danach wusch er seine Brust und das Hemd im Teich. Der Honig hatte sich mit Staub und Rinde zu einer Paste vermischt, die erstaunlich schwer abging.

»Beeilung, Fred!«, schrie Max.

Fred gab auf und zog das klebrige Hemd wieder an. Dann lief er zur Hütte zurück. Lila drehte den Tabaksbeutel vorsichtig hin und her. Baca hing wie ein Kleinod an ihrem Hals und beschnüffelte ihr Schlüsselbein.

»Der Beutel ist rot«, sagte Lila. »Tabaksbeutel sind eigentlich immer braun.«

»Und?«, meinte Con.

Lila beugte sich mit leuchtenden Augen vor. »Und Bienen erkennen kein Rot. Das ist für sie wie Schwarz. Was, wenn jemand wollte, dass die Bienen den Beutel vor anderen Tieren beschützen? Die Bienen selbst merken nicht, dass der Beutel nicht zum Baum gehört. Sie werden also nicht misstrauisch.«

»Können Bienen misstrauisch sein?«, fragte Con skeptisch.

Lila errötete. »Ich meine ja nur. Aber Mama sagt, dass man im Dschungel nichts Rotes essen oder anfassen soll, weil das meist giftig ist. Der Besitzer dieses Beutels wusste das bestimmt auch. Vielleicht wollte er ihn irgendwann wiederholen.«

Fred spürte, wie ein knisternder Schauder über seine Haut lief. »Wir haben noch mehr gefunden.«

»Eine Landkarte?« Lila glättete den Zettel auf einem großen, flachen Stein. »Was hat das X zu bedeuten?«

»Das wissen wir nicht. Die Stelle war zu weit weg.«

»Vielleicht ein Schatz?«, meinte Lila. »Oder ein verborgener Indianerstamm?«

»Kanonenkugeln!«, sagte Max.

»Lass den Quatsch«, stöhnte Con.

»Vielleicht wusste die Person selbst nicht, was da ist. Vielleicht markiert das Kreuz eine Stelle, nach der er oder sie erst noch suchen wollte«, sagte Fred. »Ob sie wohl wusste …«

Max legte Fred eine kleine Hand auf den Mund. »Ich habe Hunger! Essen wir jetzt den Honig?«

Der Honig wirkte wie Medizin. Lila saß aufrechter. Cons Wangen bekamen wieder Farbe. Und der Honig schmeckte absolut erstaunlich: süß und erdig und wild. Fred hätte am liebsten Rückwärtssaltos auf der Lichtung geschlagen. Der Honig schmeckte so rund und voll, dass sie die Karte eine halbe Stunde vergaßen.

CON

Der nächste Tag war ein Mittwoch. Normalerweise begann der Mittwoch stets mit einer Doppelstunde in Erdkunde. Und das Spannendste am Mittwoch war der Biologieunterricht bei dem alten Mr Martin, der in unerwarteten Abständen furzte.

An diesem Mittwoch jedoch erwachte Fred zu einem Urwald-Gewitter. Regen tropfte durch das Dach der Hütte in sein Ohr.

Lila und Con waren schon wach und steckten die Köpfe über der Landkarte zusammen. Max lag schnarchend in einer Pfütze, er hatte Matsch in den Augenbrauen und Haaren. Bacas Fell war so klitschnass, dass es glatt am Körper lag. Er wirkte so wütend, wie ein Faultier nur wirken konnte.

Lila legte den Daumen auf das X. »Diese Stelle ist viel näher als Manaus«, sagte sie, als ihr ein Blick über die Schulter verriet, dass Fred wach war. »Fred! Meinst du, wir können sie mit dem Floß erreichen?«

Er ging mit steifen Beinen zu ihnen, um auch auf die Karte zu schauen. Beide Mädchen bibberten. Es war nicht kalt, aber die Feuchtigkeit drang bis in ihre Knochen.

»Wir müssten durch all das Gestrüpp hier«, meinte er. »Und dann ist da noch dieses Zeichen.«

»Diese schlangenartige Markierung?«

»Ja.« Er schaute aus der Hütte und musterte den aktenschrankgrauen Himmel. »Trotzdem glaube ich, dass wir auf dem Floß dorthin fahren können.«

»Findest du denn, dass wir dorthin fahren *sollen*?«, fragte Con. Das war ganz klar eine Frage, die um Verneinung bat. »Wir konnten die Stelle nicht einmal vom Baum aus sehen. Sie ist meilenweit entfernt!«

»Wir können nicht ewig hierbleiben«, erwiderte Fred, der sich nichts sehnlicher wünschte, als den Fluss hinunterzufahren und den mit einem X markierten Ort zu suchen. Er wollte unbedingt wissen, wie es war, ein Entdeckungsreisender zu sein. In seinem Magen regte sich ein Gefühl, das mit Hunger nichts zu tun hatte – es war eine Mischung aus Abenteuerlust und Furcht, vermischt mit Hoffnung.

»Ihr macht Witze, oder?« Con ließ ihren Blick von Lila zu Fred zucken.

»Wir haben ja die Karte«, sagte Lila beruhigend. »Dieses Mal wissen wir, wohin es geht.«

»Aber wir wissen nicht, was uns erwartet!« Con war bleich geworden und bekam rote Flecken im Gesicht.

»Irgendetwas muss dort sein«, erwiderte Fred. »Sonst würde es die Karte nicht geben.«

»Und wenn das X nun bedeutet: Diesen Ort muss man unbedingt meiden, weil dort Monster im Dunkeln über einen herfallen?«

»Tja, dann müssten wir wohl bleiben. Aber willst du nicht weg von hier?«, meinte Fred.

»Natürlich will ich weg! Hier ist es schrecklich!«, fauchte sie. »Ich hasse die Moskitos und die Ameisen und die Stiche und den ständigen Hunger! Aber ich habe keine Lust, einer Karte ins Nichts zu folgen – ich will nach Hause!«

Max fuhr aus dem Schlaf auf und begann zu wimmern, er zerrte an Lilas Ärmel. Sie schüttelte seine Hand ab.

»Ich will auch nach Hause«, sagte Lila. Ihre Augenbrauen verbanden sich auf ihrer Stirn zu einem zornigen Strich. »Du leidest hier nicht mehr als alle anderen.«

»Doch, das *tue* ich.« Cons Gesicht war bis zur Unkenntlichkeit verzerrt. »Ihr kapiert das nicht. Für euch ist das leichter, denn ihr seid es gewohnt! Ihr seid doch von hier.«

Lilas Augen weiteten sich. »Wir leben in der *Stadt.*« Sie klang erbost. »Wir haben ein Esszimmer! Mit silbernen Leuchtern. Wir hausen doch nicht im Urwald!«

»Aber euch ist nicht die ganze Zeit übel.« Cons Kinn zitterte. »Ich wache jeden Morgen mit dem Gefühl auf, mich übergeben zu müssen.« Sie schlug mit der Faust auf den feuchten Boden und ließ Matsch aufspritzen.

»Ich auch! Ich will …«

»Ich finde es hier so schrecklich, dass ich kaum atmen kann.«

»Glaubst du, wir wären gern hier?«

»Aber du bist nicht allein!«, brach es aus Con heraus. »Du hast Max!«

»Richtig! Ganz genau. Und er heult die meiste Zeit, und wenn er stirbt, dann wäre das meine Schuld.«

Max hatte zugehört und stieß einen Schrei aus. Sein Körper wurde von Schluchzern geschüttelt. Fred ergriff ihn bei einem Handgelenk, damit er nicht wegrannte.

»Wenn er stirbt, wüsste er wenigstens, dass jemand um ihn trauert!«, schrie Con so laut, dass sie den Lärm übertönte.

»Ach ja? Ist es meine Schuld, dass niemand um dich trauern würde?«, zischte Lila. »Du weißt ja nicht …«

»Hört auf!«, schrie Max, rannte zu den beiden Mädchen und trat auf sie ein, so dass Matsch auf ihre Haut spritzte. »Hört auf damit! Sofort!«

Lila schloss ruckartig den Mund. Sie drehte sich zu ihrem Bruder um und schloss ihn in die Arme. Sie streichelte seinen Rücken und schaute tief erschöpft drein. »Nicht weinen. Dann wird es nur schlimmer.«

Eine Träne kullerte über Cons Wange. Fred zog ein Blatt aus der Hüttenwand und gab es ihr. Sie versuchte ihr Gesicht damit abzuwischen, aber es klappte nicht. »Ich bin so müde«, murmelte sie. »Und so hungrig. Und alles tut mir weh.«

Lila senkte den Blick. »Ich habe es nicht so gemeint.«

Alle schwiegen. Über ihren Köpfen prasselte der Regen auf die Blätter.

»Ich habe Albträume von meiner Mama«, sagte Lila. »Ich träume, dass sie mich sucht, und ich sitze auf einem Baum fest und kann nicht rufen, damit sie aufblickt und mich sieht.« Sie zögerte kurz. »Träumt ihr auch von euren Eltern?«

Fred träumte von nichts anderem; sein Vater war immer knapp außer Hörweite, knapp außer Reichweite, und er kämpfte im Dunkeln darum, ihn mit den Fingerspitzen zu berühren. Er nickte, wenn auch unverbindlich.

Cons Lippen formten ein Wort, dann schlossen sie sich. »Bei mir ist das anders«, sagte sie schließlich. »Ich lebe bei meiner Großtante.«

»Und wo sind deine Eltern?«, fragte Lila.

»Sie sind tot.« Con kniff wieder die Lippen zusammen und reckte dann ihr Kinn, als wollte sie sich jedes Mitgefühl verbitten. »Meine Mutter ist gestorben, als ich drei war, und mein Vater ist im Krieg umgekommen. Danach war ich in einer Pflegefamilie.«

»Hast du nicht gerade erzählt …«

»Sie haben dann doch noch ein Kind bekommen und mich aus dem Haus geworfen. Deshalb wurde ich zu meiner Großtante geschickt.« Con zuckte gespielt gleichgültig mit den Schultern. »Sie wollte mich eigentlich auch nicht bei sich haben, aber es gab keine andere Möglichkeit.«

»Die Pflegefamilie hat dich rausgeworfen?«

»Sie haben gesagt, ich würde das Baby quälen. Aber das stimmte nicht. Nur einmal … einmal hat es geweint und wollte überhaupt nicht wieder aufhören und da habe ich ihm einen Klaps verpasst.«

»Oh«, sagte Lila betroffen.

»Und … ich weiß auch nicht.« Con verstummte und

schluckte, biss ein Stückchen von ihrem Daumennagel ab und fuhr fort: »Sie haben behauptet, ich hätte das Baby angeschrien. Aber in Wahrheit ist das nur ein einziges Mal passiert. Und es war halb so wild, denn das Baby hat ja sowieso nichts kapiert.«

Fred nickte.

»Meine Großtante schickt mich im Sommer immer zu den Nonnen.«

»Nonnen?«

»Auf eine Klosterschule. Darum bin ich in Brasilien. Im letzten Jahr war ich in Indien. Sie meint, Reisen bildet den Charakter. Ich finde es grässlich.«

»Möchtest du deinen Charakter denn bilden?« Lila versuchte, nicht zu skeptisch zu klingen.

Con lächelte verkrampft. »Eigentlich nicht. Aber sie denkt, dass Mädchen still und brav sein müssen. Sie meint, ich sei zu patzig. Dabei will ich das gar nicht sein. Aber wenn ich versuche mich zu benehmen – gut zu benehmen –, dann bemerkt sie das nicht. Vielleicht ist es ihr auch egal. Und deshalb ist es mir auch … na, ja … meist egal.«

Sie wischte sich mit Daumen und Zeigefinger die Nase ab. »Und ich glaube nicht … ich glaube nicht, dass sie Leute losgeschickt hat, die mich suchen sollen. Wir haben wenig Geld. Die Klosterschule hat meine Überfahrt aus einem Fonds für Waisenkinder bezahlt.« Ihre verbitterte Miene strafte ihren heiteren Tonfall Lügen. »Ich bin ein Sozialfall.«

»Aber du hast gesagt …«

»Das war gelogen.«

»Klingt grauenhaft, was du von deiner Tante erzählst«, sagte Lila.

»Ja, wirklich«, meinte Fred und fragte sich, ob er Con kumpelhaft gegen den Arm knuffen sollte, wie die Jungen in der Schule das machten. Aber es war nicht die passende Gelegenheit dafür, fand er.

»Sie ist einfach alt.« Con holte so tief und rüttelnd Luft, als hätte sie gerade eine schwere Last abgeschüttelt. Sie rieb mit einer Handvoll Haare über ihre Augen. »Das habe ich noch nie jemandem verraten. Das mit meiner Pflegefamilie. Bitte erzählt es nicht weiter.«

»Wem denn?«, fragte Fred. »Wir sitzen mitten im undurchdringlichen Urwald fest.«

Lila löste Baca von ihrem Hals und legte das Faultier auf Cons Schulter. »Hier. Vielleicht knabbert er deine Ohren an. Aber das ist nett gemeint.«

Eine Träne lief über Cons Wange. Baca leckte sie ab.

Fred betrachtete Con. Er hatte noch nie jemanden in den Arm genommen. Sein Vater fand Umarmungen überflüssig und meinte, sie seien zu viel des Guten und außerdem unhygienisch. Aber Con sah auf einmal schrecklich mutlos und niedergeschlagen aus. Also gab er ihr doch einen sanften Knuff gegen die Schulter, der sie zur Seite pendeln ließ. Dann legte er ihr eine Hand auf den Arm.

Es dauerte länger, als Fred erwartet hatte, bis Con seine Hand mit einem halb erzwungenen Lachen abschüttelte.

»Gut«, sagte sie mit matter Stimme. »Schön. Ihr habt gewonnen. Wir folgen der Karte.«

Fred spürte, wie in seinem Bauch irgendetwas heiß und stürmisch zu glühen begann. »Wenn wir heute Maden und Beeren sammeln«, sagte er, »könnten wir morgen aufbrechen.«

Lila betrachtete Cons angespannte Miene. »Dann also morgen«, sagte sie.

Con zog die Schultern hoch und senkte den Kopf. Das war fast ein Nicken.

RAUCH

Als der nächste Tag dämmerte, war es heiß und stickig. Alle vier waren beim Erwachen von einem Schweiß bedeckt, der durstige Libellen anzulocken schien.

Con entdeckte vor dem Frühstück einen Bananenbaum, und sie knoteten Max' Pullover zu einem Sack zusammen, den sie bis zum Bersten füllten. Sie futterten die unreifen Bananen, bis sich Max auf seine Schuhe erbrach.

Nach dem Frühstück frischte der Wind auf. Fred, der das Floß überprüfte und jeden Knoten zweimal testete, empfand die Brise als wohltuend.

Aber genau dieser Wind kostete sie fast das Leben. Fred und Lila krochen über das Floß, um ein paar Knoten zu straffen und auszuprobieren, wie es unter ihrem Gewicht im Wasser reagierte. Con und Max suchten Beeren als zusätzlichen Proviant. Baca verkroch sich in Lilas Tasche und reckte ab und zu die Schnauze in den Wind. Nach einer Weile stieg ihnen ein eigenartiger Geruch in die Nase. Baca wimmerte und Fred lief ein Schauder über den Rücken.

»Findest du nicht auch, dass es komisch riecht?«

Baca wirkte nervös. Er begann Lilas Rocksaum zu zerbeißen.

Lila warf einen Blick auf den Pfad, der zu ihrer Lichtung führte. Eigentlich hätte der lichte Sonnenschein im Laub tanzen müssen, aber nun wogten dort graue Schwaden. »Ist das … Staub?«

»Nein, das ist Rauch«, sagte Fred und schnupperte noch einmal. »Da brennt etwas!«

Beide starrten den grauen, wogenden Rauch wie gelähmt an. Dann stieß Lila einen Schrei aus, der das ganze Floß erzittern ließ. »Max! Wo ist Max?«

»Er war gerade noch mit Con am Ufer.« Der Rauch floss jetzt wie Wasser durch die Bäume auf sie zu und brannte in ihren Augen.

Im nächsten Moment hörten sie Fußgetrappel und dann brach Con so rasant aus dem Gebüsch, dass ihre Haare hinter ihr herflogen und sich in den Zweigen verfingen. Sie stolperte in den Fluss und paddelte panisch zum Floß.

»Die Lichtung brennt!«, schrie sie und hievte sich auf die Kante. »Alles brennt! Es ist furchtbar!« Sie hatte rote Augen, ihr Blick war entsetzt. Sie sah sich um. »Wo ist Max?«

»Ich dachte, er wäre bei dir!« Lilas Gesicht war nicht mehr wiederzuerkennen.

»Was? Nein! Er wollte zu dir – er wollte mit Baca spielen.«

»Nein! Das kann nicht sein.« Lila richtete sich auf dem Floß auf. »Max!«

»Max!«, brüllte Fred. »Max!«

»Hier bin ich!« Die Stimme klang leise und kläglich und panisch.

Max war auf einen Baum geklettert. Er saß wimmernd in den Ästen, die über den Fluss ragten. Fred sah entsetzt zu ihm auf.

»Wie bist du dort hinaufgekommen?«, fragte Con. »Das ist sehr hoch!«

»Spring, Max! Spring ins Wasser!«, rief Lila.

»Ich kann nicht.«

»Max! Das ist ein Befehl!« Lilas Stimme war kurz vor dem Überschnappen. »Ich bin deine große Schwester, und du tust, was ich sage!«

Max' Stimme war ein Aufschrei. »Ich kann nicht!« Hoch über dem Fluss balancierend heulte er in lauten, wortlosen Schüben.

Fred zerrte sich die Schuhe von den Füßen, aber Lila hatte Baca Con in die Arme gedrückt und war schon im Wasser. Fred hatte noch nie jemanden so schnell schwimmen sehen. Dann krallte sie ihre Hände in den Schlamm der Uferböschung, hievte sich hinauf und rannte zum Baum. Sie kletterte hinauf und zog sich nur mit den Händen höher, wenn ihre Füße keinen Halt fanden. »Max!«, rief sie. »Bleib, wo du bist!«

Fred und Con saßen auf dem Floß. Con hielt Baca in beiden Armen, sah zu Lila und Max hoch und hustete, während der Rauch ringsumher immer dichter wurde.

Max klammerte sich wie ein Faultier mit Armen und Beinen an den Ast. Fred beobachtete mit zusammengekniffenen Augen, wie Lila zitternd über den Ast kroch und dabei ihrem Bruder gut zuredete. Dann versuchte sie seinen Griff zu lösen. Max weinte nicht mehr, sondern gab keinen Mucks von sich und hatte eine versteinerte Miene, und das war sogar noch beängstigender als sein Heulen.

Auf dem Pfad, der zur Lichtung führte, tauchten die ersten Flammen auf. Funken stoben und landeten auf Lilas Haut und Max' Füßen. Unter ihnen explodierten Samenkapseln mit dem Knall einer platzenden Papiertüte in der Hitze.

»Spring!«, schrie Fred panisch. »Spring ins Wasser, wir holen dich dann raus!«

Sie waren jetzt von Rauch eingehüllt und hörten, wie Lila verzweifelt auf ihren Bruder einredete und ihm etwas vorsang.

»Spring!«, kreischte Con. »Bitte! Spring endlich!«

Da klatschten zwei Körper in den Fluss. Das Wasser schwappte über ihnen zusammen.

Sie wurden sofort von der Strömung erfasst und in die Flussmitte gezogen, wo das Wasser schäumend schnell dahinströmte.

Fred starrte blinzelnd in den Rauch. Die Köpfe der beiden waren noch nicht wieder aufgetaucht. »Nimm die Stange«, sagte er zu Con und holte tief Luft. »Sollte ich sterben, dann sag meinem Dad … es tut mir leid.« Er sprang mit dem Kopf voran in das braune Wasser und schwamm zu den Stromschnellen.

Als er die Augen öffnete, sah er nur brodelnde Gischt. Dann prallte ein Körper gegen ihn, den er festhielt – es war Max. Er versuchte sich trotz seiner Panik daran zu erinnern, wie man Menschen vor dem Ertrinken rettete. Man musste behutsam ihr Kinn heben. Aber wie sollte das gehen? Die Strömung war viel zu reißend für so etwas.

Fred drehte sich auf den Rücken und zog Max auf seinen Bauch. Er versuchte den Kopf des Jungen über Wasser zu halten. Schwer zu sagen, ob Max noch atmete. Fred begann mit einem Arm rückwärts zum Ufer zu schwimmen. Er sah nur Rauch und Gischt und bei jedem Schwimmzug schwappte Wasser über sein Gesicht.

»Nicht durchdrehen«, flüsterte er sich zu. Dies war eindeutig der falsche Moment, um panisch zu werden.

In unmittelbarer Nähe klatschte ein brennender Ast ins Wasser. Max hustete einen Käfer aus und japste kläglich, als wieder Wasser über sie hinwegschwappte.

Fred drohte nun doch von Panik erfasst zu werden, aber in diesem Moment erblickte er etwas im Rauch. Ein Schrei übertönte das Prasseln der Flammen und das Rauschen des Wassers. »Fred! Max!«

Das war Con.

»Wir sind hier!«, rief er.

»Schwimmt zu mir!«, kreischte sie.

»Geht nicht! Die Strömung!« Es kostete unglaublich viel Kraft, dagegen anzukämpfen. Er spürte, dass er in einem Bein einen Krampf bekam, und befürchtete, Max könnte wieder untergehen.

Da tauchte eine Silhouette im Rauch auf – das Floß. Con war von grauer Asche bedeckt. Sie paddelte wie eine Verrückte mit beiden Händen, um das Floß voranzutreiben, und schrie dabei ihre Namen.

Sie erreichte Fred in dem Moment, als er von einem Strömungswirbel erfasst wurde. Ein dumpfer Schlag, als er mit dem Kopf gegen das Floß knallte, dann hörte er Con schreien und merkte, wie sich seine Muskeln schmerzhaft verkrampften, aber Minuten später hockte er schon auf dem Floß und hustete Wasser aus, Max neben sich, der Blätter, Wasser und halb verdaute Bananen erbrach.

»Wo ist Lila?«, fragte Con mit schriller, panischer Stimme. »Wo ist Lila?«

»Ich habe sie nicht gesehen.«

Fred würgte noch ein bisschen Wasser aus und kroch zum Rand des Floßes. Er versuchte wieder zu Atem zu kommen, um noch einmal ins Wasser zu springen, musste aber bei jedem Atemzug würgen.

Da kippte das Floß plötzlich zur Seite. Zwei Hände erschienen und dann legte Lila ihr Kinn auf den Rand des Floßes.

»Lila!« Fred gab einen Laut von sich, der ihn selbst überraschte – irgendetwas zwischen Brüllen und Jubeln –, dann ergriff er sie bei den Handgelenken und anschließend bei den Schultern und hievte sie auf das Floß. Sie lag keuchend da. Sie hatte sich den Nasenrücken aufgeschrammt und Blut auf Mund und Kinn, aber sie war am Leben.

»M-Max«, japste sie.

»Er ist hier, es geht ihm gut!«, schrie Con, obwohl sie

direkt neben ihr saß. »Es geht ihm gut, wirklich. Komm erst mal zu Atem!«

Sie stakte das Floß mit der Stange fort von Flammen und Rauch zur gegenüberliegenden Flussseite, wo die Strömung ruhiger war. Als die Luft schließlich wieder klar und das Feuer nur noch ein fernes Knistern war, steuerte sie das Flachwasser an, wo das Floß sanft schaukelnd zum Halten kam.

Ein Schwarm blauer Schmetterlinge ließ sich auf dem Ufer nieder. Max hatte so viele Wasserpflanzen in den Haaren, dass es aussah, als würde er eine Tiara tragen. Lila wiegte ihn in den Armen. Er wiederum hielt Baca. Und Baca klammerte sich an seinen Daumen.

Es dauerte lange, bis jemand wieder etwas sagte.

»Und nun?«, fragte Lila. »Kehren wir zurück?«

»Ich weiß nicht. Wahrscheinlich ist alles verbrannt«, meinte Con.

Sie stand noch unter Schock und zitterte, und obwohl die Sonne warm war, standen ihr auf den Armen die Haare zu Berge. »Ich habe es gesehen.«

»Was ist mit der Hütte? Und mit den Bienen?«

»Alles hat gebrannt. Die ganze Lichtung.« Con wischte sich Asche aus dem Gesicht. Sie sah aus wie ein Panda. »Unser Feuer war schuld. Einer von uns hätte es bewachen müssen. Die Glut war zu heiß. Und dann der Wind.«

»Dann folgen wir also der Karte«, sagte Fred leise.

»Halt mal – du hast die Karte in der Tasche, oder?«, fragte Lila.

Fred war, als habe er Eisklumpen im Bauch. »Oh«, sagte

er. »Oh, nein.« Er fischte den roten Lederbeutel aus der Tasche.

Die Tinte auf der Landkarte war zerlaufen und bloß noch ein schwarzes Geschmiere. Das Papier war aufgeweicht und riss entzwei, als er es Lila geben wollte.

Er schluckte. »Tut mir leid«, flüsterte er.

Lila zog ein Gesicht, als müsste sie gleich weinen. »Schon gut«, sagte sie.

Hinter ihnen waren ein ungeduldiges »Ts-ts!« und ein Kratzen zu hören. »Warum steckt ihr gleich den Kopf in den Sand?«, fragte Con. Sie hatte einen Feuerstein aus der Tasche gezogen, ein Stück Rinde vom Floß abgerissen und angefangen etwas darauf einzuritzen.

»So – hier war der Schnörkel – und dort war die Flussbiegung«, sagte sie.

»Dein fotografiertes Gedächtnis!«, sagte Max.

»Fotografisches Gedächtnis«, berichtigte Con. Sie kratzte weiter. »Bitte«, sagte sie dann. »Was meint ihr? Sieht das richtig aus?«

Fred studierte ihre Karte. »Sieht so aus, als wäre es fast identisch …«

»Nicht nur fast identisch«, erwiderte Con scharf. »Ich wollte bloß höflich sein. Ich weiß, dass meine Karte richtig ist.«

Fred betrachtete das Rindenstück und sah danach Lila, Max und Con an. »Ich weiß nicht, wohin uns die Karte führt, aber es kann nur besser sein als unser verbranntes Lager. Was meint ihr?«

Er verspürte wieder Furcht und Hoffnung und noch etwas, das dem zu entsprechen schien, was sein Vater »reinen Irrsinn« genannt hätte.

Con biss sich auf die Lippe. Dann griff sie wortlos nach der Stange und stakte das Floß wieder in die Flussmitte, unter den Baldachin aus grüngoldenem Licht. »Bei der nächsten Gabelung links?«, fragte sie.

»Bei der nächsten Gabelung links«, bestätigte Lila.

Sie waren den ganzen Tag unterwegs. Einige Nebenflüsse waren nur zweieinhalb Meter breit und hatten ein Gewölbe aus Laub und Ästen, das für eine mitternächtliche Dunkelheit sorgte. Andere waren hell und so breit, dass das gegenüberliegende Ufer fast außer Sichtweite war.

Als sich der Himmel rosa verfärbte, entdeckte Fred auf dem fernen Ufer einen Kaiman, groß wie eine Deutsche Dogge. Er lag im Schlamm, die Augen halb geschlossen, und starrte geradeaus. Freds Herzschlag stockte.

»Was tun wir?«, zischte Con, ohne einen Gesichtsmuskel zu bewegen.

»Nichts«, antwortete Lila. Fred hielt die Stange wie einen Speer in den Händen. Aber der Kaiman regte sich nicht, als sie an ihm vorbeiglitten.

Vor ihnen stand die Sonne tief über dem Fluss. Ihr rötliches Licht wurde schwächer. Fred konnte das Wasser nicht mehr mit seinem Blick durchdringen.

»Wir sind nicht außer Gefahr, oder?«, fragte Con.

»Nein«, meinte Fred. »Aber wir könnten so tun als ob.«

Lila drückte Bacas Klaue noch fester. »Tun wir einfach so,

als wäre der Fluss auf unserer Seite. Tun wir so, als wollte der Urwald, dass wir gewinnen.«

Die ersten Sterne erschienen und der Fluss strömte schwarz unter dem mit Silber gesprenkelten Himmel dahin.

»Obwohl sich Flüsse mit niemandem verbünden können?«

»Ja, trotzdem.«

AUF DEM FLUSS

Als sie einen Anlegeplatz fanden, war es fast stockdunkel. Es war eine Stelle, wo die Uferböschung niedriger war und die Bäume nicht wie eine feindliche Armee wirkten. Lila lenkte das Floß dorthin und Fred sprang an Land.

»Ich schaue mal, ob es Spuren von Kaimanen gibt«, sagte er.

»Ich komme mit«, erklärte Con.

»Nein«, sagte Max und hielt sie am Bein fest. »Bleib hier.«

Con errötete und unterdrückte ein Lächeln. Sie blieb. Fred wanderte zwischen den Bäumen umher, wobei ihm das Herz bis zum Hals schlug, bahnte sich mit einem Stock einen Weg durch die Farne und achtete auf den Gestank von Aas. Aber es roch nur nach Pflanzen, nach Harz und nach Vögeln.

»Alles in Ordnung! Hier droht uns keine Gefahr!«, rief er laut, damit die anderen ihn hörten. Sie riefen ebenso laut zurück und vertäuten dann das Floß.

Inzwischen vertrauten sie einander blind, dachte Fred. Sie waren wie ein Rudel. Oder eine Expedition, berichtigte er sich. So nannte man eine Gruppe von Entdeckungsreisenden.

In dieser Nacht schliefen sie auf dem Urwaldboden, die Rücken aneinandergedrückt. Tagsüber war es heiß gewesen, aber die Nacht war klar und kalt, und Fred zog sein Hemd vor dem Einschlafen bis zu den Knien hinunter.

Inzwischen fand er es beruhigend, Max' Fuß neben seiner Nase zu spüren, wenn er sich umdrehte. Und wenn er wieder Albträume hatte, tat es gut, die anderen atmen zu hören.

Sie waren noch einen Tag und eine Nacht unterwegs. Der Fluss trug sie gemächlich auf seinem silbernen Rücken. Sie sprachen nicht viel. Aber sie beobachteten wachsam und angespannt die Flussufer.

Am Morgen des dritten Tages, sie hatten gerade abgelegt, begann es zu regnen. Max saß da und starrte die Tropfen an, die in den Fluss klatschten. Plötzlich schrie er auf.

»Haie! Lila! Haie!«

»Wo?« Sie ergriff seine Hand. »Halt dich gut fest«, sagte sie. »Und nicht bewegen.«

Fred schaute sich um. Er sah nur die weite Wasserfläche und hörte das Rauschen des Regens.

»Im Amazonas gibt es keine Haie, Max«, sagte er. »Hab keine Angst.« Er hatte die Worte noch nicht ganz ausgesprochen, da sah er, was Max gesehen hatte: eine aus dem Wasser ragende Rückenflosse.

Con schrie auf. Lila zischte. Fred erstarrte und sagte durch zusammengebissene Zähne: »Bleib vom Rand des Floßes weg, Max.«

Dann verschwand die Flosse und im nächsten Moment sprang ein rosig grauer Körper im hohen Bogen aus dem Wasser.

»Ein Delfin!«, sagte Lila, die wie verwandelt dreinschaute.

Fred rieb seine Augen und schaute noch einmal hin, aber es war keine Illusion. Der Delfin war rosa.

Dann durchschnitt ein zweiter Rücken in einem Bogen den Fluss, danach ein dritter und schließlich schoss Wasser aus dem Blasloch eines Delfins. Sie kamen näher.

»Sollen wir reinspringen?«, fragte Fred. »Ob sie zulassen, dass wir mit ihnen schwimmen?«

»Besser nicht«, meinte Con. »Vielleicht gibt es Piranha.«

Die Delfine umkreisten das Floß mit einigem Abstand. Sie waren zu fünft, dachte Fred, vielleicht auch zu sechst. Einer sprang einen halben Meter entfernt aus dem Wasser.

Max klatschte und jubelte. »Pst!«, sagte Lila. »Wir müssen still sein, Maxi. Sie prüfen noch, ob sie uns vertrauen können.«

Offenbar taten die Delfine genau das: Die Art, auf die sie sich näherten, wieder umkehrten und sich dann erneut näherten, wirkte irgendwie forschend. Schließlich machte die ganze Schule kehrt und schwamm davon. Der Regen wurde immer stärker.

Freds Herz verkrampfte sich. Es tat ihm weh, sie verschwinden zu sehen. Er zog die Schuhe aus, kam auf die

Beine und sprang in den Fluss, schwamm den Delfinen rasch hinterher.

Als er sich näherte, beschleunigten vier Delfine ihr Tempo und tauchten tiefer ins Wasser, doch einer drehte sich um. Fred schwamm auf der Stelle und streckte eine Hand aus.

Er versuchte möglichst stillzuhalten. Der Delfin schwamm auf ihn zu, eine Gestalt unter der Wasseroberfläche. Dann blies er mit einem Keuchen Wasser aus. Er war graurosa und hatte tiefe Narben auf dem Rücken. Sein Maul hatte spitze Zähne, aber sein Blick war ruhig und zutraulich.

Fred versuchte seinen Atem zu beruhigen. Er hatte noch nie etwas so Erstaunliches erblickt – der Delfin sah aus wie ein ramponierter Flussgott. Er streckte wieder die Hand aus.

»Hallo«, flüsterte er. »Ich bin Fred.«

Der Delfin legte seine Schnauze in Freds Hand. Fred stockte der Atem, weil sich die Haut des Tieres so borstig anfühlte. Der Delfin stieß Freds Hand weg, schnaufte dann, als wäre er enttäuscht, und tauchte wieder unter.

Fred erwartete, dass der Schatten verschwand, doch als er zum Floß zurückschwimmen wollte, schoss der Delfin hinter ihm aus dem Wasser. Er sprang über ihn hinweg, tauchte ein und war verschwunden.

Die anderen riefen und gestikulierten. Sie zogen ihn mit vereinten Kräften auf das Floß.

Fred brachte kein Wort hervor, hatte auch keine Lust zu reden. Er wollte sich die Erinnerung an diesen Augenblick so fest wie möglich einprägen. Er stellte sich vor, welches Gesicht sein Vater ziehen würde, wenn er ihm davon erzählte.

Sein Herz sang und summte in seiner Brust. Aber die anderen sprudelten über von Fragen und Ideen.

»Er hat Zutrauen zu dir gefasst«, sagte Con.

»Vielleicht hat er geglaubt, du wolltest ihn füttern«, meinte Lila.

»Ob man sie vielleicht mit den Sardinen gefüttert hat?«, fragte Fred.

Später am Tag, Fred begann gerade der Kopf zu schwirren, so hungrig war er, erspähte Lila einen Feigenbaum am Ufer. Fred kletterte auf den Baum und schüttelte die Früchte auf das Floß. Sie knoteten die Ärmel und den Ausschnitt seines Pullovers zusammen und füllten ihn mit Feigen, die Max zählte. »Hundertdreißigstel!«, verkündete er triumphierend.

Hinter ihm flüsterte Lila: »Dreiundfünfzig.«

»Früher habe ich Feigen gehasst«, sagte Con. »Ich fand, sie schmeckten so, als würde man den Schnodder eines anderen essen – aber in Wahrheit sind sie das Beste überhaupt.«

Max fischte eine Handvoll Feigen aus dem Sack und stopfte sie in seine Tasche. »Die gehören mir. Ich mag nicht teilen«, sagte er hochmütig.

Lila gab Baca eine Feige, die er gierig fraß, um dann eine halbe Stunde später ausgiebig in ihren Schoß zu kacken.

Sie lachte und wusch ihren Rock im Fluss. »Faultiere gehen nur einmal pro Woche aufs Klo«, sagte sie, »ich habe also ein paar Tage Ruhe.«

Baca wirkte mager und schien noch größere Augen zu

haben als üblich. »Sie scheiden jedes Mal die Hälfte ihres Körpergewichts aus«, erklärte sie.

»Das klingt … anstrengend«, meinte Con.

Das Floß wurde immer wieder überspült und so hängte Lila sich ihren Rock zum Trocknen über die Schultern und schipperte wie eine Vogelscheuche auf dem Fluss. Freds Schuhe und Shorts waren klitschnass, aber sein Hemd war knochentrocken.

Die Sonne brannte heißer denn je. Con hatte einen rosaroten Sonnenbrand auf Wangen und Stirn. Lila bastelte eine kalte Kompresse aus Pflanzen und geflochtenen Blättern für sie, aus der grünes Wasser in ihre Augenbrauen sickerte. Aber sie linderte das Brennen.

Als sie sich an diesem Abend auf ein Lager aus Laub betteten, krabbelte Baca über Lilas Schulter, schnupperte an ihrem Hals und kletterte dann auf Freds Wade. Faultiere waren nachtaktiv und für ein Faultier war Baca ungewöhnlich munter. Er schloss Arme und Beine um Freds Knie und begann an dessen Shorts zu kauen.

Fred hielt still und schaute zu den Sternen auf. Sie schienen in Wirbeln zu zerlaufen, kamen angeprescht wie Tiere, drängten sich wie Schwärme weißer Schmetterlinge und verteilten sich am ganzen Himmel.

Lila schaute auch in den Himmel. »Fred?«, flüsterte sie. »Bist du wach?«

»Ja«, antwortete er leise.

»Der Mond ist so nahe.« Sie klang, als würde sie schon halb schlafen. »Man könnte ihn als Hut tragen.«

Fred nickte stumm im Dunkeln.

»Zu Hause«, flüsterte sie, »sieht man immer nur kleine Ausschnitte des Himmels – nur das, was zwischen Gebäude und Kirchtürme passt.«

»Ja«, murmelte Fred. »Einen solchen Himmel habe ich auch noch nie gesehen.«

Lila senkte die Stimme noch weiter. »Fred? Ob wir das hier heil überstehen?«

Er schaute weiter in den Himmel. »Ich weiß nicht.«

Con regte sich und drehte sich zu ihnen um. »Habt ihr Angst?«, flüsterte sie.

»Ja«, sagte Fred, der noch nie im Leben so große Angst gehabt hatte. Aber sie lebten. Er umschloss den Gedanken sozusagen mit der Hand und drückte ihn fest an seine Brust.

»Ich auch«, sagte Lila. »Aber erzählt das nicht Max.«

»Und ich auch«, flüsterte Con und brummte angewidert. »Nur sieht man es mir an. Ich kann die Angst nicht so gut verbergen wie ihr.«

Sie lagen dicht nebeneinander und atmeten leise. »Wenn wir das hier überstehen«, sagte Lila, »sollten wir uns alle irgendwo treffen.«

»Und wo?«, fragte Con.

»Was ist das berühmteste Hotel in London?«

»Das *Ritz*?«, meinte Fred.

»Dann verabreden wir uns dort«, sagte Lila, »und essen jeden Kuchen, den es gibt, und dann wird uns das hier vorkommen wie ein Traum.«

»Wir trinken auch heiße Schokolade«, murmelte Max, der zu drei Vierteln zu schlafen schien.

»Max«, sagte Lila, drehte sich um und strich über seine Stirn. »Schlaf weiter.«

Fred sah die anderen verstohlen an. Con hatte die Augen geschlossen. Sie hatte die Stirn gerunzelt, die Mundwinkel aber zu einem leisen Lächeln verzogen.

Am vierten Tag veränderte sich der Fluss. Die Bäume schlossen sich über ihren Köpfen dicht zusammen und das Wasser war voller Algen. Es roch nicht mehr frisch. Fische flitzten durch das Schilf.

»Sind das Piranhas?«, fragte Con. »Piranha, meine ich?«

Lila warf einen Blick über den Rand des Floßes und nickte, das Kinn nach vorn gereckt. Sie streichelte Baca, der an ihrem Hals hing, und grub ihr Kinn in sein Fell. Sie atmete rüttelnd aus.

Es war noch Vormittag, aber die Baumkronen schlossen sich so dicht zusammen, dass es dunkel zu sein schien.

»Geht es nur mir so, oder habt ihr auch das Gefühl, dass der Fluss nicht mehr auf unserer Seite ist?«, fragte Con.

»Nein, nicht nur dir«, sagte Fred knapp. Seine Oberlippe und seine Stirn troffen von Schweiß; und das lag nicht nur am Staken. Immerhin hatte er Cons Karte aus Rinde in der Tasche, und das beruhigte ihn.

Die Strömung trug sie weiter, aber die Fahrt durch die Algenwälder war so mühsam, dass Arme und Rücken schmerzten und die Hände wund wurden.

»Achtung!«, rief Lila.

Fred zuckte zusammen, weil er glaubte, er würde gleich etwas ins Gesicht bekommen, und sah dann stumm zu, wie sich eine Schlange über einen Ast schlängelte, an einem Baumstamm in die Höhe glitt und im Grün über ihren Köpfen verschwand. Nicht einmal Max rührte sich.

»Ihr Biss ist ziemlich sicher nicht tödlich«, sagte Fred, ärgerte sich aber sofort. Er hatte eigentlich beruhigend klingen wollen, aber sein Tonfall hatte irgendwo zwischen »verzweifelter Lüge« und »gestrenge Tante auf dem Sterbebett« gelegen.

Er bemühte sich, doppelt so schnell zu staken, damit sie die Algen endlich hinter sich ließen. Nachdem das geschafft war, schossen sie durch den dunkelgrünen Tunnel, der von den Bäumen gebildet wurde, die über das Wasser ragten.

»Es ist nicht mehr weit«, sagte Fred. »Laut der Karte mündet der Fluss irgendwann in einen See – in drei oder vier Stunden oder so, aber das ist natürlich schwer zu sagen. Dann kommt ein schwarzes Quadrat, danach eine kurze Linie, vielleicht ein Pfad oder Fluss, vielleicht auch nur ein Schnörkel. Und dann das X.«

Con fischte einen flachen Stock aus dem Fluss und begann zu paddeln. »Je schneller wir dort sind, desto schneller wissen wir, was wir zu befürchten haben.«

Das Floß folgte dem Fluss. Fred stakte so rasch, dass Wasser aufspritzte, denn er wollte unbedingt wissen, was sich hinter der nächsten Biegung verbarg. Er lenkte das Floß um einen entwurzelten Baum, der im Wasser trieb. Dann glitten sie weitere fünf Minuten über dunkles Wasser und schließlich mündete der Fluss ohne jede Vorwarnung in einen kleinen See.

Dieser glänzte unter dem makellos blauen Himmel, aber das nahm Fred nicht wahr. Alle vier saßen mit offenem Mund und weit aufgerissenen Augen auf dem Floß und schauten in die Höhe.

Sie schwiegen lange.

Irgendwann sagte Lila: »Habe ich je erzählt, dass ich schreckliche Höhenangst habe?«

AUF DEM FELSEN

Eine hohe, mit Lianen bewachsene Felswand erhob sich aus dem Dschungel, etwa fünfzig Mal so hoch wie Fred. Sie war so dicht von Laub bedeckt, dass sie selbst wie ein gigantisches Gewächs aussah, das aus dem Urwaldboden emporspross.

»*Das* ist das schwarze Quadrat«, hauchte Fred.

»Oh, *nein*«, flüsterte Con. »Bitte nicht.«

Lila hielt den auf ihrer Schulter sitzenden Baca mit zitternder Hand fest. »Fred? Kannst du die Felswand hochklettern?«

Fred schluckte. »Na, klar«, log er und starrte die hohe grüne Wand an. Das wäre so, als wollte man auf eine grüne Kathedrale klettern, dachte er. »Ihr schafft das auch. Das ist nicht viel anders, als auf eine Leiter zu steigen, denn die Felsen bieten sicher viel Halt.«

»Max kann aber nicht auf Leitern steigen«, erwiderte Lila.

»Dann trägt ihn einer von uns auf dem Rücken«, meinte Fred. »Wir binden ihn mit Lianen fest.«

»Nein, ich glaube nicht …«, setzte Con an.

Aber Fred hatte den brennenden Wunsch, oben auf dem Felsen zu stehen. »Und wohin sollen wir uns wenden, wenn wir jetzt umkehren?«, fragte er.

Lila biss auf einen Zopf. Ihr Kiefer war ängstlich verkrampft, aber ihr Blick war entschlossen. »Ja, wir müssen es versuchen. Vielleicht gibt es dort oben jemanden, der uns nach Hause bringen kann.«

Sie vertäuten das Floß und schlängelten sich durch den Urwald zur Felswand. Die Bäume standen so dicht, dass sie sich zwischen den Stämmen durchzwängen mussten. Sie brauchten eine ganze halbe Stunde, um die zweihundert Meter zurückzulegen, weil sie Max immer wieder über Stämme heben und Ästen mit spitzen Dornen ausweichen mussten. Schließlich standen sie am Fuß des Felsens und Fred legte eine Hand darauf. Der Fels war warm und er war uneben, bot also Halt für Hände und Füße. Die Lianen, die ihn bedeckten, sahen stabil aus. Fred zerrte daran und sie rissen nicht.

»Seht ihr? Das ist wie Seilklettern im Sportunterricht«, sagte er. »Ganz einfach!«

»Seilklettern finde ich grässlich«, meinte Con. »Und es wird bestimmt nicht *einfach.*«

»Ich kann auch allein hinaufklettern«, sagte Fred. »Wenn ich oben etwas finde, rufe ich.«

Lila schüttelte den Kopf. Sie wirkte plötzlich viel älter als die anderen und obendrein sehr streng.

»Auf unbekanntem Terrain darf man sich nicht trennen«, sagte sie. »Wir kommen mit.« Sie löste Baca aus ihrer Armbeuge, setzte ihn auf ihren Nacken und band ihn mit ihren Zöpfen fest. »Aber ich kann Max nicht tragen. Wir würden zusammen abstürzen.«

»Dann trage ich ihn.« Fred versuchte jeden Anflug von Zweifel aus seiner Stimme zu verbannen.

»Max will das selbst entscheiden. Max will das nicht«, sagte Max.

»Hör zu«, sagte Lila und schaute noch strenger drein. »Du darfst das nicht selbst entscheiden. Ich zwinge dich fast nie zu etwas, Max. Aber hier musst du mitmachen.«

»Nein!«

»Doch! Wir binden dich auf Freds Rücken, damit du nicht runterfällst. Du kannst heulen, wenn du willst, aber das wird dir nichts nützen«, sagte sie, als Max zu schluchzen begann.

Mit Max auf dem Rücken zu klettern machte die Sache nicht einfacher. Das Gewicht des Jungen brachte Fred aus dem Rhythmus und er kletterte sehr langsam. Max atmete laut in Freds Ohr, spuckte in seine Haare und war obendrein schwer. Fred keuchte schon auf halbem Weg nach oben.

Er kletterte voran. Con und Lila folgten ihm. Er entschied sich zweimal für den falschen Weg, musste Entschuldigungen zu ihnen hinunterrufen und sich danach quälend langsam zur Seite bewegen, während sich Max' Füße in seine Rippen bohrten.

»Ihr müsst ein Stück zurück – aber nicht nach unten schauen!«, rief er den Mädchen zu.

»Haben wir schon«, rief Con mit bebender Stimme. »Und das war keine gute Idee.«

Fred schüttelte einen Käfer von einem Auge und packte die Lianen. Er zog sich hoch. Die Wurzeln der Bäume, die oben auf den Felsen wuchsen, kamen immer näher. Die Steilwand flachte zu einem mit Büschen bewachsenen Hang und dann zu einem ebenen Plateau ab. Fred stieß einen Triumphschrei aus.

Con und Lila schlossen zu ihm auf. Con kroch zum nächsten Baum und spuckte einen Mund voller Galle und Speichel und Angst und Triumph auf die Wurzeln.

»Unfassbar … dass wir das … geschafft haben«, japste sie.

Lila band Max los und schloss ihn fest in die Arme. Sie zitterte immer noch. »Wir haben es geschafft!«, flüsterte sie ihm ins Ohr. »Stell dir vor, wie stolz Mama und Papa wären.«

»Wann erzählen wir es ihnen?«

»Sobald wir wieder zu Hause sind.« Ihre Köpfe waren dicht nebeneinander, sie waren plötzlich ein Paar für sich, und Fred fiel zum ersten Mal auf, wie ähnlich sie einander waren: Beide hatten die gleichen Augen und den gleichen Mund.

»Wir sind fast am Ziel«, sagte Fred. »Ich glaube, diese Stelle ist mit dem Schnörkel gemeint.«

Vor ihnen schien so etwas wie ein Pfad zu beginnen, vielleicht auch eine von Tieren ausgetretene Spur oder nur eine Illusion. Sie kämpften sich durch das Dickicht, das zum großen Teil aus kniehohen, unangenehm stacheligen Büschen bestand. Freds Knie begannen zu bluten. Dann wurde der

Boden sumpfig und sie wurden von winzigen Fliegen attackiert, die Fred in Mund und Nase flogen.

Con schnaubte wie ein Pferd und wedelte mit beiden Händen vor ihrem Gesicht. »Ist es noch weit?«, fragte sie und drehte sich zu Fred um. »Ich weiß nicht, wie lange ich das noch ertragen kann.«

Sie hatte kaum ausgesprochen, da gab der Boden unter ihren Füßen nach.

Er fiel plötzlich steil ab. Sie fand keinen Halt mehr und schlitterte auf glatten, bemoosten Steinen nach unten, knallte dabei gegen Steine und Wurzeln. Fred schlitterte hinterher, wobei er versuchte sich aufrecht zu halten und nach Bäumen zu greifen. Lila und Max folgten. Der auf dem Rücken liegende Max keuchte vor Schreck.

Sie purzelten unten alle übereinander. Freds Kinn prallte gegen einen Fußknöchel. Er schob den Fuß weg und wischte sich Laub aus den Augen. Lila nahm Baca in die Arme und hielt Max fest.

Unten vor dem Hang breitete sich ein großer Platz aus, breit wie eine Wiese und mindestens viermal so lang. Der Boden bestand aus gelben und weißen Steinplatten, grob behauen und doch so glatt, als wären Tausende von Füßen darübergelaufen. Er lag in einer Senke, so dass die Erde auf allen Seiten anstieg und eine natürliche Mauer bildete. An fünf oder sechs Stellen lagen Steinhaufen, vielleicht die Ruinen kleiner Häuser.

»Mein Gott«, hauchte Lila.

Fred trat einen Schritt vor. Zwischen den Bäumen waren

halb fertige Steinsäulen zu sehen, manche hüfthoch, andere größer als er. Und hoch oben bildete das Laub der Bäume ein natürliches Dach über dem Platz.

»Schaut mal!«, sagte Fred. »Dort drüben!«

Ganz hinten erhob sich eine hohe Steinmauer, halb verfallen und von Ranken der Passionsfrucht überwuchert. Davor standen vier Skulpturen aus Holz und Stein, jede über vier Meter hoch. Der Stein war zum Teil zerbröckelt, aber man konnte noch erkennen, was sie darstellten: ein Affe, ein Jaguar, eine Frau und ein Mann.

»Das ist eine Stadt«, flüsterte Lila.

Plötzlich ertönten Schritte und Fred wirbelte herum und bückte sich – wie schon ein paar Tage zuvor – nach einem Wurfgeschoss.

Ein Mann kam hinter einer Steinsäule hervor. Er richtete ein Messer auf sie.

»Was auch immer du gerade tun wolltest«, sagte er, »lass es lieber bleiben.«

DIE RUINENSTADT

Der Mann war groß. Arme und Hände waren von Narben und Verbrennungen bedeckt; alte, bleiche Narben, kreuz und quer von frischen, roten Narben durchzogen. Er hielt das Messer auf Höhe ihrer Hälse, und das so lässig, als wäre es ein Baguette.

»Wie der Minotaurus«, flüsterte Con.

Neben dem Mann stand ein riesiger Geier mit rotem Kopf und gebogenem Schnabel.

»Der kleine Knirps da, mit seiner öden Anzughose.« Die ausgeprägten Nasenflügel des Mannes zuckten beim Sprechen. Er hatte eine tiefe Stimme, und sein Akzent passte zu teuren Anzügen und schnellen Rennwagen, fand Fred. »Was ist mit ihm?«

Alle schwiegen. Max schluchzte.

»Na?«, brummte der Mann und ließ das Messer zwischen seinen Fingern wirbeln. Die Spitze eines Daumens fehlte.

»Er weint«, sagte Fred.

»Und wieso? Er klingt wie eine krepierende Kreischeule. Wie ein Löwe, der Schiffshorn spielt.«

Freds Herz schlug doppelt so schnell wie normal. Er war überrascht, dass er trotzdem so ruhig klang. »Er ist fünf.«

»Das ist kein Grund.«

»Sie richten ein Messer auf seinen Kopf«, sagte Lila.

»Das ist kein *guter* Grund.« Doch er senkte das Messer, kam dann näher und trat in einen grünlichen Sonnenfleck, so dass sie ihn besser erkennen konnten.

Seine Kleidung war edel, roch aber beißend. Seine Khaki-Hose war ganz gewöhnlich, abgewetzt auf den Knien, aber fleckenlos sauber. Außerdem trug er ein weißes Hemd, dessen Ärmel über den Ellbogen gerissen und mit Kokosnussfasern geflickt worden waren. Diese zwei Kleidungsstücke waren ganz normal, alles andere aber nicht.

Seine Schuhe schienen aus Alligatorenleder zu bestehen, die Schnürbänder aus dünnen Lianen. Eine akkurat genähte schwarze Felljacke mit Knöpfen aus Kaimanzähnen hing über seinen Schultern. Er trug an jedem Handgelenk ein Lederarmband und eine Art Siegelring am kleinen Finger.

Aus der Ferne betrachtet hätte er ebenso gut zu einer Party in einem Landhaus unterwegs sein können. Aus der Nähe sah er aus, als hätte er sich aus toten Tieren einen Gehrock wie für einen Premierminister gebastelt.

Con schluckte. Sie sprach im Flüsterton. »Geht es nur mir so oder findet ihr auch, dass er aussieht wie jemand, der im Notfall nicht davor zurückschrecken würde, uns abzumurksen?« Ihre Augen waren weit aufgerissen, über ihren Wangenknochen straffte sich die Haut.

Fred stand da wie versteinert, Rückgrat, Schultern und Knie waren erstarrt. Trotzdem nickte er unmerklich und sagte aus einem Mundwinkel: »Geht nicht nur dir so.«

Der Mann tat noch einen Schritt auf sie zu. Er humpelte rechts ein wenig, und Fred fiel auf, dass der Fuß mit drei schmalen, blank polierten Hölzern geschient war. Trotz des Humpelns, der Narben und des Stoppelbartes musste Fred an einen Jaguar denken. An ein angriffslustiges Tier mit kräftigen Kiefern.

»Wer seid ihr?«, fragte der Mann.

Die Kinder schwiegen. Sie tauschten Blicke. Niemand wollte zuerst den Mund aufmachen.

»Wie habt ihr diesen Ort gefunden?«, wollte der Mann ungeduldig wissen.

Fred versuchte tief Luft zu holen. »Unser Flugzeug ist abgestürzt«, antwortete er. »Der Pilot kam dabei ums Leben. Und dann sind wir einer Karte gefolgt.« Er steckte die Hände in die Hosentaschen, um gelassen zu wirken, und kramte heimlich nach einer Waffe, mit der er sich wehren konnte. Er ertastete aber nur eine Handvoll Acai-Beeren, die im Falle eines Kampfes nicht gerade tödlich gewesen wären.

»Zeigt mir die Karte.«

Fred zog das Rindenstückchen aus der Gesäßtasche, wobei seine Finger plötzlich unbeholfen und ungelenk waren, und reichte es dem Mann.

Dieser betrachtete die Karte. »Wer hat das gezeichnet?«

Con meldete sich stumm.

»Und nach welcher Vorlage?«

Con schüttelte so heftig den Kopf, dass ihre Haare als schützende Welle vor ihr Gesicht fielen.

»Und?«, fragte der Mann.

»Wir haben eine Landkarte in einem Baum entdeckt«, sagte Fred. »Und weil sie nass und unleserlich war, hat Con sie nachgezeichnet.«

Der Mann drückte das Rindenstückchen zusammen.

»Bitte nicht sauer sein«, sagte Lila. »Wir wollen doch nur nach Hause.«

Der Mann senkte den Blick auf den Geier, als würde er nach einer Eingebung suchen. »Und was soll ich jetzt mit euch machen?«

»Nichts! Vielleicht dulden Sie uns hier eine Weile. Wir stören Sie auch nicht«, erwiderte Lila.

»Der Knirps stört!«

Als Max den Blick des Mannes spürte, weinte er wieder. Der Mann seufzte knurrend.

Lila nahm Max auf die Arme. »Entschuldigung.« Ihre Stimme bebte, und Baca, der ihre Angst spürte, miaute wie ein Kätzchen. »Er ist doch erst fünf«, flüsterte sie.

»Soll das eine Erklärung sein? Muss ich ihn mögen, weil er noch so klein ist? Ich mag kein halb gares Essen. Und Kinder sind halb gare Erwachsene.«

Cons Lippe begann zu beben. Fred sah sie überrascht an und schob einen Schuh ein kleines Stückchen zur Seite, so dass er ihren Fuß berührte.

Sie standen zitternd und verängstigt in einer Reihe vor dem Mann, der sie seufzend betrachtete.

»Habt ihr Durst?«, fragte er.

»Ja«, sagte Fred.

»Großen«, sagte Lila.

»Riesengroßen«, sagte Max, der kläglich schnüffelte und mit dem Handgelenk einen ganzen Batzen Schnodder abwischte.

»Wartet hier.« Der Mann starrte Max an. »Aber nicht den Geier anfassen. Wenn er Angst hat, beißt er, und man kann ihn sehr schnell verängstigen. Geier haben empfindsame Seelen.«

Der Mann ging über den großen, gepflasterten Platz. Er blieb vor einem Baumstumpf mit dem Durchmesser eines Brunnens stehen und hob die Steinplatte, die als Deckel diente. Fred beschirmte die Augen, um besser sehen zu können: Der Baumstumpf war hohl und voller Wasser. Der Mann tauchte eine große, grüne Schale hinein und stapfte zu ihnen zurück.

»Hier.« Er hielt Fred die Schale hin. Sein Ring bestand nicht aus Gold, wie Fred sah, sondern aus Knochen und den glitzernden Schuppen einer Schlange.

Fred betrachtete die Schale. Man hatte sie aus einem Tropenhelm gebastelt und den Schirm zu einer Tülle gebogen. Fred schnupperte daran. Der Mann zog die Augenbrauen hoch.

»Absolut sauber, das garantiere ich«, sagte er.

Fred trank einen Schluck. Zum Glück schmeckte das

Wasser nicht nach Haaren, sondern nur ein wenig nach Holz und Regenwald. Er trank mehrere tiefe Schlucke und gab den Helm dann an Lila weiter, die ihn Max reichte. Er tauchte den ganzen Kopf hinein.

Der Mann wartete, bis alle vier getrunken hatten. Danach nahm er die Schale wieder an sich und hielt sie dem Geier hin.

Während der trank, streichelte der Mann den Kehllappen des Vogels. Seine Miene war angespannt. »Was genau wollt ihr?«, fragte er.

Die Kinder tauschten Blicke.

»Wir möchten, dass Sie uns helfen nach Hause zu kommen«, antwortete Lila so leise, dass er sich vorbeugen musste, um sie verstehen zu können.

»Warum sollte ich das tun?«

»Ich kann bald nicht mehr. Max hat Allergien und Albträume, und ich weiß nicht, was ich ihm anziehen soll, wenn er noch mehr Löcher in seine Kleider reißt. Bitte helfen Sie uns.«

Während sie sprach, watschelte der Geier direkt auf Max zu, der einen Schluckauf hatte und schniefte. Der Schnodder lief aus seiner Nase bis auf einen Schuh.

Der Geier senkte den Kopf über Max' Füße und pickte nach dem Schnodder, zwängte die Schnabelspitze dann neben dem Knöchel in einen Schuh und atmete tief durch die Löcher im Schnabel.

»Was tut er da?«, fragte Max. Seine Augen waren vor Angst geweitet und groß und rund wie Pennys, und doch berührte er den kahlen Kopf des Geiers. Dieser wollte ihn beißen. Max riss die Hand zurück, legte sie danach aber mutig noch einmal auf den Kopf des Geiers.

Der Vogel krächzte so tief in der Kehle, dass es fast wie ein Schnurren klang.

Max sah strahlend zu dem Mann auf. »Er gehört jetzt mir«, sagte er.

Der Mann sah von Max zum Geier und dann zu Fred und Lila und Con. Seine Miene war ausdruckslos, die Augen aber nicht.

»Ich hätte dem Instinkt des Vogels nie vertrauen dürfen«, sagte er. »Liegt wahrscheinlich nur daran, dass der Kleine nach Fleisch riecht. Aber … Na, schön. Kommt mit.«

Er führte sie über den Platz. Fred gingen zig Fragen durch den Kopf: Wer war dieser Mann? Wie war er hierhergelangt? Würde er ihnen helfen? Aber irgendetwas am Gang des Mannes hielt ihn davon ab, Fragen zu stellen.

Das Blätterdach war so dicht, dass das auf den Pfad fallende Licht zu einem tiefen Grün gefiltert wurde. Der Mann führte sie zu einer Stelle, wo ein Verschlag mit drei Wänden stand, die aus Stein und Lehm bestanden. Bis auf leuchtend grüne und blaue Blumen, die in den Spalten wuchsen, war er leer. Kreuz und quer verlaufende Lianen bildeten eine Art Dach.

»Hier könnt ihr schlafen«, sagte der Mann.

»Wer hat das gebaut? Waren Sie das?«

»Nein«, antwortete er. »Das war ich nicht.« Er betrachtete den Steinboden. »Ich kann euch bis heute Abend Schlafmatten aus Schilf flechten. Falls ich die Zeit finde. Die Lianen schützen euch vor Regen. Mehr oder weniger.«

»Danke«, sagte Fred. Con schwieg immer noch, nickte aber dankbar.

»Seht ihr die Lianen hinter den Skulpturen?« Fred schaute in die Richtung, in die der Mann zeigte, und sah hinten auf dem Platz einen breiten Vorhang ineinander verschlungener Ranken, die von der Wand hinter den Skulpturen hinabfielen.

Sie nickten.

»Dort ist euch der Zutritt verboten. Kapiert? Das ist mein Privatbereich.«

Con wollte etwas sagen, brachte aber nur ein ersticktes Brummen hervor.

»Ja, verstanden«, sagte Lila.

»Das ist mir ernst. Wenn ihr euch nicht daran haltet, schneide ich euch die Ohren ab und bastele einen Hut für den Geier daraus.«

»Bitte nicht!«, heulte Max und drückte die Hände auf seine Ohren. »Ich mag den Mann nicht!«

»Pst, Max«, sagte Lila. »Er meint das nicht so.«

Fred betrachtete den Mann. Er war fast überzeugt, dass Lila recht hatte, obwohl man es bei einem Mann, der Zähne als Knöpfe benutzte, nicht so genau wissen konnte.

Max zupfte an der Hose des Mannes. »Wann essen wir?«

Der Mann sah verblüfft auf ihn hinab. »Wann immer du willst.«

»Oh … aber … wir richten uns ganz nach Ihnen«, sagte

Con. Sie sprach krächzend, aber es schien sie zu erleichtern, dass ihre Stimme wieder funktionierte.

»Wenn ihr etwas erbeutet und zubereitet habt, könnt ihr essen. So funktioniert das normalerweise. Außer ihr macht keine Beute.«

»Aber … haben Sie denn nicht … Sie sind doch ein Erwachsener.«

»Sicher, ich bin ein Erwachsener. Da sind Beeren, seht ihr? Und in der westlichen Ecke hängen noch Bananen am Baum, vorausgesetzt, sie wurden über Nacht nicht von den Affen gefressen. Außerdem könnt ihr auf die Jagd gehen.«

»Aber«, wandte Con ein, »Sie sind doch erwachsen.« Sie hatte ihre Stimme ganz wiedergefunden und klang fast empört. »Erwachsene kochen für Kinder. Das ist die Regel. Das gehört sich so!«

Der Mann schien die Geduld zu verlieren. »Meine Liebe.« Er hockte sich gefährlich dicht vor sie hin. »Gibt es hier …« – er schwenkte die Hand über die Säulen, seine Alligatorenschuhe, den Geier – »… irgendetwas, das dich auf die Idee gebracht haben könnte, ich würde etwas darauf geben, was sich gehört?«

»Aber so funktioniert das nicht in der echten Welt!«

»Das hier ist die echte Welt.« Er schlug mit den Knöcheln auf den Steinboden. »Das. Hier. Die echte Welt ist dort, wo man sich am lebendigsten fühlt.«

»Aber wer sind …«, fragte Fred.

»Nein, das ist …«, sagte Lila.

»Aber finden Sie nicht …«, fragte Con.

Alle drei streckten einen Arm aus, als wollten sie nach ihm greifen.

»Meine Güte«, sagte der Mann. »Ich habe das Gefühl, einen Hund vor mir zu haben, der eine Biene frisst. Ihr habt zusammen sechs Hände. Oder acht, wenn man den Knirps mitzählt, der übrigens gerade eine Libelle essen will.«

»Lass das, Max!«, sagte Lila.

»Habt ihr wenigstens Messer?«, wollte der Mann wissen.

»Nur eines«, antwortete Fred. »Wir haben es gefunden.« Dies schien nicht der passende Moment zu sein, um zu erklären, dass das Messer mit großer Wahrscheinlichkeit genau diesem großen, dunkelhaarigen, schräg gekleideten Fremden gehörte, denn er würde es vielleicht zurückfordern.

Der Mann seufzte. »Ich gebe jedem von euch einen Feuerstein. Dann könnt ihr wenigstens jagen.«

Er ging zu einem anderen Baumstumpf, hob einen kleinen Felsbrocken hoch und griff hinein. »Hier. Sie sind geschärft.«

Er gab jedem einen Stein, der fachmännisch zu einer großen Pfeilspitze geformt worden war. Fred prüfte den Rand mit dem Daumen. Er hatte sofort einen Schnitt, aus dem Blut quoll.

Der Mann zog die Augenbrauen hoch. »Ihr könnt Bananenblätter als Verband benutzen. Und wenn ihr einen Finger verliert, an dem genug Fleisch sitzt, dann gebt ihn dem Geier.« Er gab auch Max einen Stein. »Bitte, du kleine Kakofonie. Das ist der schärfste.«

»Max ist noch zu klein für ein Messer«, sagte Lila und

wollte ihrem Bruder die Pfeilspitze wegnehmen. Doch er sprang zurück und versteckte die Hände hinter dem Rücken.

»Wirklich? Woher willst du das wissen?«, fragte der Mann interessiert.

»Das ist … einfach eine Tatsache! Man gibt kleinen Jungen kein Messer.«

»Wenn ich mich richtig erinnere, habe ich in ziemlich jungen Jahren ein Messer bekommen. Und ich habe mich vollkommen normal entwickelt.«

Fred betrachtete die Hemdknöpfe des Mannes; sie glänzten weiß und spitz in der Sonne. Er schwieg.

Der Mann seufzte. »Es ist schon spät«, sagte er. »Ich gebe euch etwas von meinen Vorräten – aber nur heute Abend. Glaubt ja nicht, ich tue das immer. Ihr müsst selbst jagen.«

Alle vier seufzten erleichtert. Der Mann ging zu dem ausgehöhlten Baumstumpf und bückte sich über einen danebenliegenden Steinhaufen. Aus der Nähe betrachtet waren die Steine kein wirrer Haufen, sondern bildeten eine Art Kiste mit einem Deckel aus breiten Steinplatten. Der Mann hob zwei Platten und entnahm der Kiste einen Vogel, gerupft, aber noch nicht ausgenommen.

»Ein Karakara«, sagte er und ließ den Geierfalken in Freds Hände fallen. Der tote Vogel war kühl und klamm. »Sie sind hier so häufig wie Ratten.«

»Vielen Dank. Könnten Sie uns noch erklären, wie man ihn ausnimmt?«, fragte Fred zögernd.

»Mit den Feuersteinen, Junge!«

»Ja, aber was ist die beste Methode? Sir«, fügte er vorsichtshalber hinzu.

»Als der erste Mensch das Kochen lernte, hatte er auch kein Kochbuch. Er hat herumprobiert. Also probiert es aus.«

Alle vier starrten ihn an.

Er seufzte. »Ihr schneidet den Bauch auf, holt alles heraus, was zu kleinteilig aussieht, und kocht den Rest. Was die Eingeweide betrifft, so lautet die Daumenregel, alle Organe wegzuwerfen, die man mit mehr als einer Farbe malen müsste. Die Nieren sind essbar – rotbraun –, die Gedärme weniger, außer ihr seid gerade besonders mutig.«

»Können Sie uns noch verraten, wie man ihn zubereitet, bevor Sie verschwinden?«, fragte Lila.

»Auf dem Feuer.« Er zeigte den Ansatz eines Lächelns. »Aber vielleicht kann eure Freundin – die Blonde, die ein Gesicht zieht, das man bei einer Kneipenschlägerei als Waffe benutzen könnte – den Vogel auch braten, indem sie ihn anglotzt.«

»Warten Sie – bitte, nur eine Sekunde …«, fragte Fred, als der Mann gehen wollte. »Wer sind Sie? Wie reden wir Sie an? Wo sind wir hier? Sind sie ein Entdeckungsreisender? Leben Sie hier? Helfen Sie uns? Das müssen wir wissen!«

Fred dachte an die Entdeckungsreisenden, über die er gelesen hatte – viele waren in den Urwald aufgebrochen und nie wieder aufgetaucht. Percy Fawcett und dessen Sohn Jack. Raleigh Rimell. Christopher Mclaren. Er versuchte sich an die Fotos in der Zeitung zu erinnern.

Der Mann drehte sich zu Fred um und sah ihm ins Gesicht.

Seine Miene, zuvor amüsiert, war jetzt finster und schwer zu deuten. »Ich bin Pilot. Kein Entdeckungsreisender. Ich habe früher Lebensmittel zwischen Manaus und den umliegenden kleineren Orten hin und her transportiert. Ich bin vor einiger Zeit hier abgestürzt.«

»Und was ist mit Ihrem Flugzeug?«

»Und was ist mit eurem Flugzeug?«, entgegnete er.

»Es hat gebrannt«, sagte Fred.

Der Mann nickte. »Ganz genau.«

»Und Ihr Name? Ich heiße Fred – und das sind Lila und Con und Max.«

Die Miene des Mannes wurde so undurchdringlich wie eine Wand aus Eisen. »Namen interessieren mich nicht. Wir sind im Amazonas-Dschungel, nicht in einer Hotellounge in London.«

»Aber wie reden wir Sie an?«, fragte Con. »Wenn wir Sie etwas fragen möchten, meine ich.«

Er zog die Augenbrauen so hoch, dass sie fast den Haaransatz berührten. »Fragt einfach nicht«, sagte er und wandte sich ab.

Er ging mit hochgezogenen Schultern über den Platz zu der Wand, vor der die Ranken in einem dichten Vorhang herabfielen. Er schob ein paar zur Seite und verschwand. Trotz des Humpelns ging er erstaunlich leise.

»Du hast ihn verscheucht!«, sagte Max anklagend zu Con.

»Nicht nur ich. Wir alle«, erwiderte Con. »Und wir haben ihn nicht verscheucht, sondern verärgert.«

»Ich hätte nie gedacht«, meinte Lila, »dass es so problematisch ist, jemanden nach dem Namen zu fragen.«

»Ich weiß, wie wir ihn nennen«, sagte Max und strahlte die anderen voller Stolz an. »Wir nennen ihn den Abenteurer.«

»Er hat doch gerade gesagt, dass er keiner ist«, meinte Con genervt. »Hast du nicht zugehört?«

»Er hat einen Abenteurer-Helm«, sagte Max. »Und einen Geier. Ist doch ganz klar.«

DER ABENTEURER

Der Abenteurer kehrte zu ihnen zurück, als sie vor dem Verschlag saßen und das Fleisch des Karakaras auf Stöcken über dem Feuer brieten. Er balancierte Mangos auf einem Arm und hielt eine Kürbisflasche mit Wasser in der anderen Hand. Sie hörten ihn erst, als er dicht hinter ihnen war. Con erschrak und ließ ihr Fleisch in die Asche fallen.

Der Abenteurer vermied es, ihnen in die Augen zu schauen. »Ihr müsst noch wachsen«, sagte er brummig. »Vor allem der Knirps. Der Vogel allein macht vermutlich nicht satt.« Er errötete, als er die Kürbisflasche neben das Feuer stellte und die Mangos in Max' Schoß fallen ließ, und machte dann auf den Hacken kehrt.

Fred sprang auf. »Bitte – nur eine Minute! Wir würden gern wissen, wo wir sind. Wissen auch andere Leute von diesem Ort? Leben Sie hier allein?«

»Warum die Frage? Willst du eine Gartenparty feiern?«

»Ich meine … kommen auch andere Leute hier vorbei?«

»Manchmal kommen auch andere Leute vorbei, ja.« Der Abenteurer hockte sich hin, nahm Max den Stock aus der Hand, weil das Fleisch Feuer gefangen hatte, und löschte es durch heftiges Schütteln. Danach hielt er es dicht über die Flammen.

»Wenn jemand vorbeikommt, bleibt er meist nicht lange. Manche haben große Entfernungen zurückgelegt. Eingeborene. Menschen, deren Ahnen hier gelebt haben. Sie halten sich nie mehr als ein paar Tage hier auf.« Er drehte das Fleisch über den Flammen. Saft tropfte ins Feuer. »Aber kurz gesagt«, meinte er, »kommen manchmal Leute hier vorbei, ja.«

Con und Lila tauschten einen erleichterten Blick. Baca, für ein Faultier ziemlich rege, schwenkte eine Klaue.

»Würden die uns helfen?«, fragte Lila. »Würden die uns nach Manaus mitnehmen?«

»Vielleicht. Wahrscheinlich. Kommt auf die Leute an.«

»Und wie oft kommt jemand hier vorbei?«, fragte Fred.

»Oh, alle paar Jahre.« Er pustete auf das Fleisch und reichte es Max. »Es ist durch.«

Fred sah die Enttäuschung auf den Gesichtern von Lila und Con. Sie wirkten plötzlich müder und älter.

»Jahre?«, sagte Lila. »So lange können wir unsere Eltern nicht warten lassen.«

»Nein, wohl kaum«, meinte der Abenteurer.

»Aber wenn das so ist«, begann Con, »können Sie dann nicht …« Sie verstummte, als der Geier hinter einer Steinsäule hervorflatterte, sich an ein Knie des Mannes schmiegte und ihr Fleisch beäugte. Er plusterte sein Gefieder auf und krächzte. Con drückte das Essen gegen ihre Brust.

Lila beendete Cons Satz. »Können Sie uns helfen nach Hause zu kommen?«

Der Abenteurer sah sie scharf und prüfend an. »Vielleicht.«

»Vielleicht?«, wiederholte Lila.

»Ich kann euch den Weg nach Manaus zeigen. Zu Fuß braucht man einen Monat, mit dem Kanu anderthalb Wochen. Ich könnte euch mit Proviant versorgen. Und mit einer Karte. Ich könnte euch auch ein Stück begleiten. Mal schauen.«

Lilas Augen leuchteten auf. »Das wäre wirklich wunder…«

»Aber …«, sagte der Abenteurer.

»Aber?« Fred hielt den Atem an.

»Ihr müsstet schwören, niemandem von diesem Ort zu erzählen. Niemandem zu verraten, dass ihr eine Stadt im Urwald gesehen habt. Und ein Schwur ist nicht genug – ihr müsstet mir beweisen, dass ihr schweigen könnt.«

»Was?« Fred starrte den Abenteurer an, ließ den Blick dann an ihm vorbei über die Ruinen schweifen, die sich grün und gelb und golden im Urwald verloren. »Wir sollen nichts von dieser Stadt erzählen? Warum?«

»Und auch nichts von mir. Niemals. Ihr müsst alle schweigen. Auch der Knirps.«

Fred suchte im Gesicht des Abenteurers nach Anzeichen dafür, dass er scherzte. »Aber mein Vater wird wissen wollen, wo ich war!«

Fred hatte sich das Gespräch mit seinem Vater schon ausgemalt: Er würde einen Plan der Stadt für ihn zeichnen; er würde den Platz mit Schritten abmessen und sich die Maße einprägen; und sein Vater würde seine Schulter drücken und ihn für diese Leistung loben. Er hatte sich vorgestellt, sein Vater würde einen Freund aus Oxford anrufen, der bei der *Times* arbeitete. Er hatte schon die Worte seines Vaters im Ohr: »Tim? Pass mal auf, mein Sohn hat eine Großtat vollbracht.«

Der Mann sah ihn an und seine Miene war nicht freundlich. »Gut möglich«, meinte er, »dass du ihn belügen musst.«

»Nein ... wenn man etwas entdeckt hat, erzählt man anderen Menschen davon. Das ist doch der Sinn der Sache! So machen das Entdeckungsreisende.«

»Richtig. Aber ich bin kein Entdeckungsreisender. Ich bin nur jemand, der zufällig hier gelandet ist.«

»Aber es gibt schon seit Hunderten von Jahren Geschichten über diese Stadt!«, sagte Fred. »Sie müssen den Leuten doch zeigen, dass sie nicht nur dumme alte Männer mit verrückten Theorien sind, sondern recht haben!«

»Warum sollte ich?«

»Weil ... wenn diese Stadt existiert, bedeutet das, dass sie keine Idioten waren – sondern Helden.« Fred sagte es nicht, aber es bedeutete auch, dass er davon träumen durfte, ein Entdecker zu sein, ohne dass dies idiotisch oder verrückt war.

»Helden gibt es nicht, Junge. Sie sind nur Erfindungen, die aus Zeitungsartikeln, klangvollen Zitaten und fotogenen Schnurrbärten bestehen.« Er brummte angewidert. »Ich finde Schnurrbärte grauenhaft. Ich war schon immer der Ansicht, dass es groteske Mund-Brauen sind.«

»Das stimmt nicht! Männer sind auf der Suche nach solchen Orten ums Leben gekommen! Sie sind gestorben, weil sie der Welt beweisen wollten, dass diese Orte existieren.«

»Leute sind wegen allem Möglichen gestorben. Es ist nicht schwierig zu sterben.«

»Nein, Sie irren sich! Die Welt hat es verdient, von dieser Stadt zu erfahren.« Fred spürte, wie seine Stirn glühte; offenbar wurde er rot. Aber wenn er davon berichtete, würde sein Name in die Geschichtsbücher eingehen und ebenso die Namen von Lila, Con und Max. Sie würden dann auf der Liste der großen Entdecker stehen.

Der Abenteurer verzog den Mund, als hätte er Freds Gedanken gelesen. »Du willst bestimmt derjenige sein, der es allen erzählt, richtig?«

Fred riss den Kopf zurück, als hätte man ihm kochendes Wasser ins Gesicht gespritzt. »Darum geht es mir nicht!«

Der Abenteurer blinzelte langsam und verächtlich. »Ach nein?«

Fred ballte eine Faust. »Es wäre egoistisch, niemandem von dieser Stadt zu erzählen.«

»Wirklich?«

Fred wurde bewusst, dass ihm die anderen nicht beistanden. Con hatte den Blick auf ihre Hände gesenkt. Lila streichelte Baca ungewöhnlich konzentriert. Max lutschte an einem Handgelenk und zog die Mundwinkel nach unten.

»Fred«, sagte Lila sehr leise und ohne ihn anzuschauen. »Wir müssen nach Hause.«

Con rutschte dicht an ihn heran und flüsterte ihm wütend

ins Ohr: »Stell dich nicht so an! Er soll uns nach Manaus führen, also versprich ihm, was er will.«

»Nein«, sagte Fred und rutschte fort von ihr.

Cons Flüstern wurde zu einem Zischen. »Wir können ja davon erzählen, sobald wir zu Hause sind – das wird er nie erfahren. Er liest hier schließlich keine Zeitung.«

»Nein«, erklärte Fred. »Ich verspreche gar nichts.«

Der Abenteurer stand auf. Die Flammen tauchten ihn in ein rötliches Licht, in dem die Narben in der Armbeuge und auf den Händen gut zu erkennen waren. »Ich habe euch um etwas ganz Einfaches gebeten – den Mund zu halten. Und ihr weigert euch?«

»Nein!«, sagte Con. »Wir tun alles, was Sie wollen. Sei doch nicht so stur, Fred, verdammt noch mal!«

»Sie können diese Stadt nicht geheim halten«, meinte Fred. »Glauben Sie, das Geheimnis gehört Ihnen allein?«

»Schauen Sie«, sagte Con zu dem Abenteurer, »er verspricht es vielleicht nicht, wir aber schon. Könnten Sie nicht wenigstens uns dreien helfen? Fred kann ja hierbleiben.«

Doch der Abenteurer hatte jetzt einen roten Hals und war bleich um Mund und Nase, sein Gesicht war eine Grimasse der Wut. »Du«, sagte er und schaute Fred an, »bist ein hirnloser Idiot, der nach Ruhm giert. Und du«, ergänzte er und sah Con an, »würdest deinen Freund offenbar mit fliegenden Fahnen im Stich lassen. Ihr widert mich alle an!«

»Er ist nicht mein Freund! Nicht, wenn er so was sagt.«

»Klappe!« Selbstbeherrschung schien nicht zu den Stärken des Abenteurers zu zählen. Er begann zu brüllen: »Warum sollte ich auch nur einem von euch helfen? Warum? Meine Güte, wenn Kinder zu irgendetwas nütze wären, dann hätte man das wohl längst herausgefunden.«

Er wandte sich ab. Dann stopfte er die Hände in die Taschen – und holte etwas heraus. »Das habe ich euch mitgebracht. Ich hatte nicht erwartet, dass ihr so auf meine Bitte reagiert. Keiner von euch hat es verdient.«

Max jaulte leise und zog die Beine vor die Brust. Der Abenteurer ließ sein Mitbringsel auf die Erde fallen und ging in das Dunkel davon. Er begann den Hang zu erklimmen, den sie hinuntergepurzelt waren, wobei er beide Arme, aber nur ein Bein benutzte und das andere baumeln ließ.

»Fred«, zischte Con. »Du bist echt unfair – meinetwegen kannst du hier gern krepieren, aber du hast nicht das Recht, uns die Chance zu nehmen, von hier wegzukommen.«

Max stand offenbar kurz davor zu weinen, denn er schniefte und bekam einen Schluckauf.

Fred hob das Mitbringsel des Abenteurers auf. Es war ein Säckchen aus weichen Blättern, oben mit dicken Gräsern verschnürt. Er öffnete es. Es enthielt eine Prise Salz und etwas trockenes Grün.

»Das sind Gewürze«, sagte er, »für den Vogel.«

»Nicht das Thema wechseln!«, fauchte Con. »Du musst es ihm versprechen, kapierst du? Geh ihm nach und sag, dass du deine Meinung geändert hast.«

»Das kann ich nicht.«

»Und warum nicht? Es muss ja nicht stimmen – du musst nur überzeugend lügen!«

»Nein, das geht nicht.« Er dachte an seinen Vater. Er stellte sich vor, nicht nur als der *Peterson-Junge ohne Mutter* an die Schule zurückzukehren, sondern als ein Junge, der dem Urwald getrotzt und eine ganz neue Welt entdeckt hatte.

»Bitte, Fred«, sagte Lila. »Bitte tu, was Con sagt. Lauf ihm nach. Unsere Eltern sorgen sich bestimmt zu Tode.« Max machte große Augen und Lila seufzte. »Ist nur eine Redewendung, Max. Du darfst das nicht wörtlich verstehen.«

»Ist sowieso zu spät«, sagte Fred. »Ihr habt ihn doch gehört. Er hilft keinem von uns. Er ist zu wütend.«

»Ja, weil du ihn so wütend *gemacht* hast«, sagte Con.

»Du doch auch!«, fauchte Fred. »Macht, was ihr wollt, aber ich schwöre nichts, was ich nicht halten kann, okay?«

»Ach, ja? Weil du so supermoralisch bist?«

Max hielt sich die Ohren zu.

»Nein! Weil ich das nicht kann, kapiert? Weil ich das Wichtigste verleugnen würde, was ich je erlebt habe.«

»Er würde es doch nie erfahren! Und du willst nur deinen Namen in der Zeitung sehen!«

»Doch, er würde es erfahren. Er würde es herausfinden, denn Leute würden kommen, um hier Fotos und Ausgrabungen zu machen.«

»Ich will nur nach Hause. Was danach passiert, ist mir egal. Meinetwegen kann hier alles niederbrennen«, sagte Con.

»Hört auf!«, rief Lila. Ihre Stimme hallte über den Platz. Sie drehten sich überrascht zu ihr um. »Seid jetzt still, alle beide!« Sie war vor Wut erstarrt. »Ihr widert mich an. Ist doch sinnlos sich zu streiten. Und wenn ihr Max noch einmal zum Weinen bringt, knalle ich euch eine, das schwöre ich.«

Max setzte sich auf Lilas Schoß und vergrub sein Gesicht in Bacas Fell.

Fred schluckte und versuchte sich zusammenzureißen. Er hielt ihnen die Gewürze hin.

»Möchtet ihr etwas? Vielleicht sollten wir einfach essen.«

»Nein. Könnte giftig sein«, erwiderte Con.

Fred nahm sein Fleisch vom Feuer. Es war stellenweise schwarz und die Haut war verkohlt und dampfte. Er zog sie ab, wobei er sich fast die Finger verbrannte, und sprenkelte etwas von dem Salz und den unbekannten Kräutern auf das Fleisch.

Dann biss er trotzig ab, ohne Con anzusehen, die ihn anglotzte. Der Geschmack durchzuckte ihn, er spürte ihn bis in die Fingerspitzen, scharf und vollmundig.

»Ist nicht giftig«, sagte er. »Echt lecker.«

»Ich hoffe, du erstickst daran«, sagte Con.

Bald darauf war es ganz dunkel, nur das Feuer und der Mond spendeten noch Licht. Die Flammen erhellten den Platz und ließen sonderbare Formen in den Winkeln tanzen. Con zitterte, als eine Wolke am Mond vorbeizog und die Schatten tiefer wurden. Lila begann Bacas Fell nach Zecken abzusuchen, wobei sie Freds Blick auswich.

Fred schaute zu den Ranken in der rechten Ecke des Platzes, eine breite grüne Schattenwand.

»Was verbirgt sich wohl dahinter?«, fragte er. »Was versteckt er vor uns?«

»Weiß ich nicht«, sagte Con, »ist mir auch egal.« Sie hatte sich die Haare vor das Gesicht gekämmt, so dass man nicht sehen konnte, welche Miene sie zog.

»Vielleicht ein Tier«, meinte Lila. Sie sah auf, dann sah sie wieder weg. »Ein Jaguar. Wie im *Dschungelbuch.*«

»Vielleicht auch Proviantvorräte«, sagte Fred.

Max setzte sich aufrecht hin. »Richtiges Essen?«

»Warum sollte er es dort lagern?«, fragte Lila.

»Als diese Stadt bewohnt war, muss es irgendwo Vorratsräume gegeben haben. Und ich würde meine Vorräte an einem sicheren Ort lagern.« Fred sah sich um, aber der Abenteurer war nicht zu sehen. »Wir sollten nachschauen.«

»Ja, klar, tolle Idee!«, sagte Con. »Du hast ihn schon so wütend gemacht, dass er uns hier vermodern lässt – warum nicht auch noch seinen Proviant klauen? Er würde dich sicher mit seinen bloßen Händen erwürgen, aber klar, das ist dir ja egal.«

»Ich will nichts klauen! Sondern nur etwas borgen. Und das auch nur, wenn es gar nicht anders geht.«

»Wenn es gar nicht anders geht? Wie meinst du das?«

»Wenn er uns nicht helfen will, müssen wir über andere Möglichkeiten nachdenken.«

»Zu welchem Zweck?«, fragte Con.

»Wir brauchen genug Proviant, um nach Manaus aufbrechen zu können.« Fred schwenkte einen Arm über die leere Stadt. »Hier gibt es kaum Essbares.«

Con wurde rot. »Alles nur deine Schuld, das ist dir doch klar? Du hast behauptet, wir würden nach Hause finden, wenn wir der Karte folgen. Und kaum sind wir hier, da verdirbst du alles!«

»Stimmt nicht!« Fred spürte, wie Hals und Wangen erröteten. »Ich konnte doch nicht ahnen, dass uns die Karte zu einem Verrückten führt, der mit einem Geier als Haustier in einer uralten Stadt haust! Das konnte keiner von uns vorhersehen!«

»Du hast uns versprochen, dass wir nach Hause finden!«

»Wir finden ja auch heim«, erwiderte Fred, obwohl er ziemlich genau wusste, dass er nichts versprochen hatte. Wie sollte er irgendetwas versprechen? Doch er sagte nur: »Ich will es einfach wissen. Seid ihr nicht auch neugierig?«

»Nein«, sagte Con und kehrte ihm den Rücken zu. Er konnte sehen, dass sich ihre mageren Schultern unter der Bluse abzeichneten.

»Das merkt er doch gar nicht.« Wenn er Proviant fände, dachte Fred, wäre es egal, was der Abenteurer sagte oder tat; dann konnten sie zum Floß zurückkehren und weiter nach Manaus suchen. Wenn er Proviant fände, dann würden Cons Zorn und Lilas Enttäuschung vielleicht verfliegen.

»Macht, was ihr wollt. Ich komme nicht mit«, sagte Con.

»Lila?«, fragte Fred. Lila hatte ihrer Diskussion gelauscht und beide abwechselnd und immer unglücklicher angeschaut. »Es ist dunkel. Er kann uns nicht sehen. Kommst du mit?«

Lila zögerte. »Ich weiß nicht. Er vertraut uns.«

»Unsinn! Er vertraut uns nicht. Er nennt uns nicht mal seinen Namen. Bitte«, sagte Fred. Die Rankenwand hing drohend in der hinteren Ecke des Platzes. »Nur ein kurzer Blick.«

Lila starrte in die Dunkelheit. »Gut. Na schön. Ich komme mit.«

»Danke!« Fred sprang auf. »Und du bleibst wirklich hier, Con?«

»Auf jeden Fall.«

»Passt du auf Max auf?«, bat Lila. »Er hat noch nicht ganz begriffen, wie man sich still verhält.«

Con willigte lustlos ein.

Fred und Lila tasteten sich im Halbdunkel über den Platz. Zwischen den Baumspalieren war der Boden glatt und frei von Unkraut, Laub und abgebrochenen Ästen, doch auf beiden Seiten gab es Steinhaufen und zwei halb verfallene, runde Bauwerke aus Lehm, die wie Getreidespeicher aussahen. Dazwischen spross überall Grün aus dem Boden.

»Kannst du dir vorstellen, was das mal war?«, fragte Fred.

»Nein, keine Ahnung. Aber wenn dies ein zentraler Platz war, dann wären die Skulpturen die Denkmäler der Stadt. Vielleicht auch ihre Götter.«

»Wie die Löwen auf dem Trafalgar Square?« Bei dem Gedanken daran wurde Fred plötzlich von Heimweh ergriffen.

»Ja. Unser Papa erzählt oft davon. Und die Bewohner hier haben sicher auf beiden Seiten des Platzes oder im Urwald in Baumhütten gewohnt. So hätte ich das jedenfalls gemacht.«

»Dass er uns bittet all dies geheim zu halten ist doch verrückt«, sagte Fred. »So etwas habe ich noch nie gesehen – das ist irre.« Er warf Lila aus den Augenwinkeln einen Blick zu. »Das darf nicht ihm allein gehören.«

Lila erwiderte nichts. Sie sah starr geradeaus.

Hinter ihnen ertönten eilige Schritte. Fred wirbelte herum, aber es war nur Con, die Max hinter sich herzog.

»Wir haben unsere Meinung geändert«, keuchte Con. »Aber wir reden nicht mit dir.«

»Ich bin nur wegen ihr hier«, sagte Max. »Sie hat einen Schatten gesehen und geglaubt, es wäre eine Schlange.«

»Habe ich nicht, du kleine Ratte!«

Lila und Fred tauschten einen Blick. »Du musst jetzt still sein, Maxi«, sagte Lila.

»Bin ich doch immer«, erwiderte Max würdevoll. Er streckte seiner Schwester die Zunge heraus, stolperte prompt über einen Stein und heulte so laut, dass er fast die schlafenden Vögel geweckt hätte. »Mein Zeh!«

»Pst!«, sagte Lila.

Ein Baum raschelte und verstummte dann abrupt. Con sah sich nervös um. »Wollen wir nicht umkehren?«

Fred schüttelte den Kopf. »Geh nur«, sagte er. »Ich will wissen, was sich hinter den Ranken verbirgt.« Als sie das hintere Ende des Platzes erreichten, verdeckten Wolken den Mond und ließen schwarze Schatten über die Gesichter der Skulpturen gleiten. Sie wirkten auf einmal lebendig.

Hinter den Skulpturen verlief eine hohe Mauer aus Lehm und Steinen. Ganz links war sie nur noch eine bröckelnde Ruine, dicht bewachsen von hellgelben Blumen. Rechts verschwand sie hinter dem Vorhang aus Ranken – den sie eigentlich nicht durchschreiten durften.

Fred ging zu den Ranken. Sie raschelten. Er wich einen Schritt zurück; vielleicht war es der Wind gewesen, vielleicht verbarg sich dahinter ein lebendiges Wesen. Er versuchte, nicht an Schlangen zu denken.

Dann raffte er eine Handvoll Ranken zusammen. Lila half ihm. Dahinter hing ein noch dichterer Vorhang aus Ranken, die so fest miteinander verflochten waren, dass Fred seine Hand nur mit großer Mühe durch die grüne Masse zwängen konnte. Er schob beide Arme bis zu den Ellbogen hinein und zwängte sie dann auseinander. Im Grün blitzte etwas Buntes auf, dann fielen die Ranken wieder zurück.

»Ich konnte etwas sehen!«, zischte er.

»Pst!«, sagte Con.

»Und was?«, fragte Lila.

»Schwer zu sagen – irgendetwas Gelbes. Es war nur ein kurzer Blick. Wir müssen die Ranken kappen«, sagte er und zog das Messer aus der Tasche.

»Nein, stopp!«, sagte Con. »Ich halte das für keine gute Idee.«

»Das ist«, sagte eine Stimme über ihnen, »sogar eine extrem schlechte Idee.«

Fred erstarrte. Sie hörten das Geräusch von Schuhen auf Stein, dann sprang der Abenteurer von der Mauer. Er landete direkt vor Fred und brummte, als sein krankes Bein auf dem Boden auftraf. Als er sich aufrichtete, war sein Gesicht eine Maske der Wut.

»Ich hatte es euch verboten«, zischte er. »Ist das so schwer zu begreifen?«

Fred wurde von kalter Angst gepackt; der Gesichtsausdruck des Abenteurers verhieß noch Schlimmeres als Prügel mit dem Stock in der Schule.

»Ich bin … es tut mir wirklich leid.« Freds Mund war plötzlich wie ausgedörrt. »Wir dachten nur …«

»Ihr dachtet! Aha. Leidet ihr an einem so grotesk großen Mangel an Selbstbeherrschung, dass ihr jede dumme Idee in die Tat umsetzen müsst?«

»Bitte entschuldigen Sie …«, sagte Lila.

»Haut ab!«, knurrte der Abenteurer, der vor Wut kochte.

Fred war verzweifelt. Er konnte sehen, dass Max vor Angst zitterte, und stellte sich schützend vor ihn. »Wir wollen Ihnen nichts wegnehmen«, sagte er, schämte sich aber sofort für diese Lüge und kam ins Stottern. »Wir wollen … nur … mal sehen, was …«

»Haut ab, habe ich gesagt! Verschwindet!«

»Es ist meine Schuld«, sagte Fred. »Es war meine Idee.«

»Ist mir egal, wer die Idee hatte.« Der Abenteurer zog ein Messer aus dem Gürtel und richtete es auf Freds Brust. »Legt euch schlafen. Und wenn ich euch noch ein einziges Mal in der Nähe dieser Ranken erwische, schneide ich euch im Schlaf die Finger ab, brate sie in Bananenöl und serviere sie dem Geier als Nachtisch.«

Fred wandte sich ab und führte die anderen zurück über den Platz. Er glühte vor Scham. Sogar Max war mucksmäuschenstill.

DIE FALLE

Fred erwachte zweimal mitten in der Nacht, keuchend, die Nase auf die Steine und den Lehm des Bodens gedrückt. Sein Vater kehrte ihm den Rücken zu und drehte sich nicht zu ihm um, obwohl er sich die Lunge aus dem Hals schrie.

»Nur ein Traum«, murmelte er. »Träume sind Schäume.« Trotzdem hatte es sich sehr wirklich angefühlt.

Er sah durch die Ranken, die das Dach bildeten, zum Baldachin der Baumwipfel auf; er kniff die Augen zusammen und versuchte sich alles einzuprägen. Wenn er wieder zu Hause wäre, würde er den Baldachin sofort für seinen Vater malen, farbgetreu. Sein Vater würde ihm Buntstifte in allen möglichen Grüntönen kaufen.

Weil Fred zu viel Angst vor weiteren Albträumen hatte, schloss er die Augen nicht noch einmal. Als die Sonne aufging, war er tief erleichtert und kroch aus dem Verschlag in die Wärme.

Er hatte noch immer Schuldgefühle wegen des Vorfalls am letzten Abend. Er hatte noch nie gestohlen, nicht einmal den Versuch unternommen. Er betrachtete die Ranken, die im Schein der Morgensonne smaragdgrün leuchteten. Dann dachte er an den Abenteurer, der nicht nur wütend ausgesehen hatte. Sondern auch ängstlich.

Er musste sich entschuldigen. Ein demütigender Gedanke, bei dem sich sein Magen verkrampfte, aber der Abenteurer sollte nicht glauben, er wäre ein gewohnheitsmäßiger Dieb, ein Lügner und Betrüger. Schwer zu sagen, ob der Mann eine Entschuldigung annahm. Vielleicht wäre es auch so, als würde sich Fred bei einer der steinernen Skulpturen entschuldigen. Er würde es aber versuchen.

Er schüttelte seine Schuhe aus und prüfte sie auf Skorpione. Jedes Buch, das er gelesen hatte, hatte eindringlich vor Skorpionen gewarnt.

Freds Finger waren noch unbeholfener als üblich. Sein ganzer Oberkörper zitterte nervös.

Im Sonnenschein wirkten die Ruinen anders. Lebendiger. Ganz hinten auf dem Platz standen halb verfallene, von Ranken überwucherte Mauern. Außerdem gab es Stellen, wo die Ranken abgehackt worden waren. Man konnte den dortigen Steinen noch ansehen, wo sie behauen worden waren.

Fred ging langsam über den Platz und schaute dabei nach oben. Die Äste der Bäume, die zwischen den Ruinen wuchsen, verwoben sich mit den Lianen zu einem raffinierten Laubdach, das an ein grünes, über die Baumwipfel gebreitetes Tischtuch für einen Riesen erinnerte.

Natürlich gab es viele Lücken im Laub, durch die Sonnenschein fiel, und eine große Lücke über der Stelle mit den Skulpturen, wo die Steine gelb leuchteten. Außerdem stand dort ein einsamer Baum, dessen Laub wie verbrannt aussah. Vielleicht von der Sonne, dachte Fred, oder von einem kleinen Waldbrand.

Ein kleines Tier, an eine Maus erinnernd, aber mit riesigen Ohren, saß im warmen Schein der Morgensonne. Als Fred näher kam, huschte es davon.

Er ging zu den Skulpturen und fühlte sich mit jedem Schritt unbehaglicher. Sie waren mehr als doppelt so groß wie er und so verwittert, dass ihre Gesichter vollkommen ausdruckslos waren – Frau und Mann waren nur noch an den Körpern zu erkennen, der Jaguar an seinem Schwanz –, und trotzdem entdeckte Fred noch Stellen, die von der Bearbeitung durch den Bildhauer zeugten. Er berührte eine Pfote des Jaguars. Die Hälfte war abgebröckelt, aber er konnte die Klauen erahnen und stellte sich vor, wie der gelbe Stein geschimmert hatte, als die Skulptur neu gewesen war.

Der Abenteurer war nirgendwo in Sicht.

Fred wollte schon wieder umkehren, als er tiefe Atemzüge hörte.

Links von den Skulpturen war ein Baum aus dem steinigen Boden gewachsen. Der Abenteurer lag in einer Hängematte, die aus Lianen geflochten worden war, und schlief im Schatten der Baumkrone. Die Hängematte war fast so flach wie ein Bett, weil er sich schräg hineingelegt hatte. Fred beschloss sich ab jetzt auch immer schräg in Hängematten zu legen.

Unter der Hängematte lag so einiges herum: ein kleines Tintenfass, eine Schreibfeder, die ursprünglich einem Geier gehört zu haben schien, ein Rindenstück mit Notizen darauf und ein Paar riesiger Schuhe.

Fred trat näher. Im Schlaf wirkte der Abenteurer viel jünger und gütiger.

»Junge.« Der Mann hatte die Augen weiterhin geschlossen; so jedenfalls sah es aus. »Ich hoffe, du weckst mich aus einem guten Grund.«

Freds Herz schlug schneller. »Verzeihen Sie. Ich …«, begann er. Wie konnte der Mann wissen, dass er es war? Er musste durch die Wimpern geäugt haben.

»Ich habe dich gewittert«, erklärte der Abenteurer, als hätte Fred laut gefragt. »Außerdem atmet ihr alle unterschiedlich. Die Engländerin atmet durch die Zähne, die Brasilianerin mit den Zöpfen atmet so leise, als würde sie befürchten die Welt zu wecken. Der kleine Knirps scheint durch eine regelrechte Straßensperre aus Schnodder zu atmen. Und du atmest, als hättest du Angst, dass ich deine Kniescheibe mit einem Messerwurf durchlöchern könnte.«

Fred zuckte zusammen, aber das schien dem Abenteurer nicht aufzufallen. Er seufzte und reckte sich.

»Zwecklos. Jetzt bin ich wach.«

»Oh. Haben Sie gut geschlafen?«, fragte Fred.

Der Abenteurer richtete sich auf und kratzte sich am Kinn. »Wir sind hier nicht in einer Pension in Bournemouth. Also quatsch nicht wie ein altes Weib.«

Fred merkte, dass seine Stirn zu glühen begann. »Ich wollte nur höflich sein. Mein Vater sagt immer: ›Sei gnadenlos höflich, denn das ist die einfachste Option.‹«

»Ein weiser Rat.« Der Abenteurer zupfte ein rotschwarzes Insekt von einem Hosenbein und zerquetschte es. »In Zukunft, Junge, hältst du Abstand, wenn ich schlafe. Wenn du mich wecken musst, solltest du aus sicherer Entfernung irgendetwas werfen.«

»Warum?«

»Ich habe einen Schreckreflex.« Fred schaute offenbar genauso verwirrt drein, wie er sich fühlte, denn der Mann ergänzte: »Ich wurde mal gefangen genommen.«

»Von den Deutschen?«

»Nein.«

»Von Eingeborenen?«

»Nein, alles falsch. Schon gar nicht von den Eingeborenen, denen dieses Land rechtmäßig gehört. Sondern von den Eigentümern einer Kautschukfirma. Es gefiel mir nicht, wie sie die Menschen behandelt haben, die ringsumher im Wald lebten.«

»Ist Ihr Bein deshalb …«

»Ich rede nur sehr ungern darüber.«

Fred wich zurück. Es gibt Blicke, bei denen man sich am liebsten hinter dem eigenen Rücken verstecken würde. Er musste sich zwingen den Mund aufzumachen. »Ich bin hier, weil ich Sie um Entschuldigung bitten möchte. Für gestern Abend.« Das klang irgendwie unangemessen – als würde er sich dafür entschuldigen, eine Tür nicht aufgehalten zu haben. Er schluckte. »Das tut mir wirklich leid.«

Der Abenteurer zog unbeeindruckt eine Augenbraue hoch.

Fred begann zu stammeln. Sein Magen krampfte sich vor Angst zusammen. »Das war kein … wir wollten nichts anstellen, nichts stehlen oder zerstören. Aber …«

»Aber es war hinterlistig und ging nach hinten los?«, meinte der Abenteurer trocken. »Ganz recht.«

Fred errötete. Er sah dem Abenteurer zum ersten Mal in die Augen. Dann nickte er. »Ja. Stimmt. Ich wollte das eigentlich nicht tun. Aber ich habe es getan. Sie sind mit Recht zornig.« Er wollte mit gesenktem Blick zum Verschlag zurückkehren.

»Warte.«

Fred drehte sich wieder um. Der Abenteurer band seine Schuhe, zog pedantisch an den Schnürsenkeln, damit sie auch ja gleich lang waren. Dann holte er ein Messer aus der Tasche und wetzte die Klinge an einem Stein. Fred wartete immer angespannter. Er fragte sich, ob der Mann ihm tatsächlich die Finger abschneiden würde. Er stopfte seine Hände tief in die Hosentaschen.

Schließlich erklärte der Abenteurer: »Ich stelle jetzt eine Falle auf.« Er spritzte sich Wasser ins Gesicht. »Du kommst am besten mit, damit du lernst, wie ihr euch auf dem Marsch nach Hause selbst versorgen könnt.« Der Mann rasierte sich sorgfältig und fachmännisch mit dem Messer. »Hast du Lust?«

»Ja!«, sagte Fred. »Große Lust.«

»Dann warte kurz.« Der Mann spitzte die Lippen und zog die Haut auf einer Wange straff. »Und lass dich warnen: Hier darfst du deinen Bart nicht zu lang werden lassen. Denn bevor du dich's versiehst, nistet sich eine Glühwürmchen-Familie in deinen Koteletten ein.« Er sah Fred streng an. »Und das ist nicht so lustig, wie es klingt.«

»Danke«, sagte Fred und verkniff sich ein Lachen. »Ich werde es mir merken. Obwohl ich noch keinen Bartwuchs habe.«

Der Abenteurer zog die Jacke aus und hängte sie an einen Ast. Die Jacke bestand aus diversen dunklen Fellen; an manchen hingen noch Pfoten. Er schien den Baum als Kleiderständer zu benutzen, denn auch ein Hemd hing an einem geeigneten Ast.

Bei einem genaueren Blick stellte Fred fest, dass der Ast, an dem die Jacke hing, an den Baum gebunden worden war, und zwar mit Lianen, die mehrmals in Form einer Acht geknüpft worden waren. Sein Herz schlug schneller, als ihm bewusst wurde, dass er dies schon einmal gesehen hatte. Er zitterte.

Der Abenteurer sah ihn erstaunt an. »Geht es dir nicht gut, Junge?«

»Nein. Alles bestens. Aber … ich habe schon mal einen Ast gesehen, der auf diese Art an einem Baum befestigt war. An unserer Anlegestelle. In der Nähe der Hütte. Bei dem Baum mit den Bienen. Das müssen Sie gewesen sein.«

»Gut möglich. Ich benutze diesen Knoten oft. Er hält jahrelang, wenn man ihn richtig bindet. Bist du wirklich nicht krank?« Der Abenteurer musterte Fred eindringlich. »Ich habe keine Lust, mich um ein krankes Kind zu kümmern. Irgendwo gibt es noch einen selbst genähten, wasserdichten

Mantel, den du anziehen kannst, falls du nichts gegen den Geruch von Fisch hast.«

»Mir geht es gut. Wirklich.«

»Ich hatte auch mal einen Schal aus Affen.«

»Aus Affen?« Fred versuchte sein Entsetzen zu verbergen.

»Ja, aber sie haben sich ständig gestritten und auf die Flöhe hätte ich verzichten können.«

»Sie haben einen Schal aus lebendigen Affen gemacht?«

»Na ja, die Bezeichnung ›Schal‹ ist vielleicht etwas zu hoch gegriffen – ich habe mir ein halbes Dutzend Affen über die Schultern gelegt. Ideal war das nicht.«

Der Abenteurer erklomm den steilen Hang, der das Tal umgab. »Immer schön Schritt halten mit mir.«

»Waren die Affen zahm?«

»Das habe ich jedenfalls geglaubt.« Er griff nach einer Machete und ließ die flache Seite der Klinge auf seine Handfläche klatschen. »Ich hatte sie ein Jahr lang gezähmt, aber wie sich zeigte, waren sie nicht so gelehrig wie gedacht. Du weißt erst, was es heißt, aus dem Schlaf zu fahren, wenn ein Affe deine Nase mit einer Feige verwechselt.«

Der Abenteurer ging mit langen Schritten auf den Abschnitt des Waldes zu, wo die Bäume sehr dicht standen. »Nicht trödeln!«, rief er.

Fred dachte mit schlechtem Gewissen an die anderen, die nach dem Aufwachen merken würden, dass er verschwunden war, aber die meiste Energie musste er darauf verwenden, mit dem Mann Schritt zu halten. Obwohl dieser humpelte, ging er doppelt so schnell wie Fred und fünfmal so leise.

»Vielleicht sollten wir die Bäume markieren, damit wir wieder zurückfinden«, keuchte Fred.

Der Abenteurer drehte sich erstaunt um. Oder war er beleidigt?

»Hältst du mich für blöd? Nein, wir müssen die Bäume ebenso wenig markieren, wie du den Weg vom Schlafzimmer zur Toilette markieren müsstest. Dies ist mein Zuhause.«

Er wies auf die Bäume, die ringsumher wuchsen und schmaler und hellgrüner waren als jene, die die Ruinenstadt umgaben.

»Hier finden wir gutes Holz für die Falle. Siehst du das?« Er zeigte auf einen Ast, so dick wie Freds Handgelenk.

»Du musst zwei solcher Äste abhacken. Sie müssen möglichst gerade sein. Der Baum dort drüben sieht gut aus. Hier.« Er gab Fred die Machete und begann dann eine Liane zu einem dünnen Seil zu zerfasern.

Die Machete lag wunderbar in der Hand und war hervorragend gearbeitet: geschnitzter Griff und eine Klinge, die den Sonnenschein silbrig und grün reflektierte.

»Sie ist schön«, sagte Fred, der zur Probe damit ausholte.

»Sei vorsichtig! Pass auf und sei so nett dir nicht die Hand abzuhacken. Und immer senkrecht schlagen, Junge! Du darfst die Bäume nicht verletzen.« Der Abenteurer bückte sich und legte einen hellgrünen, fast noch weißen Spross frei.

»Und nur abhacken, was wir brauchen. Wir müssen nichts horten. Der Baum muss sich erholen können. Die größte Bedrohung für andere Lebewesen ist der Mensch und das ist ganz sicher kein Anlass für Stolz.«

Er schwenkte einen Arm über die dicht an dicht stehenden Bäume, die unendliche Fülle des grünen Laubes. »Die Menschen sind es, die all dies zerstören. Verstehst du? Die Ruinenstadt und die Bäume, die die Stadt ringsumher und nach oben hin tarnen? Sie muss beschützt werden.«

»Warum muss die Stadt vor uns beschützt werden?«, fragte Fred, der wieder mit der Machete ausholte. Sie sauste mit einem sehr befriedigenden Geräusch durch die Luft. »Wie sollten wir ihr schaden?«

»Indem du davon *erzählst*. Kinder sind lausig, wenn es darum geht, ein Geheimnis zu hüten. Und manche Informationen sind so empfindlich wie ein Lebewesen. Man muss sie gut behüten.«

»Ich habe Hunderte von Geheimnissen für mich behalten!«, erwiderte Fred. Als er sich zu den Bäumen umdrehte, fragte er sich jedoch, ob das stimmte. Er hatte noch nie ein so kostbares Geheimnis gekannt. Eines, bei dessen Offenbarung sein Vater die Zeitung weggelegt und sich zu ihm umgedreht hätte.

»Dieser Ort muss vor den Menschen beschützt werden«, sagte der Abenteurer. »Es fällt mir schwer, vor meinen Landsleuten nicht auf der Hut zu sein. Sie setzen die falschen Prioritäten. Früher habe ich mich täglich mit denselben Leuten in den Zug gesetzt, der um 7:15 im Bahnhof Paddington abfuhr – und wenn ich sie betrachtet habe, dachte ich immer: Ihr wacht morgens auf und zieht eure Hosen an und verschwendet keinen einzigen Gedanken an die Schönheit des Amazonasflusses! Wie könnt ihr das rechtfertigen?

Unseren Premierminister habe ich nie bewundert. Er ist sehr gut gekleidet, aber ich bezweifele, dass er lesen kann, obwohl er das immer wieder beteuert hat.«

Er bremste Freds Arm mitten in einem Schlag mit der Machete.

»Junge! Vorsicht! Immer vom Körper weg schlagen. Sich selbst zu verletzen ist nicht sehr elegant. Hier – diesen Ast musst du abhacken. Den grünen.«

Fred ließ die Machete auf den armdicken Ast hinabsausen. Die Klinge verklemmte sich im Holz und er riss daran.

»Ich rate dir, immer hübsch vorsichtig zu sein«, sagte der Abenteurer. »Trotz unserer Meinungsverschiedenheiten möchte ich nicht erleben, dass du eines deiner Blutgefäße aufschlitzt.«

Beim zweiten Versuch löste sich die Machete mit einem satten Geräusch aus dem Holz.

»Gut. Passt du auf? Ich will es dir nicht zweimal zeigen.«

Der Abenteurer wählte einen elastischen jungen Baum aus, etwas über einen Meter hoch und kaum dicker als Freds Daumen. »Du bindest das Seil jetzt oben um dieses Bäumchen«, sagte er.

Während Fred dies tat, suchte der Abenteurer den Boden ab, bis er einen gegabelten Ast von der Größe einer Zwille fand. »Gut. Gib mir die Machete.« Er streckte die Hand aus wie ein Chirurg, der gerade operiert. Dann klopfte er den Ast mit dem Griff der Machete in die Erde, bis nur noch die Gabel zu sehen war.

»Nun musst du das andere Ende des Seils um deinen grünen Ast binden – in der Mitte, ja. Das Ende muss frei bleiben. Dort befestigen wir die Schlinge mit einem einfachen Knoten. Wir basteln eine Springschlingenfalle.«

Fred befolgte die Anweisungen des Mannes. Er hatte oft geübt Knoten zu binden, im Schlafzimmer unter der Bettdecke, zu später Stunde, wenn er eigentlich längst hätte schlafen sollen. Der Abenteurer nickte beifällig und Fred spürte ein stolzes Prickeln in den Fingern.

»Aufgepasst.« Der Mann zog das Seil nach unten, und der junge Baum verneigte sich wie zur Begrüßung, dann drückte er den grünen Ast in die Astgabel, wobei sich das Seil straffte.

»Bei der leisesten Bewegung löst sich der grüne Ast. Wenn ein Tier einen Fuß in die Schlinge setzt, schnellt das Bäumchen nach oben, die Schlinge zieht sich zusammen – und du hast dein Abendessen.«

»Für welche Beute ist sie gedacht?«, fragte Fred, der die Falle von allen Seiten betrachtete. »Welche Tiere fängt man damit?«

»Komm«, sagte der Abenteurer. »Lass uns gehen. Ich habe noch mehr zu tun. Wir fangen alles, was in die Falle tappt. Ratten, Gürteltiere.«

»Sie essen Ratten?«

»Sicher. Wenn es sein muss. Ich habe im Laufe der Jahre vieles gegessen, was nicht gerade köstlich war, aber ich war immer dankbar. Sogar Schnecken und Spinnen.«

»Spinnen?«

»Manche Spinnen sind sehr lecker. Ich helfe dir gern sie

zu finden. Aber nur, wenn du schwörst Stillschweigen über diesen Ort zu bewahren.«

Fred kniff die Lippen zusammen.

»Nein?«, fragte der Abenteurer. »Du machst lieber gemeinsame Sache mit Leuten, die das Land und seine Geschichte ausplündern?«

»Das tun sie nicht!« Fred dachte an die Männer, die über die Seiten seiner Bücher geschritten waren. »Jedenfalls nicht alle!«

»Sicher, es gibt Ausnahmen – aber wie viele? Du möchtest alle Welt zur Besichtigung hierher einladen; du setzt darauf, dass die Menschen im Grunde anständig sind, richtig?«

Freds Magen verkrampfte sich. Er schwieg. Sein Herz pochte wie wild, doch er zwang sich den Blick nicht abzuwenden.

Der Ring des Abenteurers glitzerte im Licht.

Fred versuchte das Thema zu wechseln. »Ihr Ring.« Er hätte fast gefragt: »Warum tragen Sie im Urwald einen Ring?«, aber der Abenteurer schien keine persönlichen Fragen zu mögen – und er schwang die Machete dicht vor Freds Knien. »Ähm … woraus besteht er?«

»Aus Fischschuppen und Kaimanknochen.« Der Stolz des Abenteurers gewann die Oberhand über seine Verärgerung. Er zog den Ring ab und zeigte ihn Fred. »Hier.« Auf der Innenseite waren Wörter eingeritzt.

Fred las: *»Nec … Aspera Terrent?«*

»Das ist Latein. Frei übersetzt heißt das: ›Zur Hölle mit den Problemen‹. Findest du es komisch, dass ich hier einen Ring trage?«

Ja, das fand Fred, aber es war wohl der falsche Ort und der falsche Zeitpunkt, um das zu sagen. Stattdessen lachte er verlegen.

Der Abenteurer zog die Augenbrauen hoch. »Da wir schon mal bei dem Thema sind – warum ziehst du dich für eine Reise in den Amazonas-Urwald an wie ein kleiner Staatsbeamter? Du siehst aus, als würdest du in Tunbridge Wells für das Amt des Bürgermeisters kandidieren.«

Fred schaute erstaunt an sich hinab. »Das ist – war – meine Schuluniform. Den Pullover habe ich beim Kricket getragen. Mein Vater meint, man sollte möglichst oft Uniform tragen. Und ich wusste ja nicht, dass ich im Dschungel lande.«

»Du solltest dich immer so kleiden, dass du jederzeit in den Dschungel aufbrechen könntest. Man weiß nie, wann man in ein Abenteuer gerät.«

»Ich bin in einem Internat. In Norfolk. Es heißt Gresham und ist in der Cromer Road.«

»Und?«

»Na ja, dort gerate ich eher an einen Erdkundelehrer als an ein Abenteuer.«

Der Abenteurer warf einen Blick auf die Bäume ringsum, dann sah er Fred scharf an. »Trotzdem bist du hier«, sagte er.

Er trennte sorgfältig einen Ast voller Beeren ab und warf ihn Fred zu, der ihn auffing, aber zu spät merkte, dass er voller Dornen war. Er stieß Worte aus, die in seiner Schule verboten waren.

Der Abenteurer zog die linke Augenbraue fünf Millimeter nach oben. Fred hörte sofort auf zu fluchen.

»Sorg dafür, dass der Kleine – der Knirps mit der Rotznase – etwas davon isst. Er ist zu mager. Koste mal eine.«

Fred schob sich die größte Beere in den Mund. Der Saft schmeckte grässlich und verätzte ihm fast die Zunge. Er hätte die Beere am liebsten ausgespuckt, ahnte aber, dass es dem Abenteurer nicht gefallen hätte. Er schluckte und rieb mit dem Handrücken über seine Zunge. »Schmeckt nach Benzin«, sagte er. »Oder vielleicht nach Dachsen.«

»Ich weiß. Ihr solltet sie trotzdem essen, weil sie vitaminreich sind. Und auf dem Weg nach Manaus sind sie leicht zu finden, weil sie am Flussufer wachsen.«

»Ich glaube, ich würde lieber verhungern.«

»Nein, das möchtest du nicht. Ist ein weiter Weg. Besser, ihr seid satt. Wenn man Hunger hat, hält man schlechte Ideen für gute Ideen. Und wenn man zu ausgehungert ist, kann es passieren, dass man sich für einen französischen Philosophen hält, und das ist unklug.«

Er ging mit langen Schritten durch den Wald zurück, und Fred musste wieder rennen und über Wurzeln und Ameisenhaufen springen, um ihn nicht aus den Augen zu verlieren.

VOGELSPINNEN

Bei Freds Rückkehr waren die anderen wach und aßen gerade. Außerdem waren sie wütend.

Weil es schwierig ist, gleichzeitig zu kauen und ein wütendes Gesicht zu ziehen, legten sie ihre Bananen weg und sahen ihn finster an.

»Wo warst du?«, fragte Lila.

Fred erzählte von seinem Ausflug in den Wald und von der Falle und bot ihnen die Beeren an, um sie zu beschwichtigen.

Nachdem sie die Beeren ausgespuckt hatten und Max nicht mehr so tat, als müsste er sich auf Freds Schuhe übergeben, wirkten Con und Lila nicht mehr ganz so erbost.

Lila bot ihm eine angebissene Banane an.

»Wir haben sie dort drüben entdeckt, auf einem Baum hinter dem Steinhaufen, wo der Boden nicht ganz so überwuchert ist. Es gab fünf Bananen, aber wir haben nur drei genommen, falls sie …« – sie reckte den Kopf in Richtung der Skulpturen – »… *ihm* gehören.«

Die Banane war noch etwas grün, aber Fred aß sie gern so. Er kaute so langsam wie möglich, obwohl es ihm schwerfiel, denn zu Hause gab es selten Bananen. Der Geschmack hatte etwas Tröstliches.

Dumpfe Schritte hallten auf dem Platz. Der Abenteurer stapfte durch das Zentrum der Ruinenstadt auf sie zu.

Sie begannen hektisch sich hübsch zu machen – Con kämmte sich die Haare mit den Fingern, Lila strich Bacas Fell glatt, und Max leckte seinen Unterarm ab wie eine Katze.

Dann geschahen mehrere Dinge auf einmal. Der Abenteurer kam näher. Aber er schien sie gar nicht anzusehen, sondern versonnen zum Blätterdach aufzuschauen.

Fred hörte ein Rascheln auf dem Boden und senkte den Blick.

Hinter einem abgebrochenen Ast erschien plötzlich eine Schlange. Sie richtete sich so gerade auf wie das Periskop eines U-Bootes. Sie war knallgrün und hatte einen weißlichen Bauch. Ihre Augen waren rot. Fred zischte und winkte den anderen. Alle erstarrten.

»Keine Panik«, flüsterte Lila. »Ihr wisst doch, dass Schlangen nicht angreifen.«

Fred wich zurück. Die Schlange kroch mit hoch erhobenem Kopf über den Ast auf ihn zu. Sie schien das nicht nur aus Neugier zu tun.

»Kann sein, aber das ist dieser Schlange vielleicht nicht klar«, flüsterte Fred.

Die Schlange glitt weiter auf ihn zu. Fred stockte der Atem. Er sah sich hektisch nach einem Knüppel um.

Währenddessen ging der Abenteurer zielstrebig an ihnen vorbei, wobei er hoch konzentriert auf einem Zweig kaute. Im Gehen und ohne sich noch einmal umzudrehen, holte er einen Stein aus der Tasche, den er auf die Schlange warf. Der Stein sauste durch die Luft und traf die Schlange im Nacken. Sie fiel schlaff auf den Boden.

Der Abenteurer ging weiter. Er drehte sich nicht um, sondern richtete den Blick wieder nach oben.

Fred sah Lila und Con an, die noch viel schockierter wirkten als er.

»Wo hat er das gelernt?«, flüsterte Lila.

»Und warum hat er das gemacht?«, zischte Con. »Ich dachte, er würde uns lieber tot sehen – das wäre bequemer für ihn.«

»So darfst du nicht reden!«, sagte Max. »Hör auf!« Er brodelte vor gerechtem Zorn. »Er hat die Schlange getötet, um uns zu retten. Und er gehört zu *mir*!«

Der Abenteurer blieb stehen, sein Kopf fuhr zu ihnen herum. Con schloss rasch den Mund und duckte sich hinter Fred, aber der Mann hatte nur Augen für Max.

Er ging jetzt auf sie zu. Dann bückte er sich, hob die schlaffe Schlange auf und stopfte sie in seine Tasche.

»Ich möchte nicht an eurem Tod schuld sein«, sagte er abrupt und nicht gerade freundlich. »Weiß denn keiner von euch, was zu tun ist, wenn eine Schlange auftaucht?«

»Nein«, antwortete Fred und dachte: Wie auch?

Der Abenteurer seufzte. »Merkt euch für die Zukunft, dass ihr euch in einem solchen Fall möglich rasch rückwärtsbewegen müsst. Nicht rennen. Und während ihr geht, solltet ihr summen.«

»Wir sollen einer Schlange ein Ständchen bringen?«, fragte Con. »Wieso?«

»Sie mögen die Vibrationen nicht. Ihr könnt sie auch töten, wenn möglich. Schlangen sind kein übles Abendessen. Wenn ihr wirklich nach Manaus wandern wollt, dann müsst ihr so etwas wissen. Und vieles andere mehr. Könnt ihr fischen?«

»Nein«, sagte Fred.

»Könnt ihr jagen?«

»Nein«, sagte Lila.

»Wisst ihr, wie man Fallen stellt? Das frage ich alle außer Fred, der es jetzt wissen müsste.«

»Nein«, sagte Con. »Wozu auch? Ich lebe bei meiner Großtante. Sie würde höchstens für Staubflocken eine Falle aufstellen. Und für Mäuse. Aber sie isst sie nicht.« Lila grinste sie an, wobei ihr schiefer Zahn verschwörerisch blitzte.

»Verstehe.« Der Abenteurer holte so tief Luft, als hätte er gerade eben eine schwerwiegende Entscheidung getroffen. »Na, schön. Kommt mit.«

»Wir alle?«, fragte Lila. »Oder nur Con?«

»Ihr alle. Auch Fred, obwohl er ein Idiot ist.« Er sah sie ausdruckslos an. »Und auch die Mini-Katastrophe auf zwei Beinen und mit Strickjacke.«

»Er meint dich, Max«, flüsterte Con.

»Ich habe ein Nest gefunden«, sagte der Abenteurer. »Und

ich teile es mit euch. Aber damit das klar ist: Ich helfe euch nur dieses eine Mal. Meine Zeit ist zu kostbar, um sie mit Kindern zu verschwenden.«

»Was für ein Nest?«, fragte Lila, die Baca aufhob und auf einen Arm setzte. Er klammerte sich fest und legte seine Schnauze in ihre Armbeuge.

»Werdet ihr schon sehen.«

Während sie dem Abenteurer im Gänsemarsch folgten, halb rennend, um Schritt mit ihm zu halten, dachte Fred, dass ›Werdet ihr schon sehen‹ keine besonders beruhigenden Worte waren, zumal aus dem Mund eines Mannes, an dessen Jacke noch Pfoten und Köpfe der Tiere hingen, aus deren Fellen sie bestand.

Als sie das Nest erreichten, klebrig von Schweiß und mit Zweigen in den Haaren, sah es nicht so aus, wie Fred es erwartet hatte. Es war ein Loch im Boden. Ja, nicht einmal das, denn es war kaum zu erkennen, weil der Boden von trockenem Laub bedeckt war.

»Welche Tiere leben hier?«, fragte Fred. Vielleicht Mäuse, dachte er. Lebten Mäuse unter der Erde? Er wusste nicht so recht, ob er eine Maus essen würde.

»Vogelspinnen«, erklärte der Abenteurer.

»Oh«, sagte Fred, dem Mäuse plötzlich viel appetitlicher vorkamen.

»Sie schmecken köstlich. Wie ein Krabben-Cocktail.« Der Abenteurer sah Con an, deren Mund weit offen stand. »Hast du eine Kiefersperre?«, fragte er. »Oder willst du Fliegen fangen?«

»Vogelspinnen essen?«, erwiderte Con. »Das meinen Sie nicht ernst, oder?«

»Können sie Faultieren gefährlich werden?«, fragte Lila. Baca äugte hinter ihrem Ellbogen hervor.

»Wir essen Spinnen!«, sagte Max.

Jeder der drei Sätze klang anders, dachte Fred: Angewidert, vorsichtig interessiert, hellauf begeistert. Er hockte sich schweigend hin, um das Loch genauer betrachten zu können.

»Ja, man röstet sie wie Toast über dem Feuer.«

»Sie sind doch giftig!«, wandte Lila ein.

»Ich esse bestimmt keine Vogelspinne«, meinte Con.

»Das ist eure Entscheidung.« Der Abenteurer zuckte mit den Schultern. »Aber wenn ihr wirklich nach Manaus wandern wollt, müsst ihr wissen, wie ihr euch unterwegs versorgen könnt. Gut – wir brauchen lange Zweige.«

»Ich esse die Viecher nicht«, wiederholte Con. »Und ich finde, ich bin kein bisschen verrückt.« Sie wandte sich Zustimmung heischend an Lila und Fred. »Ich finde es total normal, sie nicht zu essen!«

»Ich probiere sie«, erwiderte Fred.

»Warum das denn?«

»Weil ich nicht will, dass wir auf dem Weg nach Manaus verhungern. Was sollen wir denn sonst essen? Und vielleicht sind Vogelspinnen ja wirklich lecker.«

Lila wirkte interessiert. »Wie hoch ist die Wahrscheinlichkeit, dass sie lecker sind? Prozentual, meine ich?«

»Gering«, brummte Con. »Ekelhaft gering, ehrlich.«

»Wer möchte es als Erster versuchen?«, fragte der Abenteurer. Seine Augen glitzerten.

Fred traute ihm noch immer nicht ganz. Als er den Blick wieder auf das Loch senkte, meinte er, einen Schatten hin und her huschen zu sehen. Sein Magen knurrte. »Ich versuche es«, sagte er.

»Prima.« Der Abenteurer lächelte, wenn auch eher wölfisch als herzlich. »Ist ganz einfach – du nimmst einen Stock und stößt ihn in das Loch. Dann kommt eine Vogelspinne zum Vorschein, um herauszufinden, was los ist.«

Fred bückte sich über das Loch und stocherte mit seinem Stock darin herum.

»Du bist nicht mutig, sondern ganz eindeutig ein Fall für die Klapsmühle«, meinte Con.

»Kann etwas dauern, also nicht gleich aufgeben«, sagte der Abenteurer. »In dieser Saison sind die Vogelspinnen ganz besonders fleischig.«

»Er ist verrückt«, flüsterte Con Lila zu. »Wir sitzen im Urwald mit einem leibhaftigen Irren fest.«

Fred stocherte weiter im Loch. Nichts geschah. Con entspannte sich sichtlich.

»Das Nest ist leer«, verkündete sie. »Gott sei Dank!«

Da krabbelte ein vierbeiniges, dünnes und haariges Geschöpf aus dem Loch. Fred erstarrte.

»Weitermachen!«, bellte der Abenteurer. »Zieh den Stock zurück! Lock sie heraus.«

Die Spinne war hellbraun und so groß wie Freds Handfläche.

»Ein Weibchen«, sagte der Abenteurer. »Die Männchen sind schwarz.« Seine Hand sauste an Fred vorbei, und er packte die Vogelspinne, wobei er die Finger von den Beißklauen fernhielt, die zornig hin und her zuckten.

»Möchtest du sie streicheln?«, fragte er.

Wenn Faultiere Angst haben, stoßen sie Laute aus, die halb nach Schaf und halb nach Möwe klingen. Von Baca war jetzt solch ein Laut zu hören. Lila wich zurück und beschirmte die Augen des Faultiers mit einem Arm.

Die ehrliche Antwort, dachte Fred, würde nein lauten. Ein so lautes *Nein*, dass der Urwald in seinen Grundfesten erschüttert worden wäre. Aber dann fragte er nur: »Und wie streichele ich sie?«

»Wie die Haare wachsen, also vom Kopf aus nach hinten.«

»Lass das, Fred!«, rief Con, die sich mit dem Rücken gegen einen Baum drückte. Ihr dreckiges Gesicht war kreidebleich. »Er ist sauer auf dich, vergiss das nicht! Er will, dass du gebissen wirst!«

Der Abenteurer klang gefährlich gelassen, als er erwiderte: »Der Biss dieser Art ist nicht gefährlicher als der Stich einer Biene.« Er hielt die Vogelspinne in einem sanften Griff. »Mein Junge hat früher …« Er verstummte, schüttelte sich und fuhr fort: »Ich kannte mal ein Kind, das eine solche Spinne als Haustier hatte. Sie war am Ende so zahm, dass sie beim Essen auf seinem Schoß gesessen hat.«

Fred sah den Abenteurer an, aber dieser schaute wieder vollkommen gleichgültig drein. Dann legte er einen Finger auf die Vogelspinne, die unerwartet weich war und unter der Berührung erbebte.

»Und nun«, sagte der Abenteurer forsch und zog ein Messer aus der Tasche, »schlitzt man ihren Rücken auf, angefangen beim Hals – hier. Dann leidet sie nicht. Aber man darf den Kopf nicht abschneiden.« Er setzte einen Schnitt. »Danach wickelt man sie in Blätter ein.« Er ließ die Spinne auf ein großes Blatt fallen und reichte es Lila, die es mit beiden Händen bibbernd entgegennahm.

»Jetzt mit Gräsern verschnüren, als wäre es ein Paket – ja, gut so. Ein Stück weiter östlich gibt es noch ein Nest. Man erkennt ein Vogelspinnen-Nest an der Form des Lochs: Anfangs ist es flach und dann führt es steil in einen Gang hinunter. Auf dem Weg nach Manaus kommt ihr durch felsiges Gelände, dort könnt ihr sie leicht finden. Ich habe mich mal einen ganzen Monat nur von Spinnen und Bananen ernährt. Ich hatte zwar furchtbaren gelben Durchfall, aber ich habe überlebt.«

Er brach wieder auf, ohne einen Blick zurückzuwerfen. Fred senkte den Blick auf seine Hände, die etwas säuerlich rochen.

Als sie den Abenteurer wieder einholten, beugte er sich gerade über ein anderes Loch und schob Laub und Pflanzen mit einem seiner Schuhe aus Kaimanleder zur Seite. Dieses Loch war bedeutend größer.

»Das Tier, das ihr eben wie ein Geburtstagsgeschenk eingepackt habt, war eine gewöhnliche Vogelspinne. Aber dies …« – er stocherte mit seinem Stock im Loch – »… ist eine andere Art. Dies ist der Bau einer Riesen-Vogelspinne: *Theraphosa blondi.*« Er warf einen vielsagenden Blick auf Cons Haare. »Diese Art hat Haare auf dem Rumpf, die abgeworfen werden, wenn sie sich bedroht fühlt. Und ganz ehrlich? Ich würde eine Horde Kinder mit Sicherheit auch als Bedrohung empfinden. Die Haare brennen auf der Haut wie Brennnesseln, nur viel schlimmer. Verstanden?«

»Ja.«

»Gut. Verwechselt nie die Arten, wenn ihr eine Vogelspinne streicheln wollt.«

Ein vernünftiger Rat, dachte Fred, wenn auch einer, der extrem selten zur Anwendung käme.

»Ist das die Art, die Vögel frisst?«, fragte Lila.

»Stimmt genau«, sagte der Abenteurer und schenkte ihr einen Blick, in dem ein leises Lob lag. »Aber sie fressen Vögel nur sehr selten. Sie ernähren sich vor allem von Kröten und Würmern, gelegentlich auch von Ratten.«

Sie mussten die Riesen-Vogelspinne nicht herauslocken. Als Fred sich bückte, um in das Loch zu spähen, erschienen bereits die Vorderbeine eines Tieres. Er wich rasch zurück.

Vier weitere Beine folgten, die an einem großen, runden, stark behaarten Körper saßen. Con würgte. Max kreischte begeistert. Lila stellte sich vor ihren Bruder und drückte Baca fester an sich.

Die Spinne war so groß wie Max' Gesicht. Sie kroch langsam auf seine Füße zu.

Der Abenteurer bückte sich so gelassen, als wollte er seine Schnürsenkel binden, nagelte die Spinne mit dem Stock auf dem Boden fest und umschloss ihre Beine mit einer Hand. »Gebt mir ein paar Blätter. Und achtet auf eure Füße! Es werden noch mehr zum Vorschein kommen.«

Am späten Nachmittag hatten sie sechs Vogelspinnen gefangen, die sie zu ihrem Feuer brachten. Lila legte sie in einer ordentlichen Reihe daneben.

»Wunderbar. Ihr spießt sie auf einen Stock und haltet sie über das Feuer, damit die Haare abgesengt werden«, erklärte der Abenteurer. »Irgendwann quieken sie leise – das ist die heiße Luft, die aus den Lücken zwischen den Beingelenken entweicht, und dann wisst ihr, dass sie gar sind. Ihr könnt sie ganz aufessen, auch den Kopf.«

»Den Kopf«, wiederholte Con gepresst.

Der Abenteurer lachte. Er nahm zwei Spinnen an sich und ließ die anderen vier liegen. »Ab jetzt seid ihr auf euch gestellt. Wenn ihr mich noch einmal stört, serviere ich den Kaimanen eure Augenbälle, als wären es Oliven bei einer Cocktail-Party.« Sie starrten seinem breiten Rücken nach, als er in den Urwald stapfte.

Fred spießte seine Vogelspinne auf und hielt sie über die Flammen. Sie wurde dunkelbraun. Lila übernahm das Braten für Max. Con hatte ihre Vogelspinne noch nicht angerührt. Sie weigerte sich sie auch nur anzuschauen.

»Das ist eine *Spinne*«, flüsterte sie immer wieder.

Nach zehn Minuten begannen die Spinnen zu quieken, ein Geräusch, das an einen kochenden Wasserkessel erinnerte.

Fred nahm seinen ganzen Mut zusammen. Er zog die

Spinne von seinem Stock; sie war heiß und wirkte knusprig, sah aber immer noch sehr spinnenhaft aus. Er hielt sich die Nase zu und biss ein Bein ab.

Er war erstaunt, denn es schmeckte nach Fisch und etwas salzig. Er biss ein größeres Stück ab. »Gar nicht übel«, sagte er.

Con starrte ihn ungläubig an. »Ist dir klar, dass du gerade eine Spinne isst?«

Max biss auch ab. »*Sehr* lecker«, sagte er. »Schenkst du mir deine, wenn du sie nicht isst?«

»Nein«, sagte Con.

»Ich gebe dir gern ein Bein zum Probieren ab«, sagte Fred. Das Fleisch der Spinne schien ihn irgendwie munterer zu machen. Er konnte sich den Heimweg zum ersten Mal vorstellen – richtig vorstellen: Sie würden tagsüber laufen und abends Spinnen oder Früchte essen. Er stellte sich vor, wie ihn sein Vater am Anleger in Portsmouth empfing, sich bückte und ihn in die Arme schloss. Fred schüttelte sich und versuchte, nicht weiter darüber nachzudenken.

»Schmeckt irgendwie nach Fisch und Hühnchen«, sagte Lila zu Con. »Wirklich nicht schlecht, glaub mir.«

»Versprichst du mir, dass du mich nicht reinlegen willst?«

»Versprochen. Aber du solltest lieber meine Spinne probieren, denn Fred hat seine anbrennen lassen.« Lila hielt ihr ein Spinnenbein hin.

Con nahm es mit spitzen Fingern entgegen und schnüffelte daran. »Riecht nur nach Rauch«, sagte sie misstrauisch. Dann schloss sie die Augen und biss das Ende des Beines ab. Sie riss die Augen erstaunt wieder auf. »Gar nicht so schlimm!«, sagte sie. »Schmeckt fast wie normales Essen.«

»Ich finde es superlecker«, sagte Max, aus dessen Mund ein halbes Spinnenbein hing. »Das sollte es im Theater auch geben und nicht nur Eis.«

AUFGEWÄRMTER ›OISEAU SPECTACLE‹

An jenem Abend steckten Fred, Lila und Con die Köpfe zusammen. Sie hatten sich dicht um das Feuer geschart und berieten flüsternd. Max lag auf den Steinen und drapierte seinen Bauch mit den wie Klee aussehenden Pflanzen, die vor seinen Füßen wuchsen. Baca saß auf Lilas Schoß und schaute sich wachsam um.

»Wir sollten etwas für ihn kochen«, meinte Lila und wies mit dem Kinn auf die Skulpturen und Ranken. »Dann hilft er uns vielleicht noch einmal.«

»Ja!«, sagte Con. »Männer essen für ihr Leben gern.«

»Nein! Ich will nicht, dass er mir die Ohren abschneidet«, jaulte Max.

»Das war doch nur ein Scherz, Max«, sagte Lila.

»Hoffentlich«, murmelte Con, wenn auch nur zu sich selbst.

»Klingt super, aber wer von uns kann schon richtig kochen?«, wandte Fred ein.

»Du solltest dich besser raushalten«, erklärte Con kurz angebunden. »Es ist immer noch deine Schuld, dass wir Ärger mit ihm haben. Wenn man gut kochen will, muss man nur konzentriert sein und sich Zeit lassen.« Sie klang, als würde sie etwas zitieren.

»Gefällt mir. Von wem hast du das?«, fragte Lila.

»Von meiner Sportlehrerin.«

»Sind Sportlehrerinnen bekannt dafür, Meisterköchinnen zu sein?«, fragte Fred. Er kratzte sich an einem Moskitostich und zuckte zusammen, als er zu bluten begann.

»Nein. Außerdem war sie eine schreckliche Sportlehrerin. Wir mussten durch die Sporthalle traben und so tun, als würden wir reiten. Sie meinte, das stärke das Selbstvertrauen.«

»Hat das funktioniert?«

»Was glaubst du?«

Lila grinste. »Wir haben noch die Beeren«, sagte sie. »Wir könnten sie mit den Resten des Vogels für ihn aufbraten.«

Sie schauten zum Vogel, der in der Sonne inzwischen ziemlich ausgedörrt war. »Stinkt wirklich wie ein übrig gebliebener Rest«, meinte Con.

»Zu Hause«, erzählte Lila, »wärmen wir immer die Bohnen vom Vortag auf. Mama tut Gewürze dazu. Schmeckt köstlich.«

Bei dem Wort Mama zitterte ihr Lächeln leicht. Con sah Lila kurz an, dann sprang sie auf. »Ich suche einen Stein, den wir als Bratpfanne benutzen können«, sagte sie.

»Wir könnten das Essen ›aufgewärmtes Vogel-Festmahl‹ nennen«, schlug Lila vor.

»Aufgewärmter *oiseau spectacle*«, sagte Con. »Das ist besser, denn erlesene Gerichte tragen immer französische Namen.«

Sie verstummten plötzlich, denn irgendwo hinter den Ranken ertönte Gebrüll. Es klang wie ein Bär oder ein Tiger oder ein Motor oder wie ein Mensch mit großen Schmerzen.

Lila griff nach Baca, der auf ihrer Schulter saß. »Ist … *er* das?«

Das Gebrüll verstummte so abrupt, wie es begonnen hatte. »Vielleicht … zieht er sich zurück, um zu schreien? Zu brüllen? Vielleicht braucht er das«, sagte Con. »Ich hätte auch gern einen Raum, in dem ich mal so richtig brüllen kann.«

Sie saßen minutenlang stumm da, aber das Gebrüll erklang nicht noch einmal. Also kümmerten sie sich weiter um das Essen. Als Con mit einem Stein zurück war, näherte sich der Geier. Er setzte sich auf einen von Max' Schuhen und schaute ihnen verdrossen beim Kochen zu. Vielleicht war er beleidigt, weil sie ihm kein einziges Häppchen anboten.

»Ich hätte nie gedacht, dass Geier ein Gesicht wie alte Tanten ziehen können«, sagte Con.

Als der Abenteurer wieder auftauchte, schien er die Kinder vergessen zu haben. Er sah sie verdutzt an und nickte ihnen dann zu, als wären sie die üblichen Pendler auf der Bahnfahrt zur Arbeit. Er ging wortlos davon, aber Max folgte ihm, er rannte im Slalom durch die jungen Pflanzen, die zwischen den Steinplatten des Platzes wuchsen.

»Halt!«, rief Max, und es klang nicht wie eine Bitte, sondern wie ein Befehl. »Wir haben dir etwas gekocht!«

Der Abenteurer war erstaunt. »Wie? Oh – sehr nett von euch, aber ich habe keinen Hunger. Danke.«

»Du musst essen. Wir haben extra für dich gekocht.«

Der Abenteurer hockte sich vor Max. »Ich begrüße deine Entscheidung, dich selbstbewusst durch die Welt zu bewegen, aber du hast Geierkacke in den Haaren, und das mindert deine Würde.«

»Möchten Sie nicht doch einen Happen?«, fragte Lila, die sich so leise genähert hatte, als würde sie sich an ein wildes Tier heranpirschen. Baca äugte durch ihre Haare. »Wollen Sie nicht wenigstens kosten?«

Sie hielt ihm ein Blatt mit etwas Vogelfleisch und einigen gerösteten Beeren hin. Sie hatten versucht das Ganze wie einen Teller im Restaurant zu gestalten. Durch ein Malheur mit dem Geier und dank Max' Ellbogen war das Fleisch stärker mit Asche bepudert als geplant, aber man konnte immer noch erkennen, was es war, fand Fred.

»Das ist aufgewärmter Oha-so«, sagte Max. »Sehr lecker.«

»Also gut. Danke«, sagte der Abenteurer und aß einen Happen. Im nächsten Moment schrie er auf und spuckte das Essen aus. »Meine Güte! Das schmeckt ja wie von den Toten auferstanden!«

»Oh! Entschuldigen Sie«, sagte Lila sehr kleinlaut. »Wir wollten Ihnen eine Freude machen, und deshalb …«

»Bitte nicht unsere Ohren abschneiden«, flehte Max.

»Nein. Und bitte verzeiht – ihr habt es gut gemeint.« Der Abenteurer berührte den Ring an seinem kleinen Finger. »Ich hatte vergessen, wie lieb Kinder sein können.« Dann schüttelte er den Kopf so heftig, dass aus seinen Haaren Schweiß auf die Steine sprühte. Er drehte sich um und verneigte sich knapp. »Entschuldigt mich, aber ich muss vor Anbruch der Dunkelheit ein Feuer machen.«

Er ging zurück zum hinteren Ende des Platzes und kniete sich dicht neben seiner Hängematte vor einen Holzhaufen. Es dauerte keine Minute, dann schlugen Flammen aus dem Holz; er arbeitete so schnell und so sicher, dass man die Bewegungen seiner Hände kaum verfolgen konnte. Er holte einen Fisch aus der Tasche und steckte ihn auf einen Bratspieß. Der Geier stand währenddessen dicht neben ihm.

Schließlich setzte er sich vor die Flammen. Fred beobachtete ihn aus den Augenwinkeln, während die anderen grimmig auf dem zweimal angebrannten Vogelfleisch herumkauten. Der Abenteurer saß da, die Ellbogen auf den Knien, und starrte ins Nichts.

»Ob es ihm gut geht?«, flüsterte Fred. »Er sieht irgendwie traurig aus, oder?«

Con warf dem Abenteurer einen Blick zu. »Er tötet Schlangen durch einen Steinwurf. Menschen wie er sind niemals traurig.«

Sie diskutierten noch, da stand der Abenteurer auf und ging zu einem Baum, unter dem Kokosnüsse aufgestapelt worden waren. Er hatte bei jeder Nuss das obere Ende abgeschlagen und dann wieder daraufgelegt. Er trank eine aus, warf sie weg und griff nach einer zweiten. Nach der dritten drehte er sich zu den Kindern um.

»Wollt ihr etwas trinken?«, rief er über den Platz.

»Kommt darauf an, was es zu trinken gibt«, rief Con.

»Meine Version von Cachaça. Probiert mal.«

Sie gingen zögernd über den Platz, ohne den Geier aus den Augen zu lassen. Lila steckte Baca unter ihren Pullover und legte ihm schützend eine Hand auf den Kopf. Die andere Hand legte sie auf Max' Schulter.

Alle vier blieben kurz vor dem Lichtkreis stehen, den das Feuer warf. Fred wollte sich setzen, aber die anderen blieben stehen, und deshalb tat er so, als würde er Kniebeugen machen.

»Hinsetzen, Junge!«, sagte der Abenteurer. »Und ihr auch. Wozu hat Gott euch einen Arsch geschenkt? Hier – trinkt das.«

»Was ist das?«, fragte Fred.

»Kokosnussmilch mit Rohrzucker und ein paar anderen Zutaten. Kräuter und so weiter.«

»Und welche Kräuter?«, fragte Lila.

»Kennst du Getränke, die so schmecken, als würden sie dich entweder töten oder dir ewiges Leben schenken? Ein solches Getränk ist das.«

Fred trank einen Schluck und krümmte sich hustend. Eigentlich schmeckte es nach gar nichts, war aber brennend scharf. Seine Augen tränten und die Nase lief.

»Noch mehr?«, fragte der Abenteurer.

»Nein, danke. Das Zeug schmeckt, als würde man auf dem elektrischen Stuhl schmoren.«

Der Abenteurer lachte, wenn auch etwas bissig. »Wenn du älter bist, wirst du es mögen.«

Con roch an der Flüssigkeit. »Ist das Alkohol?«

Der Abenteurer zuckte mit den Schultern. »Sozusagen, aber eine ungewöhnliche Version. Es schmeckt nicht wie Wein, hat auch nicht die gleiche Wirkung.«

Con schüttelte ablehnend den Kopf. Aber Lila griff zu Freds Überraschung nach der Kokosnuss. »Ich probier mal. Wenn ich Wissenschaftlerin werden will, muss ich schließlich auch experimentieren.«

Sie trank. Baca wollte auch einen Schluck nehmen und musste fast aus der Kokosnuss gefischt werden. Lila schüttelte heftig den Kopf. »Schmeckt wie Erbrochenes.«

Der Abenteurer brummte. »Undankbares Pack.«

Er zog den Fisch vom Spieß, legte ihn auf einen Stein, schlitzte ihn der Länge nach auf und schnitt vier Stücke ab.

»Für euch. Schmeckt bestimmt besser als dieser grauenhafte Albtraum von Vogel, den ihr gebrutzelt habt.«

Der Fisch war heiß und vollmundig; er schmeckte verblüffend stark nach Geflügel, rauchig und herzhaft. Fred verputzte seine Portion mit zwei Bissen und schaute dann voller Hoffnung auf den Rest des Fisches.

»Piranha«, erklärte der Abenteurer. »Je älter sie sind, desto mehr schmecken sie nach Huhn.«

Der Abenteurer war ungewöhnlich redselig. Als er die Hand schwenkte, in der er die Kokosnuss hielt, traf er den Geier gegen die Brust und bespritzte ihn mit dem Getränk.

»Was haltet ihr davon, hm? Erzählt mal.«

»Vom Geier?«, erwiderte Con so zweifelnd, als wäre sie um einen Kommentar zu einem frischgeborenen, aber furchtbar hässlichen Baby gebeten worden »Er ist … nett. Und er riecht … wirklich einmalig.«

»Nein, von der Stadt! Vom Urwald! Man nennt ihn die grüne Hölle. Wisst ihr das?«

Fred betrachtete die Ruinen und das grüne Laubdach hoch über ihren Köpfen.

»Man bezeichnet den Urwald als grüne Hölle, weil es hier keine Klaviere gibt. Früher haben Männer – und mit Männern meine ich Vollidioten – Klaviere auf Elefanten hierhertransportieren lassen. Und sie waren sauer, wenn ihre Teetassen bei Gewitter kaputtgegangen sind.« Er brummte. »Aber wenn man sich ein Leben wünscht, das wild und abenteuerlich ist, dann ist der Urwald eher der Himmel als die Hölle.«

Der Abenteurer leerte eine neue Kokosnuss. Er seufzte mit trübem Blick. »Man hat viel über Liebe auf den ersten Blick geschrieben. Und was ist Liebe auf den ersten Blick, wenn nicht ein gegenseitiges Erkennen? Die blitzartige Erkenntnis, dass man einen Menschen vor sich hat, der das eigene Herz weitet – eine geliebte Frau oder ein Kind. Und das gilt auch für Orte. Darum lebe ich hier im Urwald. Darum muss er beschützt werden.«

Er sah Fred aus Augen an, deren Lider unterschiedlich tief hingen.

Fred wich seinem Blick aus und schaute ins Feuer. Dieser Ort hatte etwas, das ihn schmerzhaft tief berührte: Es war das Licht, die schiere Größe des Waldes, die Sonne und das üppige Grün. Er verstand, warum manche Menschen den

Urwald als zu grün, zu laut, zu riesig, zu *überwältigend* empfanden. Aber für ihn glich er einer Fanfare, die Seiten seines Wesens weckte, von denen er nie etwas geahnt hatte.

Freds Miene schien seine Gedanken zu verraten, denn der Abenteurer knallte die Kokosnuss auf den Boden. »Ich sehe es dir an! Ich merke doch, dass du dich in diesen Ort verliebst! Verstehst du immer noch nicht, warum er geheim bleiben muss? Verstehst du nicht, wie verrückt es wäre, diese Schönheit aufs Spiel zu setzen?«

Fred zögerte. Er konnte diesen Ort nicht geheim halten, das war unmöglich. Die Welt musste von dieser Schönheit erfahren. Der Schulleiter würde eine Versammlung einberufen und ihn als Held feiern. Andererseits kannte er niemanden, der so von seiner Meinung überzeugt war wie der Abenteurer.

»Du verstehst nicht«, sagte der jetzt halblaut. »Reden ist gefährlich. Ich habe auch erst im Nachhinein kapiert, dass ich viele Dinge, zumal die interessanten, besser nicht gesagt hätte.«

Dann wurde er plötzlich barsch. »Ihr habt erzählt, dass ihr meiner Karte gefolgt seid. Bedeutet das, dass ihr die Bienen gefunden habt?«

»Ja«, sagte Lila. »Wir haben uns Honig von ihnen geborgt.« Sie erzählte, dass sie dem Beispiel der Affen gefolgt waren, die Max entdeckt hatte.

Der Abenteurer nickte. »Das habe ich auch gemacht. Bienen sind gute Verbündete. Die Tabaksbeutel habe ich in einem Laden in der Londoner Burlington Arcade anfertigen lassen. Ich habe viel Zeit in der Gegend verbracht, in der die Bienen leben, aber ich halte es nicht lange ohne Tabak aus – und man darf nicht zu viel dabeihaben, weil der Geruch Jaguare anlockt. Ich habe entlang des ganzen Flusses Tabaksbeutel deponiert. Ach, übrigens – habt ihr meine Delfine gesehen?«

»Ja!«, sagte Fred. »Wir wussten aber nicht, dass es Ihre sind.«

Der Abenteurer bekam Schluckauf. »Sind brave Tiere, die Delfine«, meinte er hicksend. »Ich habe sie mit Sardinen gefüttert, obwohl das vielleicht ein Fehler war. Sie sind zu vertrauensvoll. Und man darf nicht zu vertrauensvoll sein.«

»Und dann ist ein Feuer ausgebrochen«, sagte Lila. »Ein richtig schlimmes. Also sind wir hierhergekommen. Wir dachten, es wäre das am wenigsten verrückte Risiko.«

»Ganz genau!« Der Abenteurer wurde überschwänglich; er ließ etwas von seinem Cachaça auf Freds Knie schwappen.

Fred unterdrückte ein Lachen.

»Riskiert etwas!«, sagte der Abenteurer. »Genau das muss man tun. Man muss erfahren, was Angst ist. Man muss lernen mit der Angst umzugehen. Aber!« Er verstummte und trank noch einen Schluck.

»Aber?«, fragte Lila.

»Aber man darf keine Risiken eingehen, nur um andere zu beeindrucken.«

Fred schaute genervt drein. Das klang sehr nach den Lehrern an seiner Schule.

»Wenn man andere beeindrucken will, wird man am Ende

noch von Jaguaren verputzt, und dafür erntet man wahrlich keine Bewunderung.« Er wischte über seine Augen und sah die Kinder an.

»Risiken. Jaguare«, sagte Con. »Das merken wir uns.«

»Ich habe einmal viel riskiert. Ich habe jemanden geliebt. Eine Frau. Wir hatten ein Kind. Wusstet ihr das?«

»Nein, das wussten wir nicht«, sagte Lila sanft und wechselte einen Blick mit Fred.

»Damit habe ich zu viel riskiert, denn ich habe Frau und Kind verloren.« Er stellte die Kokosnuss ab und schloss erschöpft die Augen. »Trotzdem bereue ich nichts.«

»Haben Sie …«, begann Lila.

»Ich habe sie so sehr geliebt«, sagte er mit rauer Stimme. »Ich habe so unbedarft geliebt wie ein Kind. Ich konnte ihre Namen in Morsezeichen blinzeln.« Er lachte betrunken auf. »Damals war ich noch sehr jung«, sagte er. »Man verheimlicht immer, wie beängstigend die Liebe sein kann. Liebe hat nichts mit Regenbögen und Schmetterlingen zu tun. Stattdessen hat man das Gefühl, auf dem Rücken eines fliegenden Drachen zu balancieren.«

Fred schwieg, denn er konnte nichts sagen, das dem tiefen Schmerz gerecht geworden wäre, der sich im Gesicht des Mannes abzeichnete.

Dann trank der Abenteurer wieder, er leerte seine Kokosnuss mit zwei abgrundtiefen Schlucken. »Könnt ihr nur glotzen oder was? Ich dachte immer, Kinder tollen und toben fröhlich herum. Also tobbelt! Fröhlicht!«

Fred sah die anderen an. Er wusste nicht so recht, wie man

herumtollte. Vermutlich bedeutete es, mit erhobenen Armen im Kreis zu laufen und die Knie dabei möglichst hoch zu reißen, und das fand er unter diesen Umständen nicht sehr vernünftig.

»Ich glaube, wir gehören nicht zu der Sorte Kinder, die fröhlich herumtollt«, meinte Fred.

»Schade«, sagte der Abenteurer.

»Sind Sie betrunken?«, fragte Con.

»Aber nein.« Er rülpste vorwurfsvoll. »Ich bin nur … nur … vielleicht ist die Welt betrunken. Der Urwald sieht etwas verschwommener aus als üblich.«

»Ich glaube, Ihr Getränk ist ziemlich stark«, sagte Fred.

»Das ist frech. Ich verwahre mich gegen diese Unterstellung.«

»Verzeihung.«

»Gut«, lallte der Abenteurer. »Ich mag Menschen am liebsten, wenn sie still oder zerknirscht sind.«

»Brauchen Sie vielleicht …«, begann Lila, doch er schloss die Augen und wandte sich ab.

»Ich habe Kopfschmerzen. Ich kann euch nicht in die Stimmen schauen. Ich haue mich jetzt aufs Auge.« Er legte sich auf den harten Boden. Kurz darauf schlief er wie ein Stein und atmete rasselnd. Die Kinder kehrten auf Zehenspitzen zu ihrem eigenen Feuer zurück.

Während sich die Dunkelheit auf die Ruinenstadt senkte, erschien ein Moskitoschwarm. Einer verirrte sich in Freds Nase und stach im Inneren zu.

»Kann man diese Moskitos irgendwie fernhalten?«, fragte Con.

»Durch Rauchen, glaube ich«, antwortete Lila. »So machen das jedenfalls manche Mitarbeiter meiner Eltern.«

»Ich habe gehört, dass man nicht so hungrig ist, wenn man raucht«, sagte Con.

»Wir könnten es ausprobieren«, sagte Fred und kratzte seine juckende Nase.

Er rollte Blätter auf, die Lila mit zerrissenem Gras und Moos füllte. Con zündete sie an.

Fred bekam beißenden Qualm in die Augen. »Ich habe noch nie geraucht. Schmeckt das immer wie ein Garten, in dem alle Pflanzen verwesen?«, fragte er.

»Ich glaube schon«, sagte Con. »Riecht jedenfalls so.«

»Dann muss es wohl so sein«, meinte Fred und drückte seine Zigarette unauffällig in einem leeren Schneckenhaus aus. Er hatte das Gefühl, als würde ihm die Zunge abfallen, und das war das Rauchen nicht wert.

Er schaute die zwei Mädchen an, die angewidert ins Feuer spuckten. Er hatte nicht viel mit gleichaltrigen Mädchen zu tun, aber Lila und Con konnten so weit spucken wie jeder Junge an seiner Schule. Sie spuckten zielsicher und kraftvoll. Er sah, wie sie sich im Feuerschein angrinsten.

Diese Nacht war anders als die vorangegangenen Nächte. Fred musste immer wieder an den Mann denken, der auf der anderen Seite des Platzes neben seinem Feuer schlief, ein Mann, der Frau und Kind verloren hatte. Der Abenteurer war ganz allein, er hatte nur das Grün und die Vögel und den endlosen Urwald. Und ich, dachte Fred, bin im Grunde genauso allein. Dieser Gedanke ließ ihn erschaudern.

Er spürte eine Berührung am Fußgelenk und riss das Bein zurück, weil er glaubte, es wäre eine Vogelspinne, aber es war eine Hand – Con hatte im Schlaf nach ihm gegriffen. Er zögerte. Dann bückte er sich und drückte seinen Daumen auf ihren. Er hoffte, sie würde seine Berührung verstehen: »Alles wird gut. Wir überstehen das.« Ob der Daumen das ausdrücken konnte?

Doch es schien irgendwie funktioniert zu haben, denn sie wurde ruhiger, atmete tief und regelmäßig. Lila murmelte im Schlaf. Baca hatte sich in ihre langen dunklen Haare verstrickt. Fred suchte die Lianen des Daches nach Schlangen ab und erlaubte sich dann die Augen zu schließen, den Feuerstein fest in der Hand.

FISCHEN IM DUNKELN

Der Abenteurer hatte sich bei Sonnenaufgang noch nicht vom Fleck gerührt. Er lag schnarchend da, einen Käfer auf dem Kinn.

Max erwachte zuerst und trat Fred beim Aufstehen aus Versehen in den Schritt. Er kratzte sich am ganzen Körper, rannte dann über den Platz, schüttelte den Abenteurer an der Schulter und setzte sich auf ihn.

Der Abenteurer schrak aus dem Schlaf. Fred zuckte zusammen, weil ihm einfiel, was der Mann über seinen Schreckreflex gesagt hatte, aber der Abenteurer zog nur ein höflich entsetztes Gesicht.

»Kann man das essen?«, fragte Max und hielt dem Abenteurer eine Handvoll Gras vor die Nase.

Der Abenteurer schob Max behutsam auf den Boden, richtete sich auf und pustete ins Feuer. »Nein, das kann man nicht essen«, sagte er.

»Du hast gar nicht hingeschaut!«

»Die Chance, dass die Antwort ja lautet, ist klitzeklein.« Er hob den Blick. »Die Gräser sind giftig. Also nein.«

»Ganz sicher giftig oder vielleicht giftig?«

»Ganz sicher.«

»Oh. Und der hier?« Er reckte den Käfer hoch, der vom Kinn des Abenteurers auf die Erde gefallen war.

»Den könntest du essen«, antwortete der Abenteurer und nahm den Käfer vorsichtig entgegen. »Aber in zwei Stunden würdest du das vermutlich bereuen. Die Faustregel lautet, dass man Tiere, die sich noch bewegen, besser nicht isst.«

»Aber ich bin hungrig. Und der Käfer bewegt sich kaum.«

»Ich rate trotzdem nachdrücklich davon ab.«

»Was heißt das?«

»Das heißt nein.«

»Oh.«

Max legte sich auf den Rücken. Er weinte nicht, zog aber ein betrübtes Gesicht, das ihn älter wirken ließ als er war. Dann sang er leise auf Portugiesisch vor sich hin.

Fred wischte Tau von den Blättern über seinem Kopf und wusch sein Gesicht. Dann betrachtete er Max zum ersten Mal seit Tagen genauer. Der Junge war so stark abgemagert, dass die Wangenknochen hervortraten. Lila hatte ihn umsorgt und sich darum bemüht, dass er ordentlich aussah, und trotzdem hatte er eine glitzernde Schnodderspur im Gesicht und grünen Staub in den Augenbrauen.

Auch der Abenteurer sah Max sonderbar an: Seine Augen leuchteten und er presste die Lippen zusammen.

Dann stand er abrupt auf. Als er sprach, klang er forsch – gespielt und nicht überzeugend forsch.

»Warum sitzt ihr untätig rum? Zeit ist kostbar. Bereitet euch lieber auf euren Marsch nach Manaus vor.«

»Und wie? Wir wissen doch gar nicht, wie wir das anpacken sollen!«, erwiderte Con, die den Tränen nahe zu sein schien. Lila sah sie strafend an.

Der Abenteurer schaute nüchtern drein. »Wenn ihr unterwegs nicht verhungern wollt, müsst ihr wissen, wie man Fische mit dem Speer fängt. Auf manchen Expeditionen haben meine Leute und ich ein halbes Jahr von Fisch gelebt.«

Max' Miene hellte sich auf. »Fischen? Jetzt gleich?«

»Heute Abend. In der Nähe gibt es einen kleinen See.«

»Aber ich habe jetzt Hunger!«, protestierte Max.

»Es muss dunkel sein. Tagsüber könnt ihr Speere schnitzen.«

»Habe ich schon probiert«, sagte Fred und wedelte einen Moskito weg. »Aber die Lianen, mit denen ich die Feuersteinspitzen an den Stab gebunden habe, sind immer gerissen.«

»Lianen?« Der Mann wirkte entsetzt. »Das macht man nicht mit Lianen. Das wäre so, als wollte man eine Dampflokomotive mit Bindfäden zusammenzurren. Dummkopf! Man benutzt Därme. Wo sind die Eingeweide des Vogels, den ihr gebraten habt?«

Con zeigte auf den Urwald, in dem sie die Eingeweide und anderen Reste des Vogels in sicherer Entfernung vergraben hatten.

»Grabt sie aus, erhitzt sie über dem Feuer und benutzt sie als Bänder.« Er tat so, als würde er einen Knoten binden. »Und stört mich erst wieder, wenn ihr fertig seid.«

Er wandte sich abrupt ab – langsam gewöhnten sie sich daran – und ging über den Platz zu dem Rankengewirr, das seine Höhle vor neugierigen Blicken schützte.

Sie gruben die Eingeweide aus, die nach der Zeit unter der Erde nicht gerade hübsch aussahen. Con wusch sie in einer Kokosnusshälfte, und Lila und Fred legten sie zum Trocknen auf Steine, wobei sie es vermieden, die halb durchsichtigen Gedärme anzusehen.

Max zerrte an Lilas Bein. »Lila! Hast du das gehört?«

»Was denn?«

Bis auf das unablässige Insektensummen in den Bäumen war alles still. Aber dann riss Fred den Kopf herum, denn er hörte wieder ein gedämpftes Dröhnen.

»Das kommt von dort hinten – hinter den Lianen«, sagte er. »Ich schaue mal nach.«

»Nein!«, sagte Con. »Er hat uns eingeschärft ihn nicht zu stören und daran halten wir uns auch. Immerhin ist er ein Typ, der Klauen als Manschettenknöpfe trägt.«

»Und wenn er gerade gefressen wird?«, fragte Fred. »Sollten wir ihm dann nicht helfen?«

Lila schüttelte den Kopf. »Ich finde, Con hat recht.«

Con drehte sich überrascht um. »Ach, ja?«

»Was es auch ist, er will nicht, dass wir davon wissen, und wir dürfen ihn nicht noch mehr verärgern.« Lila drehte sich zum Feuer um. »Wir schnitzen die Speere.«

Fred setzte sich zögernd. Der Vormittag war stickig und gegen Mittag müffelten sie noch stärker. Es war nicht einfach, die Därme innen zu reinigen, und es fühlte sich fast mittelalterlich an, sie über dem Feuer zu härten.

»So habe ich mir das Fischen nicht vorgestellt«, meinte Con. »Ich hatte immer alte Männer an einem Flussufer vor Augen, die Passanten ermahnen still zu sein. Wie Flussbibliothekare.«

Fred wollte etwas erwidern, aber das Fett, das aus den Eingeweiden ins Feuer tropfte, spritzte gegen seine Zähne und er schloss den Mund.

Er fragte sich, ob seine Finger für immer nach totem Vogel riechen würden. Aber als die Sonne sank, hatte er einen langen Speer mit einer Feuersteinspitze gebaut, die im Licht glitzerte. Lilas Speer war stabil und gerade, aber weil Baca mit fettigen Pfoten beim Befestigen der Spitze hatte helfen wollen, saß der Feuerstein nicht ganz richtig. Con hatte den perfekten Speer, denn sie hatte die Därme des Vogels geschickt und gekonnt gebunden.

Fred begab sich auf die Suche nach Wasser, um das Fett von seinen Armen zu waschen. Manche Steine hatten Mulden, in denen sich Regenwasser sammelte, und er ging in der Ruinenstadt von Stein zu Stein, bis er nicht mehr ganz so schlimm nach verbranntem Fett stank. Bei seiner Rückkehr hörte er Stimmen.

Der Abenteurer kniete auf dem Boden und beugte sich über seinen Tropenhelm. Lila hockte neben ihm.

»Vorsicht mit den Knien und Ellbogengelenken«, sagte

der Abenteurer leise. »In diesem Alter sind sie noch sehr zart.«

Lila nickte. »Ich weiß.« Sie griff in den Tropenhelm. »Das spüre ich, wenn er sich bewegt. Seine Knochen sind so dünn wie die von Vögeln.«

»Du musst seine Achseln auf Parasiten untersuchen. So.«

Baca reckte den Kopf aus dem Tropenhelm und kreischte protestierend.

Der Abenteurer schenkte ihm den Ansatz eines Lächelns. »Er übertreibt es mit der Dramatik. Das Wasser tut ihm gut. Und jetzt hältst du ihn an den Unterarmen.«

»So?« Lila hob den tropfenden, schlaffen Baca aus dem Bad.

»Ja. Und nun den Bauch nach Zecken absuchen.«

Lila strich mit den Fingern über den Bauch des Faultiers und suchte das Fell mit einem konzentrierten Blick ab. »Nichts«, sagte sie. Bacas Fell klebte auf seinem Kopf, und er schaute drein, als wäre die ganze Prozedur eine Beleidigung. Er quakte, als er in Lilas Händen baumelte.

»Jetzt musst du ihn abtrocknen.«

Lila löste rasch ihre Zöpfe und ließ ihre Haare in einer unregelmäßigen Welle bis auf die Taille fallen. Sie legte das schniefende Faultier hinein und rubbelte es sanft mit ihren dunkelbraunen Locken ab. Fred sah, wie Con, die im Verschlag saß, leise lächelte. Max schlief halb, den Kopf auf ihren Schoß gebettet.

Der Abenteurer zog die Augenbrauen hoch. Seine Mundwinkel hoben sich ein wenig. »Ich bezweifele, dass man diese

Methode an einer tierärztlichen Hochschule empfehlen würde, aber gut.«

Die Sonne sank hinter die Skulptur des Jaguars. Als der Abenteurer aufsah, merkte er, dass Fred ihnen zuschaute. Er sprang auf, als wäre ihm seine Hilfe peinlich, und wäre fast über sein krankes Bein gestolpert. Plötzlich war er wieder barsch.

»Gut! Seid ihr bereit? Jeder muss eine Fackel mitnehmen, denn die Augen der Fische glitzern rot im Lichtschein. Sucht stabiles Holz, sonst brennen die Fackeln zu schnell ab.«

Sie brachen im Gänsemarsch in den dunklen Wald auf, jeder mit einer Fackel in der Hand. Baca, immer noch feucht, lag unter Lilas Hemd.

Der Abenteurer bewegte sich lautlos. Die anderen stolperten hinterdrein und stießen mit den Zehen gegen Wurzeln. Fred bekam einen Zweig ins Gesicht, dessen Blätter in der Flamme seiner Fackel schwarz wurden, aber das Holz war zu frisch, um in Brand zu geraten.

»Bitte nicht den Urwald abfackeln«, sagte der Abenteurer, ohne sich umzudrehen.

Fred stellte überrascht fest, dass er das Dunkel nicht mehr als bedrohlich empfand. Es ließ zwar noch seine Haut kribbeln, aber die stockdunklen Schatten unter den Bäumen machten ihm keine Angst mehr. Die Veränderung war so langsam vor sich gegangen, dass er sie nicht bemerkt hatte.

»Hier gibt es überall Ameisenhaufen«, sagte der Abenteurer. »Aber die sind nicht schlimm. Wirklich gefährlich sind nur die Riesenameisen, und das auch nur, wenn man sie stört. Ich wurde mal im Schlaf von ihnen angegriffen. Danach sah ich aus, als hätte ich am ganzen Körper Warzen.«

»Oh«, sagte Lila. »Wow.«

»Ja. Nicht gut für die Moral.«

Sie gingen in eine neue Richtung, nach Nordwesten, und sie liefen einen steilen Abhang hinunter. Immer, wenn ihre Fackeln fast abgebrannt waren, suchten sie sich neue. Fred glitt zweimal aus und schlitterte über den Abhang, bis er sich an einem Baum festhalten konnte. Max fiel auf die Nase und aß einen Mund voll Matsch, und sie mussten eine Pause einlegen, bis er sich wieder beruhigt hatte. Lila versuchte ihn zu trösten. Der Abenteurer wandte sich ab und studierte voller Ingrimm einen Mistkäfer.

Der See, den sie schließlich erreichten, war größer als von Fred erwartet. Die Wurzeln der ringsumher wachsenden Bäume reichten bis ins Wasser. Der Abenteurer zog die Schuhe aus und watete bis zu den Knien hinein.

»Kommt«, sagte er. »Worauf wartet ihr?«

Fred folgte ihm ins Wasser, das seine Shorts durchtränkte, und betete im Stillen darum, dass es hier keine Fische mit Zähnen gab. Der See war pechschwarz, doch im Schein seiner Fackel konnte er bis auf den schlammigen, steinigen Grund schauen.

Im Fackelschein sah man rot leuchtende Augenpaare im Wasser hin und her flitzen. Max lachte erfreut.

»Je größer die Augen«, erklärte der Abenteurer, »desto größer der Fisch. Ihr müsst euch langsam nähern und die Fackel dicht über das Wasser halten. Dann senkt ihr den Speer so langsam wie möglich und stecht zu. Ganz schnell. Aber rammt euch die Spitze nicht in den Fuß. So, und nun teilt euch auf.«

Lila und Con tauschten einen skeptischen Blick. Sie wateten durch den See, ohne sich zu trennen. Man konnte sie atmen hören. Im Dunkeln war es nicht genau zu erkennen, aber Fred bildete sich ein, dass sie sich an den Händen hielten.

Max griff nach Freds Hand. Seine Handfläche war warm und klebrig.

»Los, fischen wir!«, sagte Max.

Fred versuchte den Speer richtig zu halten, ohne dabei die Flamme seiner Fackel ins Gesicht zu bekommen. »Wenn ich dir die Fackel gebe«, sagte er zu Max, »dann setzt du damit nicht meine Haare in Brand, oder?«

Max nahm den brennenden Ast. »Mal schauen«, sagte er.

Die Jagd mit dem Speer war schwieriger als gedacht. Der Speer lag gut und geschmeidig in seiner Hand, aber jedes Mal, wenn er zustieß, war der Fisch schon weg.

Ein Moskitoschwarm tanzte über sie hinweg – Max nieste und fuchtelte wild mit der Fackel.

»Max! Gib mir die Fackel.«

»Nein!«, schrie Max. »Nein, nein, nein! Ich will sie halten. Ich passe auch auf.«

Da sauste ein Speer an ihnen vorbei, Zentimeter von Freds Brust entfernt, und blieb zitternd im Grund des Sees stecken.

Fred erschrak. Max schrie auf, sprang zurück und klammerte sich an Freds Knie, und dann klatschten beide in das flache Wasser. Die Fackel erlosch. Fred setzte sich, spuckte Wasser aus und sah sich nach Max um.

Der Abenteurer zog Max im Vorbeiwaten mit einer Hand auf die Beine.

»Alles klar?«, wollte Fred von Max wissen.

»Ich bin nass!«, jaulte er. »Ich will nicht nass sein.«

»Und davon abgesehen?«

Max' Gesichtsmuskeln zuckten, als wollte er gleich weinen. Nach einem kurzen Zögern sagte er: »Meine Unterhose ist klitschnass. Aber mir ist nichts passiert.«

Der Abenteurer zog seinen Speer aus dem Seegrund. »Braver Junge«, sagte er zu Max. Auf der Spitze des Speers steckte ein Fisch, so groß wie der Oberschenkel eines Mannes.

»Frühstück«, sagte der Abenteurer. »Komm mit, Fred, ich zeige dir, wie es funktioniert. Du bleibst am Ufer, Max, und bewachst den Fisch. Ich hole dir eine Fackel.« Der Abenteurer stapfte durch das Wasser zum nächsten Baum, brach einen Ast ab, entzündete ihn an seiner Fackel und gab ihn Max. »Super, oder?«

»Sollen wir Max mit dem Fisch wirklich allein lassen?«, fragte Fred. »Er ist ein Vielfraß.«

Der Abenteurer drehte sich zu Max um. »Auf keinen Fall irgendeinen Teil der Welt essen, die dich umgibt, hast du verstanden, Max?«

»Ja«, sagte Max, der am Fisch schnupperte.

»Siehst du? Er hat es kapiert«, sagte der Abenteurer. »Komm mit.«

Fred wrang sein Hemd aus und watete durch den See bis

zum Abenteurer. Dieser schien gute Laune zu haben und deshalb wagte Fred eine Frage.

»Wenn Sie in den Urwald gehen …«

»Ja?« Der Abenteurer watete bis zu den Oberschenkeln ins Wasser. Fred folgte ihm. Das schwarze Wasser reichte ihm bis zur Taille.

»… was tun Sie dann? Sie sind den ganzen Tag weg, aber Sie bringen kein Essen mit. Gehen Sie auf Jagd?«

Der Abenteurer antwortete nicht, sondern schaute ins Wasser. Er war so still, dass sich Fred fragte, ob er noch atmete.

»Da. Siehst du?« Er zeigte auf die Baumwurzeln im trüben Wasser.

Fred sah nur treibendes Laub und den im Wasser gespiegelten Mond.

Der Abenteurer schleuderte den Speer so rasant, dass Fred die Bewegung gar nicht wahrnahm, und dann zappelte ein langer, schmaler Fisch auf der Spitze.

»Acestrohynchus«, sagte er. »Spindelsalmler. Schmeckt wie Hecht. Viele Gräten, aber köstlich.«

Er holte eine Ranke aus der Tasche, an deren Ende ein schmaler, nadelspitzer Feuerstein saß, und fädelte den Fisch auf.

»Du fragst, was ich tagsüber tue«, sagte er. »Ich flicke, was ich kaputt gemacht habe.« Er drehte sich im Wasser um und wischte das Thema mit einer Handbewegung vom Tisch. »Siehst du, wie ich den Speer halte? Vor dem Zustechen muss die Spitze eine Daumenlänge vom Fisch entfernt sein.«

Fred bückte sich über das Wasser. Im Dunkeln glitzerten rote Augen. Er traf mehrmals Steine, spießte ein paar Blätter auf und streifte seinen Fußknöchel. Dann merkte er verblüfft, wie die Speerspitze einen Fisch traf. Beim ersten Mal erwischte er nur die Schwanzflosse, aber der Fisch war ausgebremst worden, und als Fred noch einmal hektisch zustach, spürte er, wie sich die Spitze in Fleisch bohrte.

»Ich habe etwas gefangen!« Er hob den Speer ins Licht. Am Ende zappelte etwas; kein großer Fisch, aber ein Fisch.

»Ein Tigersalmler. In dieser Region nennt man ihn *traíra*. Steck ihn in die Tasche«, sagte der Abenteurer.

Fred starrte ihn an, aber der Mann schien nicht zum Scherzen aufgelegt zu sein, und so steckte Fred den Fisch in eine Tasche seiner Shorts.

Er spülte das Fischblut von seinen Händen, bevor er einen neuen Versuch unternahm. »Und was flicken Sie? Was haben Sie kaputt gemacht?«

Der Abenteurer watete bis zur Taille in den See. Offenbar fiel ihm das Reden im Dunkeln leichter. »Ich war auf einem Erkundungsflug. Ich bin über den Bäumen gekreist, weil ich Gerüchte über eine Ruinenstadt gehört hatte, ich wollte herausfinden, ob sie sich vielleicht hier verbirgt, und dann hat mein verfluchter Motor versagt. Ich bin durch die Baumwipfel gekracht. Es hat gebrannt. Dabei ist jede Menge Laub draufgegangen.«

»Und das Flugzeug? Konnten Sie es bergen?«

Der Mann suchte das Wasser mit Blicken ab und stocherte mit dem Speer in den Pflanzen.

Fred nahm noch einen Anlauf. »Ist die Lücke im Laubdach durch Ihren Absturz entstanden?«

»Ja, genau. Das Blätterdach hat seinen Zweck. Die Gründer der Stadt müssen die Bäume bewusst so gepflanzt haben, dass sich alle Äste ineinander verzweigen. Die Stadt ist von oben nicht zu sehen. Man könnte auf einem Berggipfel stehen und würde sie im dichten Wald nicht entdecken.«

»Und wann wurde sie erbaut?«

»Keine Ahnung. Die Stadt ist so stark überwuchert, dass man es nicht genau sagen kann. Vielleicht vor hundert, vielleicht auch vor vielen Hundert Jahren. Auf jeden Fall wird es weitere fünfzig bis hundert Jahre dauern, bis die zerstörten Bäume nachgewachsen sind. Ich habe fast alle verbrannten Bäume gefällt und wieder aufgeforstet.«

»Das habe ich gesehen! Auf dem Platz stehen junge Bäume.«

»Richtig – aber wie du dir vorstellen kannst, war es kein Freizeitvergnügen, die dicken Bäume zu fällen. Das hat lange gedauert. Und weil Bäume so langsam wachsen, muss ich das Blätterdach flicken. Also baue ich ein Tarnnetz aus Palmblättern und Lianen, um die Lücke zu füllen.«

»Das tun Sie also, wenn Sie tagsüber weg sind?«

»Ja. Eine sehr langwierige Arbeit.« Er stieß zu, zog einen Fisch aus dem Wasser und fädelte ihn auf. Der Fackelschein hob die Schnitte und Narben auf seinen Händen hervor. »Ich flicke jeden Monat einen neuen Abschnitt und bin dabei öfter von einem Baum gefallen, als gut für mich ist. Aber irgendwann ist das Laubdach wieder dicht und dann ist es ein lebendiger Schutz für die Ruinenstadt.«

»Schutz wovor?«

»Vor Leuten, die den Urwald aus der Luft erkunden«, sagte er knapp. »Vor Leuten, die El Dorado suchen. Vor Leuten, die an Orten wie der Ruinenstadt die Steine abtragen, um sie für eine Summe, so hoch wie das Jahresgehalt eines Busfahrers, in Chelsea an neugierige Damen und Herren zu verkaufen. Vor Leuten wie mir.«

»Wie Ihnen? Aber Sie schützen die Stadt doch!«

»Nein. Ich bessere nur den Schaden aus, den ich angerichtet habe. Gott allein weiß, was ich angestellt hätte, wenn ich noch jünger gewesen wäre. Damals wollte ich meinen Namen unbedingt ganz groß auf der ersten Seite der *Times* sehen.«

Er sah Fred von der Seite an. Fred verlagerte unbehaglich sein Gewicht und starrte verbissen ins Wasser.

Der Abenteurer stach noch einmal zu. Dieser Fisch zappelte so heftig, dass er noch einmal zustechen musste; vielleicht errötete er deshalb so tief.

»Die Europäer haben die Existenz solcher Städte immer bestritten, weil sie glaubten, der Urwald könne so viele Menschen nicht ernähren. Sie haben ihn für unfruchtbar erklärt und als trügerisches Paradies bezeichnet.«

Er verstummte und starrte die aufgefädelten Fische mit leerem Blick an. »Die Stämme, auf die die Europäer stießen, waren so klein, dass man es für undenkbar hielt, sie könnten einmal große, prächtige Städte bewohnt haben. Man begriff nicht, dass die Stämme, denen man am Fluss begegnete, so klein waren, weil sie von Leuten wie mir leicht entdeckt werden konnten – weil so viele an Krankheiten gestorben waren, die man aus Europa eingeschleppt hatte. Masern, Grippe. Das habe ich oft genug erlebt, weiß Gott. Dieser Urwald braucht keine Typen wie mich.« Er glühte vor Zorn.

Fred rührte sich nicht vom Fleck, sondern hörte nur zu. Er hörte so genau zu wie noch nie in seinem Leben.

»Meine Frau wurde in einem Dorf im Urwald geboren. Als wir uns kennenlernten, waren wir noch jung – knapp zwanzig. Der Urwald war wie ihre zweite Haut. Sie ist dann kurz nach der Geburt unseres Sohnes an Masern gestorben«, erzählte er tonlos. »Sie hatte sich bei einer Gruppe von Engländern angesteckt. Amateurforscher.«

»Und Ihr Sohn? Was ist mit Ihrem Sohn?«

»Eine Woche nach seinem Tod wäre er vier geworden. Er ist an Cholera gestorben.« Der Abenteurer starrte ins Dunkel. »Dieses Land hat früher eine Million Menschen ernährt. Das wird man irgendwann begreifen. Ich hoffe, Menschenleben werden eines Tages genauso kostbar sein wie Land. Aber bis dahin können wir keine weiteren Männer mit Tropenhelm gebrauchen, die durch den Urwald bis hierher vordringen.«

Er warf einen Blick auf den Weg, auf dem sie gekommen waren. »Weder die Menschen, die durch die Ruinenstadt kommen, noch die Stadt selbst wären sicher.«

Freds Blut schoss durch seinen Körper. Er hätte gern etwas Beruhigendes gesagt, damit der Abenteurer nicht mehr so zornig und verloren dreinschaute, aber die Stimme versagte ihm.

»Und aus diesem Grund …« – der Mann ließ den Speer wieder in das dunkle Wasser schnellen, nur traf er dieses Mal nicht, weil seine Hand vor Leidenschaft zitterte – »… bitte ich dich noch einmal, niemandem von diesem Ort zu erzählen. Ich bitte dich von ganzem Herzen.«

Fred war froh, dass die Dunkelheit ihre Mienen verbarg. »Ich erzähle niemandem davon, das schwöre ich.« Aber, dachte er: Wie soll ich ihm zeigen, dass ich nicht lüge, dass ich es ernst meine? »Ich behalte es für mich«, sagte er lauter. »Ich schwöre es.«

Der Abenteurer verneigte sich leicht. »Danke, Fred.«

»Ich habe erst jetzt begriffen, warum das wichtig ist. Ich hatte nicht bedacht … ich meine … Ich dachte, es wäre ungefährlich, davon zu berichten.«

»Wenn es um so außergewöhnliche Dinge geht, droht immer eine Gefahr.«

»Ja, aber wenn es stimmt, was Sie befürchten – wenn Sie sicher sind, dass …«

»Es wäre vermessen zu behaupten, ich wäre mir sicher. Aber ich glaube nicht, dass ich mich irre. Und dafür würde ich meine Hand ins Feuer legen.«

»Ich auch.«

Der Abenteurer seufzte tief; sein Seufzen schien komplizierte Gefühle anzudeuten, die Fred nicht ganz verstand. »Danke.«

»Ich nehme das Geheimnis mit ins Grab«, sagte Fred. »Und ich erkläre es den anderen. Und ich erzähle niemandem von Ihnen.«

»Ich auch nicht«, sagte jemand. »Du bist *mein* Abenteurer! Und ich teile dich mit niemandem.« Fred erschrak. Max war wieder in den See gewatet und stand nun mit der Fackel in der Hand direkt hinter dem Abenteurer. Er schien drauf und dran zu sein, den Mann zu umarmen.

Der Abenteurer wich vor der Berührung des Jungen erschrocken zurück.

»Meine Güte! Wenn man eine brennende Fackel hält, nimmt man niemanden in den Arm, mein Junge«, sagte er mürrisch und zerzauste Max' Haare.

Max kicherte und watete zu Lila und Con, wobei er ein Lied sang, dessen Text nur aus dem Wort »Fisch« zu bestehen schien.

Der Abenteurer gab Fred seinen Speer. »Hier. Versuch es mal mit meinem. Er ist leichter.«

»Und womit fischen Sie?«

»Eigentlich brauche ich keinen Speer.« Er ließ sich bis zur Brust ins Wasser sinken und winkelte die Arme an. Dann ließ er eine Hand durch das Wasser schnellen. Nach einem kurzen Tumult reckte er mit beiden Händen einen Fisch hoch, so lang wie sein Unterarm. Die Schuppen glänzten im Mondschein. »Der einzige Nachteil dieser Methode«, meinte er, »besteht darin, dass ich manchmal einen Piranha erwische, und das kann ungemütlich sein.«

Fred dachte an seinen Vater, der im Anzug seiner Büroarbeit nachging.

»Ich wünschte, Sie wären mein Vater«, murmelte er so leise, dass der Abenteurer die Worte auch hätte überhören können.

Aber er drehte sich zu Fred um. »Das würde ich mir an

deiner Stelle nicht wünschen. Ich würde als Vater keinen guten Job machen«, erwiderte er scharf. »Und dein Vater könnte dich noch überraschen, Fred. Das liegt in der Natur von Vätern – sie sind nicht so berechenbar, wie man meint.«

»Doch, mein Vater ist so«, sagte Fred. »Ich hätte …« Er verstummte, aber die Dunkelheit löste seine Zunge. »Ich hätte ihm gern von diesem Ort erzählt. Vielleicht wäre er dann stolz auf mich gewesen.«

»Ich bin mir sicher, dass dein Vater schon jetzt sehr stolz auf dich ist«, meinte der Abenteurer, der das Wasser betrachtete und nur mit halbem Ohr zuzuhören schien.

»Nein, ist er nicht!« Fred starrte den Rücken des Mannes an. »Die Sache ist einfach … Ihm wäre es lieber gewesen, wenn meine Mutter mich nicht zur Welt gebracht hätte, denn dann wäre sie …«

»Die Sache ist *nicht* einfach, Fred.« Der Abenteurer drehte sich um und sah ihm ins Gesicht. »Hör auf dieses Wort zu benutzen. Du musst es aus deinem Wortschatz streichen. Das Leben ist kompliziert. So gut wie nichts ist einfach.«

Fred seufzte, enttäuscht über den Abenteurer. »Ja, das sagen alle Erwachsenen.«

»Aber es stimmt. Die Welt ist so riesig, dass sie die menschliche Vorstellungskraft übersteigt. Wie könnte sie da einfach sein?« Er bückte sich und verschwand im schwarzen Wasser, und als er wieder auftauchte, hielt er einen Fisch in der Hand, der an einen Aal erinnerte und vor seiner Brust zappelte. Dann fuhr er nahtlos fort: »Man kann lieben und doch die Verantwortung fürchten, die mit der Liebe einhergeht. Ein Geheimnis zu wahren kann sowohl egoistisch als auch notwendig sein. Die Wahrheit, mein Junge, ist so komplex und dornig wie der Urwald.«

Er wollte sich wieder ins Wasser hocken, erstarrte aber plötzlich.

Dann sagte er, ohne die Stimme zu heben: »Max. Fred. Schnell. Aus dem Wasser. Con und Lila. Beeilung, wir müssen ans Ufer.«

Fred schaute sich um. »Und warum?«

»Raus!« Jetzt sprach er lauter.

Con und Lila wateten auf sie zu. »Was ist denn los?«

»Beeilt euch!«

Der Abenteurer watete im Eiltempo durch das Wasser, wobei er sein Hinkebein hinter sich herzog. Er packte Max bei der Taille, warf die Fackel ins Wasser und ging mit langen Schritten zum Ufer. Fred rannte hinterher und stolperte mehrmals über Wurzeln. Lila zog Con durch den Schlamm.

Am Ufer ließ der Abenteurer Max fallen. Lila nahm ihn in die Arme, bevor er heulen konnte. Der Abenteurer drehte sich mit gerecktem Speer zum See um.

»Was ist los? Was haben wir angestellt?«, fragte Con.

»Nichts.« Nun, da die Kinder an Land waren, klang er wieder gelassen. »Wir gehen.«

»Aus welchem Grund?«

»Seht ihr die Augen? Sie leuchten so rot wie die der Fische – da hinten, auf der anderen Seite des Sees.«

Lila schluckte. »Das ist doch nicht etwa …?«

Sie schien scharfe Augen zu haben, denn Fred sah nur einen grauen Schatten und ein Aufblitzen von Rot.

»Ein Kaiman«, sagte der Abenteurer. »Ein alter Bursche. Sicher über zwei Meter lang. Gut möglich, dass er kein Interesse an uns hat. Aber …« Er beendete den Satz nicht.

»Wurden Sie je gebissen?«, fragte Con.

»Einige Male. Kommt. Wir machen uns besser schnell aus dem Staub.« Er warf Max in die Luft, packte ihn unten bei den Beinen und warf ihn über seine Schulter. »Folgt mir«, sagte er zu den anderen. »Setzt eure Füße so wie ich.« Der über seiner Schulter hängende Max wühlte in seiner Tasche.

»Fred«, flüsterte er, »ich muss dir was sagen.«

»Was denn?«

»Ich habe ein bisschen von dem Fisch gegessen, den der Abenteurer gefangen hat. Während ich gewartet habe. Ich hatte Hunger.« Er hielt Fred den Fisch hin und zeigte die Stelle, wo er das Fleisch herausgerissen hatte. »Ist das schlimm?«

Fred betrachtete Max' ängstliches Gesicht. »Nein, keine Sorge«, sagte er so überzeugend wie möglich. »Aber lass das in Zukunft. Obwohl es durchaus Menschen gibt, die rohen Fisch essen.«

»Sterbe ich jetzt?«

»Unsinn. Ich glaube sogar, dass wir nichts mehr zu befürchten haben. Jedenfalls vorerst.«

Der Abenteurer fuhr zu Fred herum und Max wäre fast mit dem Kopf gegen einen Baum geknallt.

»Ja, ihr habt nichts zu befürchten. Trotzdem«, fügte er hinzu, »könntet ihr im Urwald sterben. Aber wenn ihr gut aufpasst, könnt ihr die Gefahren mindern.« Er blieb stehen und betrachtete im Mondschein die hinter ihm aufgereihten Kinder, alle verschwitzt und mit Matsch beschmiert. »Leider klingt man immer ein bisschen wie ein Unteroffizier, wenn man sagt, was in Wahrheit Sache ist.«

Er sah allerdings nicht gerade aus wie ein Unteroffizier, dachte Fred. Unteroffiziere trugen Kleidung mit weniger Tierzähnen.

»Seht ihr das?« Der Abenteurer reckte seine Fackel in die Höhe und erhellte die Bäume und schlafenden Vögel. »Und man muss sich nicht mal im Urwald herumtreiben, um ein Abenteurer zu sein«, sagte er. »Jeder Mensch auf Erden ist ein Abenteurer. Und das bedeutet aufmerksam zu sein. Immer ganz genau hinzuschauen. Es gibt nichts Wichtigeres. Wenn ihr euch mit geschärften Sinnen durch die Welt bewegt, habt ihr wenig zu befürchten.« Er sah alle der Reihe nach an. Dieses Mal wich Fred seinem funkelnden Blick nicht aus.

»Apropos Aufmerksamkeit, Lila«, sagte der Abenteurer, »dein Faultier versucht gerade deine Haare zu fressen. Wenn ihm das gelingt, wird es Bauchschmerzen bekommen.«

Er ging weiter und trug Max nach Hause, dessen dünne Rippen gegen sein Rückgrat wippten.

DER SCHWUR

An diesem Abend legten sie sich nicht sofort schlafen, sondern saßen am Feuer und brieten den Fisch, bis dieser zischte und brutzelte. Fred erzählte Lila und Con von dem schützenden Laubdach und davon, dass der Abenteurer täglich daran arbeitete, das große, grüne Geheimnis im Herzen des Urwalds zu hüten.

»Wir müssen ihm irgendwie beweisen, dass wir auch wirklich den Mund halten«, sagte Con.

»Meinst du, er glaubt uns nicht?«, fragte Lila. Baca lag schnarchend in ihrem Schoß und Max hatte sich mit geschlossenen Augen vor ihre Füße gekuschelt.

»Doch, vielleicht, aber ich schätze, er gehört zu der misstrauischen Sorte Mensch«, meinte Con.

»Ja«, sagte Fred. »Aber wie beweisen wir es ihm?«

»Wir könnten schwören«, schlug Lila vor. »Wir könnten den Schwur mit unserem Blut besiegeln wie in Büchern.«

»Nein, es muss etwas Dauerhafteres sein«, sagte Con. Sie betrachtete die Sterne, die in den Lücken des Laubdaches funkelten, silberne Punkte im Grün. »Etwas, das die Ewigkeit unseres Schwurs symbolisiert.«

»Ich weiß was!« Lila setzte sich ruckartig gerader hin und riss Baca aus dem Schlaf. »Ein Zeichen – wie eine Tätowierung!«

»Wir haben aber keine Tinte«, wandte Fred ein.

»Der Abenteurer schon!«, meinte Con. »Ich habe sie beim Holzsammeln gesehen. Er hat erzählt, dass er seinen kostbarsten Besitz unter der Hängematte aufbewahrt, wenn er schläft, damit nichts gestohlen wird.«

Sie schwiegen eine Weile. Dann sagte Fred: »Wenn er darauf achtet, dass nichts gestohlen wird, dann sollten wir ihn besser nicht beklauen. Zumal er sein Messer nachts immer in Reichweite hat.«

Con schien durch ihre Aufregung mutig geworden zu sein. »Ich übernehme das!«

Sogar Baca wirkte überrascht.

»Con«, sagte Lila. »Bist du verrückt geworden?«

Doch sie lief schon auf Zehenspitzen über den Platz, geduckt und Warnungen an sich selbst murmelnd. Fred und Lila tauschten einen verblüfften Blick.

Fünf Minuten später kehrte Con zurück und präsentierte ihnen die Tinte. »Geschafft!«, sagte sie.

»Du hast sie geklaut?«, fragte Lila voller Bewunderung.

»Ja!«, sagte Con mit triumphierend geröteten Wangen, wie im Feuerschein zu sehen war. »Gewissermaßen.«

»Gewissermaßen?«, fragte Fred.

»Er war gewissermaßen wach. Und er meinte gewissermaßen, wir könnten sie ausborgen; er meinte, sie sei kostbar und er werde mir Schlangen in die Haare flechten, wenn wir etwas verschütten. Aber ich hätte sie notfalls auch gestohlen.«

Fred grinste. »Dann tätowieren wir uns jetzt?«

»Wie wäre es mit den Worten ›Ich schwöre‹?«, fragte Lila.

»Zu kompliziert. Das könnte leicht danebengehen«, erwiderte Con.

»Vielleicht ein X«, sagte Fred. »Wie auf der Karte.«

»Das gefällt mir«, sagte Lila. Con nickte. Sie schärfte die Spitze des Taschenmessers mit einem Feuerstein, und Lila hielt das Messer in die Flammen, um es zu sterilisieren.

»Wer möchte als Erster?«, fragte Lila.

Alle schwiegen beim Anblick des Messers in Lilas Hand. »Okay«, sagte Fred. »Ich zuerst.«

Er versuchte eine ruhige Hand zu bewahren. In die eigene Haut zu schneiden war schwieriger als gedacht. Er zuckte zusammen, als er einen Schnitt auf seinem Handballen setzte.

»Tut das weh?«, fragte Con besorgt.

»Ein bisschen«, antwortete Fred gepresst. »Insgesamt gesehen ist es aber halb so wild.« Er fügte einen zweiten Schnitt hinzu und tupfte das Blut ab. »Und wie geht das mit der Tinte?«

»Einfach darauftropfen, glaube ich«, sagte Lila.

Die Tinte brannte und Fred biss die Zähne zusammen. Con und Lila wandten taktvoll den Blick ab.

»Fertig!«, sagte er und hielt die Hand in den Feuerschein: ein kleines X aus Tinte und Blut.

Lila war die Nächste. Sie zuckte zusammen, als die Tinte auf ihre Hand tropfte, sagte aber nichts. Con nahm sich mehr Zeit, weil sie wollte, dass die Linien ihres X schnurgerade waren. »Wenn es für immer sein soll«, sagte sie, als sie die Tinte in die Schnitte rieb, »dann muss es ordentlich aussehen.«

Max schnellte in die Höhe. »Ich will auch eines!«, rief er.

»Max! Ich dachte, du schläfst«, sagte Lila.

»Ich habe nur so getan.«

»Pst, Maxi. Schlaf jetzt.«

»Ich will aber auch eines! Ich will auch den Geheimnis-Schwur.«

»Nein«, erwiderte Lila. »Auf keinen Fall. Es tut weh und du wirst heulen und den Abenteurer wecken. Außerdem würden Mama und Papa mich umbringen.«

»Ich heule nicht!«

»Doch, du würdest heulen«, sagte Con.

»Aber es ist auch mein Geheimnis«, sagte Max. »Wenn ihr wollt, dass ich das Geheimnis für mich behalte, muss ich auch ein X bekommen.«

Die anderen sahen einander an. Lila seufzte.

Natürlich heulte Max, kämpfte aber tapfer dagegen an. Als Lila nach dem Messer griff, kniff er Augen und Lippen fest zu und trommelte mit den Füßen auf den Boden. Als Lila Tinte auf seine Hand tropfen ließ, liefen ihm zwar Tränen über die Wangen, doch er schrie nicht.

»Sollen wir jetzt schwören?«, fragte Con. »Und was sagen wir?«

»Übernimm du das, Fred«, sagte Lila. »Du bist der Älteste.«

Fred grinste verlegen. »Wir schwören …«, begann er.

»Warte kurz!« Con warf einen Arm voller Anmachholz ins Feuer und ließ die Flammen in den Himmel züngeln. »Gut, jetzt weiter im Text.«

»Wir schwören diesen Ort geheim zu halten«, sagte Fred. »Bis wir der Welt gefahrlos davon erzählen können oder bis wir sterben – was immer zuerst kommt.«

»Ich schwöre«, sagte Con feierlich. Und dann: »Statistisch gesehen ist es aber wahrscheinlicher, dass wir sterben, bevor wir es weitererzählen können.« Sie lächelte.

»Ich schwöre«, sagte Lila. »Bis in alle Ewigkeit.«

»Ich schwöre«, verkündete auch Max. »Das ist *meine* Stadt.« Er betrachtete voller Stolz sein X. »Wir teilen sie mit niemandem.«

Con sah Lila an und Lila sah Fred an. Alle drei grinsten sich über Max' Kopf hinweg an.

ABENTEURER-UNTERRICHT

Der nächste Tag, der zwölfte nach dem Absturz, war ein Donnerstag. Fred wurde durch den Geier, der an seinem Hinterkopf herumpickte, aus einem Albtraum von einem brennenden Flugzeug geweckt. Er richtete sich auf.

»Lass das!«, sagte er.

Der Geier sah ihn zornig an, voller Verachtung für diese enttäuschende Welt.

»Bei Fuß!«, rief jemand, gefolgt von einem Pfiff. Der Geier watschelte aus dem Verschlag. Fred folgte ihm.

»Braver Junge«, sagte der Abenteurer zu dem Geier und tätschelte dessen kahlen, roten Kopf, als wäre er ein Hund. Draußen brannte schon das Feuer.

»Weck die anderen«, befahl der Abenteurer.

»Die Sonne ist gerade aufgegangen«, erwiderte Fred zweifelnd. »Max droht manchmal, einen anzupinkeln, wenn man ihn zu früh weckt.«

»Weck ihn trotzdem. Wenn er seinen Urin unbedingt als Waffe einsetzen will, soll er das tun. Ich habe euch alle beobachtet, und es gibt mehrere grundlegende Überlebenstechniken, die ihr noch nicht kennt. Ich will heute lange arbeiten, also muss ich sie euch jetzt zeigen.« Er senkte den Blick auf Freds Hand und entdeckte die Tätowierung. Er schwieg dazu, aber Fred bildete sich ein, dass sich ein Mundwinkel zu einem leisen Lächeln hob.

»Aufwachen! Beeilung! Der Abenteurer-Unterricht beginnt.«

Als die anderen zum Vorschein kamen, rieben sie ihre Augen. Der Abenteurer verteilte Fleischstücke aus einem halbierten, als Servierschüssel dienenden Kürbis.

»Wenn ihr heimkehren wollt, müsst ihr sowohl den Fluss als auch den Urwald kennen. Erzählt mal, was ihr wisst.«

Das Fleisch war schwer zu bestimmen – vielleicht ein Vogel, dachte Fred, vielleicht ein Fisch. Er aß möglichst langsam und zerkaute jeden Bissen zu Brei.

»Wir kennen den Fluss schon ganz gut«, sagte Con stolz. »Wir sind auf einem Floß gekommen.«

»Wie sah das Floß aus?«

»Fred hat es gebaut«, sagte Con und grinste ihn an. Ihre Wange war von Moskitostichen übersät, aber sie lächelte breit. »Er hat wie besessen daran gearbeitet.«

»Welche Materialien hast du benutzt?«, wollte der Abenteurer von Fred wissen.

Fred beschrieb alles so genau wie möglich. Er versuchte, nicht zu stolz zu klingen.

»Ja, das klingt gut«, meinte der Abenteurer, und Fred spürte, wie sein Gesicht vor Freude glühte. »Auf einer meiner ersten Expeditionen habe ich den Negre von Manaus aus mit einem Floß befahren. Ich hatte ein ähnliches Modell. Nicht so gut wie ein Einbaum, aber schneller zu bauen.«

»Und was war der Zweck der Expedition?«, fragte Fred.

»Es gab mehrere. Einige Männer haben eine Stadt gesucht, andere Pflanzen für ein neues Medikament. Wir waren naiv und ungeschickt. Zwei Männer sind gestorben. Aber ich fand es großartig.«

Der Abenteurer malte eine Landkarte in den Staub. »Wir haben die Stromschnellen an einer Stelle namens Toter Mann passiert und sind dann nach Norden gefahren. Wasser ist uns ins Gesicht geklatscht, das Floß hat versucht auf den Wellen zu reiten, wie wir auf einem Pferd reiten würden, und ich musste darauf achten, dass mir die Bambusstange, mit der ich steuerte, nicht entglitt und mich aufspießte. Diese Tage zählen zu den schönsten meines Lebens.«

Er verteilte noch mehr Fleisch. Max riss flehentlich die Augen auf und bekam die doppelte Portion. Con wollte protestieren, schloss den Mund aber gleich wieder.

»Wenn ihr nach Manaus wollt, müsst ihr einen Teil der Strecke bewältigen, die ich damals zurückgelegt habe. Das kann ungemütlich werden. Schäumendes Wasser und Felsen – gut möglich, dass ihr in die Luft geschleudert werdet, ihr solltet den Knirps also festbinden. Wenn jemand über Bord geht, kann er sich in dem Wildwasser nicht am Floß festhalten, ohne es zum Kentern zu bringen.«

»Wirklich?«, fragte Lila. »Aber wäre es nicht möglich …«

»Nein«, entgegnete er streng. »Das einzige Ehrenhafte wäre der Tod durch Ertrinken.«

»Oh«, sagte Lila.

»Oh«, sagte Fred.

»Schön«, sagte Con. »Und was noch?«

»Außerdem müsst ihr einige Vorbereitungen treffen. Habt ihr einen Stift?«

Sie hatten natürlich keinen, aber Lila kritzelte mit einem Feuerstein auf einem grauen Steinbrocken.

»Fünfzig Meilen von hier stoßt ihr im Regenwald auf eine bestimmte Bienenart«, erklärte der Abenteurer und ergänzte die Stelle auf seiner Karte im Staub. »Diese Bienen sind winzig, aber wunderschön. Sie werden von Schweiß und Feuchtigkeit angelockt und sind am glücklichsten, wenn sie mitten im Auge nisten können. Sie werden manchmal Augenlutscher genannt. Schreib das auf.«

»Augenlutscher«, murmelte Lila und kratzte auf dem Stein herum. Sie klang nicht verängstigt, sondern konzentriert. Baca kletterte auf ihren Kopf und saß da wie ein fragender Hut.

»Der beste Schutz ist ein Netz vor dem Gesicht.«

»Können wir eines knüpfen?«, fragte Fred.

»Gute Frage. Netze gehören zu den ganz wenigen Dingen, die fast unmöglich herzustellen sind.«

»Könnte man …« – Fred schloss die Augen und versuchte sich vorzustellen, wie das Netz aussehen müsste – »… nicht auch Löcher in ein Stück Schlangenhaut bohren?«

»Ja, das ginge.« Der Abenteurer sah Fred an und nickte bedächtig. »Eigentlich keine schlechte Idee. Nur ist Schlangenhaut in dieser Ecke des Dschungels eine Seltenheit, weil die Tiere von den Geiern gefressen werden. Ich habe ein Moskitonetz. Es ist vermutlich mein wertvollster Besitz.«

Sie warteten.

»Ich könnte aber vier Stücke abschneiden, die ihr dann mit Ranken um den Kopf binden müsstet.«

»Danke«, sagten Fred und Lila wie aus einem Mund.

»Sehr nett von Ihnen«, sagte Con feierlich.

Der Abenteurer, dem die Dankbarkeit nicht zu behagen schien, winkte leicht genervt ab. »Dann gibt es noch die Vampirfledermäuse.« Er ergänzte seine Landkarte um ein paar Striche und Winkel, die Hügel andeuten sollten. »Ihr müsst eine Möglichkeit finden, mit den Biestern klarzukommen.«

Con hob den Kopf. »Sie scherzen jetzt, oder?«

»Oh, nein. Sie kommen in Schwärmen – nicht hier, sondern auf der anderen Seite des Berges. Ihr habt doch sicher davon gehört?«

»Nein!«, sagte Con.

Fred waren sie auch unbekannt. »Du kennst sie, Lila, oder?«, fragte er.

»Ich habe noch nie eine gesehen«, antwortete Lila. »Aber ihre Vorderzähne sind spitzer als Rasiermesser und ihre Zungen sondern eine Flüssigkeit ab, die die Blutgerinnung stoppt.«

»Richtig«, sagte der Abenteurer. »Evolutionsbiologisch ist

das alles unglaublich beeindruckend, aber wenn sie vor deiner Nase herumflattern, kann es unschön sein.«

»Unschön?«, fragte Con. »Fledermäuse, die einen fressen, sind *unschön*?«

»Sie fressen dich nicht, junge Frau. Sie trinken dich. Das ist nicht das Gleiche, glaub mir. Und wenn ihr den Berg umrundet habt, müsst ihr auf Maden achten.«

»Maden.« Cons Gesicht war jetzt kreidebleich.

»Ja. Ist natürlich unangenehm, wenn man plötzlich Maden mit sich herumträgt, aber was hilft es? Vor vielen Jahren hat sich mal eine Made aus meiner Haut gebohrt, ein sehr verstörender Moment. Sie hat ihren Kopf aus meiner Armbeuge gereckt wie eine Meerkatze, die aus ihrem Loch lugt. Ich war total baff. Ich zeige euch, wie man sie mit einem Dorn und mit Feuer entfernt. Erinnert mich daran.«

Lila notierte »Maden« auf der Liste, ergänzt um ein Fragezeichen.

Der Abenteurer sah alle vier lobend an. »Ihr könnt bald aufbrechen. Ihr seid fast so weit.«

Fred starrte ihn an. Aus irgendeinem Grund war er darüber nicht so erleichtert wie erwartet.

»Ihr müsst vor der Regenzeit aufbrechen. Ihr wisst jetzt, wie man fischt. Fred kann Fallen stellen. Ihr hättet also zu essen und es gibt ja auch noch die Vogelspinnen und Beeren. Bei Regen ist es mit den Maden noch schlimmer, und wenn der Boden aufgeweicht ist, fällt das Gehen schwerer. Außerdem müsst ihr das Gelbfieber bedenken.«

»Ach ja, natürlich!«, sagte Con leicht hysterisch. »Ohne

ein Fieber, das einen gelb färbt, sind Maden nur halb so lustig. Klingt wie ein Erholungsurlaub.«

Der Abenteurer ignorierte sie. »Und wenn ihr die Stadt erreicht habt, dürft ihr nicht verraten, wie ihr dorthin gelangt seid.«

»Wir erzählen jede Lüge, die Sie möchten«, meinte Con.

»Und ganz egal wie oft man euch fragt, ihr dürft meinen Namen nicht nennen. Verstanden?«

»Wir kennen Ihren Namen nicht«, stellte Con klar. »Wie lautet er denn? Wir müssen ja wissen, was wir nicht verraten dürfen.«

Der Mann brummte halb verärgert und halb amüsiert. Er stand auf und nahm den Geier auf die Arme. »Ich arbeite heute. Wenn ihr noch einmal versucht hinter den Rankenvorhang zu schauen, verfüttere ich eure Zehen an …«

»… an den Geier. Schon klar«, sagte Con.

»Welches Fleisch haben wir eigentlich gegessen?«, fragte Fred, als sich der Abenteurer zum Gehen wandte. »Es war lecker.«

»Wie? Ach, das war Kaiman«, sagte er. »Der aus dem See.«

In jener Nacht zerrte Max an Freds Fuß.

»Fred!«, zischte er sehr heiser. »Fred! Ich muss dir was sagen. Ich habe ein schlechtes Gefühl.«

»Was?« Fred war ruckartig erwacht und suchte im Dunkeln nach Max' Gesicht.

»Ich habe ein schlechtes Gefühl«, erklärte Max. »Ganz viele schlechte Gefühle.«

»Pst, Max. Was macht dir Angst?«

Max klang kläglich, aber aus seiner Stimme sprach tatsächlich tiefe Angst. »Da draußen ist etwas.«

»Da ist nichts«, erwiderte Fred. »Du hast bestimmt nur von dem Kaiman geträumt.«

Er horchte. Der Urwald war nie still – das Laub raschelte und Insekten zirpten und die Affen krakeelten die ganze Nacht –, aber er war nicht lauter oder stiller als sonst.

»Und was genau soll da sein?«

»Ein Tier. Es beobachtet uns. Oder ein Monster.«

»Es gibt keine Monster, Max.«

»Sie beobachten uns. Ich habe sie gehört!«

»Die Tiere führen einfach ihr Leben, Max. Glaub mir. Sie interessieren sich nicht für uns.«

»Ich kann sie atmen hören.«

»Mach dir keine Sorgen. Du musst jetzt wieder einschlafen, dann wird alles gut.«

Unter dem Lianendach war es dunkel, aber Fred konnte die Ungläubigkeit in Max' weit aufgerissenen Augen sehen. Sein Haar war nass geschwitzt.

»Darf ich neben dir schlafen?«, fragte Max.

Fred zögerte, denn Max schlief unruhig. Er strampelte oft, schlug seine Zähne in dieses und jenes und furzte im Schlaf.

»Bitte, bitte.«

»Na, gut. Aber nicht beißen, okay?«

»Ja«, sagte Max. Dann ergriff er Freds Handgelenk, nahm es in den Mund und schlief nach einer Weile ein.

Fred dämmerte gerade ein, als er eine Bewegung zwischen

den Bäumen bemerkte. Er kam auf die Knie und rutschte langsam zum Rand des Verschlags. Durch die Lücken im Laubdach fiel hier und da Mondschein auf den Platz. Fred sah sich um. Sie wurden tatsächlich beobachtet. Aber nicht von einem Tier und schon gar nicht von einem Ungeheuer.

Es war der Abenteurer. Er saß auf einem niedrigen Ast, locker gegen den Baumstamm gelehnt, hielt das Messer in der Hand und wachte über sie.

IM MATSCH ERSTARRT

Als sie erwachten, regnete es stark. Der Himmel war so dunkel, dass Fred die eigene Hand nicht vor Augen sah. Der Abenteurer hatte frischen Fisch auf ihre Schwelle gelegt und schien dann wieder hinter dem dichten, grauen Regenvorhang verschwunden zu sein. Die Tropfen sickerten durch das Dach und fielen auf ihre Gesichter. Sie saßen untätig da und warteten darauf, dass der Regen abflaute. Aber das geschah nicht. Sie wurden nur immer nasser.

»Kommt, wir suchen Schutz hinter den Skulpturen«, sagte Fred. »Wir nehmen den Fisch mit.«

Sie rannten über den Platz zu den vier Skulpturen. Baca schnüffelte wimmernd, und Lila, die ihn trug, wäre mehrmals fast ausgerutscht.

Hinter den Skulpturen ragte die Mauer so weit vor, dass sie Schutz vor dem Regen bot. Sie hockten sich nebeneinander, behielten den Himmel im Auge und schuppten den

Fisch. Fred hatte halb erwartet den Abenteurer anzutreffen, aber er war offenbar verschwunden, ihm schien die Nässe nichts auszumachen.

Es regnete Bindfäden, und als Fred einen Stein warf, wurde dieser sofort von der Regenwand verschluckt.

»Wir könnten etwas unternehmen«, schlug Lila vor und zog ein paar Blätter für Baca aus der Tasche. Aber Baca wandte sich ab und leckte sein nasses Fell. »Vielleicht was zu essen suchen? Oder etwas spielen?«

Fred legte den Fisch weg. »Spielen? Was denn?« Er war froh das Schuppen kurz unterbrechen zu können, durch den Regen war der Fisch glitschig, seine Hände waren zerkratzt, und er hatte sogar Schuppen unter den Fingernägeln. Wie er feststellte, waren seine Finger im Laufe der letzten Tage schwielig geworden.

»Ja, welches Spiel überhaupt?«, fragte Con misstrauisch. »Ich kenne nur Bridge und wir haben keine Karten.«

»Bridge?«, fragte Lila.

Con schaute abwehrend drein. »Wir haben in der Schule kaum gespielt. Ich jedenfalls nicht ... die anderen schon. Manchmal. Aber ich war meist ...« Sie sprach immer leiser. Dann sagte sie: »Ich habe wenig Lust darauf, wenn ich ehrlich bin. Spiele sind doch etwas für Babys, oder?«

»Kennt ihr ›Im Matsch erstarren‹?«, fragte Fred. »Das ist wie Fangen, nur dass man nach dem Abklatschen wie versteinert dastehen muss, bis jemand einem zwischen den Beinen durchkrabbelt.«

»Bei dem Regen?« Con kratzte sich an einem Moskitostich.

»Wir können nicht viel nasser werden«, sagte Fred und wies auf seinen Pullover, der auf den Fisch tropfte.

»Na, gut.« Con sprang auf. »Dann los!«

»Du fängst uns!«, sagte Lila zu Con.

Bei diesem Wetter hatte Fred noch nie Fangen gespielt; sie schienen eher zu schwimmen als zu laufen. Sie flitzten zwischen den Skulpturen hin und her und rutschten auf nassen Steinen aus. Der Matsch schmatzte unter ihren Schuhen und spritzte bis auf Taillenhöhe. Sie bekamen Wasser in die Augen und Ohren und den Mund, und wenn sie versuchten jemanden festzuhalten, platschten sie auf ihre Hände. Con lief ungelenk, ihre Hacken knallten gegen ihren Po, aber ihr Gesicht strahlte vor Aufregung.

»Ich hatte nicht erwartet«, japste Con, »dass der Name des Spiels so *wörtlich* zu verstehen ist. Ich finde es toll.«

Sie rannten bis zu den Bäumen des Urwaldes. Fred zog sich an zwei Lianen hoch, um der Verfolgung zu entkommen, eine in jeder Hand und die Beine um beide zugleich geschlungen, um das Gleichgewicht zu halten, aber dann wurde Max von Con hochgehoben und berührte Fred mit den Fingerspitzen am Fuß.

»Du bist erstarrt!«, rief Max. Der Regen prasselte auf sein Gesicht und leckte die Augenbrauen in Form.

Con setzte Max ab und krümmte sich. »Halt! Fred! Lila! Ich glaube, ich sterbe.«

»Was?« Lila kam schlitternd zum Halten, wobei sie im hohen Bogen Matsch aufspritzen ließ.

»Meine Seite! Sie brennt.«

»Wie Feuer?«

»Ja!«

»Und das Atmen fällt dir schwer?«

»Ja!«

»Das sind nur Seitenstiche.«

»Wie?«

»Du weißt nicht, was Seitenstiche sind?«, fragte Max. »Du bist ja wirklich dumm.«

»Pst, Max«, sagte Lila, drehte sich zu der puterroten Con um und nickte ihr beruhigend zu. »Das passiert manchmal, wenn man viel rennt. Am besten, du nimmst einen dicken Ast in jede Hand und drückst so fest wie möglich.«

»Ah! Danke!«

»Funktioniert das?«, fragte Fred. »Das habe ich noch nie gehört.«

»Ja, das funktioniert todsicher.« Con flitzte in den Regen, um zwei Äste zu suchen. Lila flüsterte: »Ehrlich gesagt weiß ich es nicht. Ich habe mir das gerade ausgedacht. Aber wenn sie daran glaubt, könnte es wirken. Wäre doch gut, oder?«

Als Con zurückkehrte, ballte sie ihre Fäuste um jeweils einen Stock und wurde vor Anstrengung noch puterroter. Sie zog eine Grimasse, als wollte sie ein Ei legen. Dann gab sie Fred einen Klaps auf die Schulter. »Du fängst!«

Wenn sich die Chance bietet, im Dschungel bei tropischem Regen Fangen zu spielen, sollte man sie unbedingt nutzen. Wenn Fred später daran zurückdachte, glich die Erinnerung einer Goldmünze, die er aus der Tasche holte.

Das war der letzte schöne Tag. Danach begann das Drama.

MAX

Das Gebrüll erklang nicht in Freds Kopf.

Er setzte sich ruckartig auf und sah sich in dem Verschlag um. Die Dämmerung brach gerade an. Con schob sich Haare aus den Augen. Lila war schon auf den Beinen.

Max lag nicht auf dem Boden. Max war weg.

Fred rannte auf den Platz und sah sich im grauen Zwielicht hektisch um, flehte zum Himmel, Max möge hinter einem Baum hervorspringen und ihm die Zunge zeigen.

»Max!«, rief Lila. »Maxi! Wo bist du?«

»Max?«, brüllte Fred.

Das Gebrüll verstummte und die Stille kam ihm lauter vor als der Lärm.

»Nicht schon wieder«, sagte Con, aber sie klang genauso besorgt wie die anderen.

Da überlief es Fred heiß und kalt und sein Magen schien sich umzudrehen. »Ist er das?« Er zeigte auf den Hang, den sie bei ihrer Ankunft hinuntergeschlittert waren. Dort lag ein Bündel vor einem Baum.

Fred spurtete zu dem Baum, aber Lila überholte ihn, ihre Füße trommelten auf den Boden.

Max hatte sich zu einer Kugel aufgerollt. Er zitterte und atmete rau und unregelmäßig. Sein Rücken bebte heftig.

»Max?«, fragte Lila. »Bist du verletzt, Max? Hörst du mich?« Ihre Haare fielen auf das Gesicht ihres Bruders. »Sag doch was!«

Max stöhnte und zitterte. Seine Lippen formten Wörter, aber sie waren nicht zu verstehen.

»Was hat er?«, fragte Con.

»Ich weiß es nicht.« Lila nahm Max' kleinen Körper in ihre Arme und stolperte los. »Ich weiß es nicht! Kommt mit!« Sie stolperte über einen Stein und hätte Max um ein Haar fallen lassen.

Fred streckte die Arme aus. »Soll ich ihn tragen?«

»Nein.« Sie drückte Max noch fester an sich. »Wo ist der Abenteurer?«, fragte sie verzweifelt und ließ ihren Blick durch die Ruinenstadt zucken.

»Er ist sicher hinter dem Rankenvorhang«, sagte Fred.

Lila rannte weiter und rief dabei: »Abenteurer! He! Wo stecken Sie?« Baca klammerte sich mit beiden Händen an ihren Hals, halb hinter ihren Haaren verborgen. Aber Lila schien das Faultier nicht mehr zu bemerken.

Fred lief hinterher, gefolgt von Con, die auf den regennassen, glitschigen Steinen ausrutschte, mit blutendem Knie auf die Beine kam und dann noch schneller rannte. Fred erreichte die Ranken vor Lila und begann sie auseinanderzudrücken. Er kämpfte sich durch den dichten Vorhang, hinter dem der Abenteurer stets verschwand. »Hilfe!«, rief er. »Sind Sie da? Es ist ein Notfall!« Seine Stimme klang dünn und schwach.

Der Abenteurer schob die Ranken auseinander und starrte sie an. Er war dunkelrot vor Zorn. »Habt ihr vergessen, dass ihr nicht hierherkommen sollt?«

»Schluss jetzt!« Lila baute sich vor ihm auf, Max vor der Brust. Sie hielt ihn ganz fest, weil er so schrecklich zitterte. »Max ist krank! Helfen Sie meinem Bruder oder ich bringe Sie um.«

Der Zorn des Abenteurers verflog. »Was ist passiert? Ist er tot?«

Ein Brüllen, wie es Lila ausstieß, hatte Fred noch nie gehört. Es klang mörderisch. Sie versprühte Speichel. Dann wich sie zurück. »Nein! NEIN! Wenn Sie behaupten, er sei tot, dann kommen Sie ihm ja nicht zu nahe!«

Sie richtete sich zu ihrer vollen Größe auf. Fred hatte noch nie so beeindruckende einhundertfünfunddreißig Zentimeter gesehen. Das Faultier saß auf ihrer Schulter wie ein Papagei auf der Schulter eines Piratenkönigs. Ihre Augen sprühten Funken.

»Entschuldige. Ich war einfach sauer«, sagte der Abenteurer. »Er ist bestimmt nicht tot. Bitte gib ihn mir.«

Tränen strömten über Lilas Wangen, als sie Max in die Arme des Abenteurers legte.

»Holt einen brennenden Ast aus dem Feuer. Ich brauche mehr Licht«, sagte er.

Fred rannte los, um eine Fackel zu holen.

Lila stand wie versteinert da, als der Abenteurer Max auf den Boden legte. Er zog sein Hemd aus und schob es Max unter den Kopf. Max murmelte, schlug die Augen aber nicht auf. Er zitterte so stark, dass seine Beine zuckten. Speichel lief aus seinem Mund.

»Wird er wieder gesund?«, fragte Lila.

Con würgte und hustete. »Ich habe das Gefühl, eine Kröte verschluckt zu haben«, sagte sie. »Wie können wir ihm helfen?«

»Was hat er?«, wollte Fred wissen.

»Er wurde gebissen.«

»Und von welchem Tier?«

»Von Ameisen.«

»Ameisen? Oh, Gott sei Dank! Ich dachte schon, es wäre ein Schlangenbiss!« Con stieß ein raues Lachen der Erleichterung aus. Doch der Abenteurer schüttelte den Kopf.

»Ein Schlangenbiss wäre halb so wild. Nein, er muss in einer Kolonie von Riesenameisen gestanden haben.«

»Riesenameisen!« Lila stöhnte auf. »Ist ihr Biss …« Sie brachte das nächste Wort nicht über die Lippen.

»Tödlich? Manchmal, vor allem wenn jemand gebissen wurde, der an Allergien leidet. Er muss in ein Krankenhaus. Dort kann man ihm helfen. Aber nur, wenn es schnell geht.«

»Wie viel Zeit bleibt uns?«, fragte Lila.

»Er wird noch einen Tag zittern, dann bekommt er Fieber. Das Fieber darf nicht länger als fünf Tage anhalten. Maximal eine Woche. Danach schwillt das Gehirn an.«

»Und dann … dann stirbt er? Ja?«, fragte Lila. »Sie lassen ihn einfach so sterben? Das dürfen Sie nicht! Ich bringe Sie um!« Sie sah aus wie eine Furie.

»Nein, natürlich nicht.« Im Licht des Morgens wirkte das Gesicht des Abenteurers plötzlich grau und uralt. »Er darf nicht sterben. Das möchte ich nicht noch einmal erleben.«

Fred dachte an das Gesicht des Abenteurers, als dieser abends am Feuer über die Liebe gesprochen hatte.

»Und was tun wir?«, fragte Lila drängend.

»Ich muss nachdenken«, sagte der Abenteurer bedächtig.

»Nein! Wir haben keine Zeit, um herumzusitzen und zu grübeln!«, erwiderte Lila aufgebracht. »Sie verstehen nicht! Max ist Ihnen offenbar egal! Wir müssen *sofort* etwas tun!«

»Doch, ich verstehe sehr wohl. Und Max ist mir nicht egal.« Er nahm Max in die Arme und massierte dessen Hände und Füße, um die Durchblutung anzuregen. »Ich hatte mal einen Sohn.« Er stand auf, wobei er Max gegen seine Brust drückte. »Kommt mit. Der Junge wird nicht sterben.«

»Und wie bringen wir ihn in ein Krankenhaus?«, fragte Fred.

»Der Fußmarsch bis Manaus dauert doch angeblich einen Monat!«, rief Con.

»Es gibt noch eine Möglichkeit.«

»Und welche? Egal wie sie aussieht!«, sagte Lila. »Ich tue alles! *Alles!*«

»Ihr werdet fliegen.«

HINTER DEN RANKEN

Der Abenteurer übergab Max wieder an Lila. »Du bleibst bei ihm. Wir beeilen uns.«

»Nein!«, sagte Lila. »Ich will wissen, was Sie vorhaben.« Sie verlagerte Max etwas unbeholfen, aber liebevoll in ihren Armen und drückte ihn an sich.

Der Abenteurer schien etwas einwenden zu wollen, schloss den Mund aber, als er Lilas Blick begegnete. Er drehte sich zu der Mauer aus grünem Laub um.

»Es geht tiefer hinein, als ihr glaubt«, sagte er. »Los, drückt die Ranken zur Seite, schnell.«

Fred schob einen Arm voller Lianen weg, manche schon alt und braun, andere so dick wie sein Arm.

Die Ranken konnten nicht so gewachsen sein, denn sie waren zu engmaschig verwoben. Aus der Nähe betrachtet war klar, dass dieser gleichförmige, undurchdringliche Vorhang von Menschenhand geschaffen worden war.

»Sind die Ranken hier gewachsen? Oder haben Sie sie gepflanzt?«, keuchte Fred, während er zog und zerrte. Er hatte das Gefühl, sich durch eine dichte Hecke zwängen zu müssen.

»Ich habe sie gepflanzt, geflochten und beschnitten. Ein Versteckt lohnt jede Mühe.« Der Abenteurer drängte sich an Fred vorbei und zückte seine Machete. Dann hackte er sich durch das Grün. »Wir sind fast durch.«

Er hielt die Ranken für Lila auseinander. Sie trug Max so, dass sein Kopf auf ihrer Schulter ruhte, und ging hindurch. Fred hörte sie laut nach Luft schnappen.

Er stieß die letzte Schicht von Ranken und Kletterpflanzen zur Seite und blieb dann wie angewurzelt stehen.

Die Ranken fielen von der Decke eines großen Raumes. Die Steine, aus denen er bestand, glichen jenen ihrer eigenen Unterkunft, nur war die Decke hier weitgehend intakt. Sie war so hoch wie das Gewölbe einer Kathedrale und roch nach Moos und Pflanzen, die in aller Stille wuchsen.

Auch die Wände waren von Ranken bedeckt und in einer Ecke hatte ein Tier ein kugelförmiges Nest aus Gräsern und Federn gebaut.

Und mitten auf dem nackten Erdboden glänzte etwas gelb und metallisch im grünlichen Licht.

»Ein Flugzeug«, hauchte Fred.

»Sehr richtig.« Der Abenteurer ging zu dem Flugzeug. »Kommt mit.«

Sie gingen aneinandergedrängt weiter. Lila presste Max fest an sich.

»Das ist meine Maschine.« Der Abenteurer pochte gegen die Seite des Flugzeugs. Es war klein und hatte nur zwei Sitze, die hintereinander lagen.

»Sie haben doch erzählt, es sei verbrannt«, meinte Fred.

»Nein, ich habe nur gesagt, es habe gebrannt. Ich war auf einem Erkundungsflug, als der Motor zu stottern begann. Dann bin ich durch das Laubdach gekracht und habe hier in der Ruinenstadt eine Bruchlandung hingelegt. Die Stadt hat mir das Leben gerettet. Ich habe fünf Jahre gebraucht, um die Kiste hier zu reparieren.«

Con streckte langsam eine Hand aus und streichelte einen Flügel der Maschine.

»Seit der Bruchlandung habe ich den Platz draußen immer von Gras frei gehalten – für den Fall der Fälle. Er gibt bestimmt eine gute Startbahn ab.« Er verstummte, dann berichtigte er sich. »Eine halbwegs gute Startbahn. Hoffe ich.«

»Wir fliegen nach Hause!«, sagte Con mit leuchtenden Augen.

»*Ich* nicht. Ich kann nicht mehr fliegen.« Er schlug gegen sein lädiertes Bein. »Ein Pilot braucht beide Beine. *Ihr* fliegt.«

»Wir sollen selbst fliegen?«, fragte Fred.

»Tja, nicht alle drei. Nur einer von euch kann Pilot sein.«

»Nein!«, sagte Con. »Unmöglich! Nie im Leben! Auf keinen Fall! Wir sind schon einmal abgestürzt. Und wie groß ist die Chance, dass man einen zweiten Absturz überlebt?«

»Habt ihr eine andere Wahl?«

Con schaute Max an. Dann das Flugzeug.

»Fliegen ist einfacher, als ihr meint«, sagte der Abenteurer.

Max stöhnte auf und wand sich in Lilas Armen.

»Es gibt genug Sprit für einen kurzen Übungsflug und den Flug zum Krankenhaus. Wer möchte der Pilot sein? Lila? Du hast den Vortritt, denn Max ist dein Bruder.«

»Das kann ich nicht«, erwiderte Lila, die Augen voller Tränen. »Ich würde ja gern. Aber in großer Höhe schnürt es mir immer die Brust zu.«

»Con?«, fragte der Abenteurer. »Fred?«

»Nur über meine Leiche!«, erklärte Con. »Ich würde uns alle umbringen.«

Der Abenteurer sah Fred an. Fred betrachtete das Flugzeug. In seinem Inneren glühte Hoffnung und gleichzeitig erfüllte ihn eisige Angst. Seine Finger begannen zu zittern. In seinen Ohren sauste es.

»Ich kann das nicht«, sagte er.

»Und warum nicht?«, fragte der Abenteurer. »Autofahren ist vor allem wegen der anderen Autofahrer gefährlich. Aber es wird hier keine anderen Flugzeuge geben.«

»Nach einem einzigen Übungsflug?«

»Du musst halt schnell lernen.«

»Und wenn ich abstürze?«, fragte Fred.

»Tja, das solltest du vermeiden«, erwiderte der Abenteurer.

»Aber …«

»Wenn ich dich richtig verstehe, hast du nicht Nein gesagt. Du hast nur erklärt es nicht zu *können.* Und ich sage: Du kannst es.«

»Fred«, sagte Lila und sah ihm in die Augen. Fred hatte

noch nie einen Menschen erlebt, der so verängstigt und so tapfer zugleich wirkte.

»Na, schön«, sagte Fred. »Ich versuche es.«

»Gut so«, sagte der Abenteurer. »Lila und ich kümmern uns jetzt um Max. In einer Stunde bin ich zurück. Dann musst du hier bereitstehen.« Der Abenteurer wollte Max nehmen, aber Lila drückte ihn noch fester gegen ihre Brust.

»Ich begleite euch«, sagte Con. »Vielleicht kann ich helfen. Ich sorge auch immer für meine Großtante, wenn sie krank ist.«

»Du solltest die Zeit nutzen«, sagte der Abenteurer zu Fred. »Am besten, du setzt dich schon mal auf den Pilotensitz, um ein Gefühl für die Kontrollanzeigen zu bekommen. Aber nicht auf den schwarzen Knopf drücken – das ist der Anlasser. Ich kann dir nicht empfehlen mit dem Ding durch die Wand zu brettern.«

Dann gingen sie und ließen Fred in dem großen Gewölbe mit dem Flugzeug allein.

DER GRÜNE HIMMEL

Eine Stunde später half Fred dem Abenteurer, den Rankenvorhang so weit zu kappen und abzureißen, dass sie das Flugzeug aus dem Gewölbe auf den Platz der Ruinenstadt schieben konnten.

Fred kletterte wieder auf den Vordersitz des Flugzeugs und schaute durch die Windschutzscheibe. Aus Löchern im schwarzen Ledersitz quoll die Füllung, aber davon abgesehen war die Pilotenkanzel blitzsauber.

»Wie geht es Max?«, fragte er.

»Er schläft. Lila kühlt seine Stirn mit Regenwasser.«

»Wird er gesund?«

Der Abenteurer zog ein ernstes Gesicht. »Wenn du ihn bald zum Krankenhaus in Manaus fliegst, hat er gute Chancen.«

»Und wenn …«, begann Fred, verstummte dann aber.

»Wenn nicht, sieht es schlecht aus«, erwiderte der Abenteurer knapp. Auf seinem Kiefer straffte sich ein Muskel.

Fred hatte ein schlechtes Gewissen, weil er im Flugzeug saß, während Max auf der anderen Seite des Platzes um jeden Atemzug kämpfte. Der Abenteurer schien bemerkt zu haben, dass Fred zitternd und wie erstarrt dasaß, denn er klang plötzlich milder.

»So schnell stirbt er nicht«, sagte er. »Aber er braucht einen Arzt. Also konzentriere dich.«

Fred biss sich auf die Zunge und ballte die Fäuste. Er schaute auf die Anzeigen, die nebeneinander angebracht waren, und auf den Steuerknüppel zwischen seinen Beinen. Alles glänzte – es gab weder Staub noch Moos.

»Ich putze den Motor täglich, damit er nicht rostet. Und ich lasse ihn ab und zu laufen, um zu überprüfen, ob er noch funktioniert. Man muss pflegen, was man liebt, andernfalls hat man es nicht verdient, etwas zu lieben«, sagte der Abenteurer, schwang zuerst sein gutes und danach sein schlechtes Bein auf den hinteren Sitz.

»Ich glaube, wir haben den Motor gehört«, sagte Fred. »Zwei Mal. Wir haben geglaubt, es wäre ein Tier, ein Jaguar oder ein Bär. Oder ein brüllender Mensch.«

»Nicht ganz unwahrscheinlich. In dieser Region leben so einige Jaguare.«

»Aber warum haben Sie das Flugzeug versteckt?«

»Aus vielen Gründen. Unter anderem deshalb, weil es leicht zu identifizieren ist. Jeder weiß, dass es dem Mann gehört, der ich früher war. Deshalb muss ich dich bitten es nach der Landung in Brand zu setzen, falls das nicht von selbst passiert.«

Fred fuhr herum und sah ihn verblüfft an. »In Brand setzen?«

Doch der Abenteurer erklärte ihm schon die Anzeigen. »Du musst dir Folgendes merken: Das ist der Tachometer und das der Höhenanzeiger. Und das schmale Fenster zeigt an, ob du gerade fliegst. Die Blase darin muss immer in der Mitte sein.«

Fred wiederholte die Worte leise und versuchte sie sich einzuprägen. »Fluggeschwindigkeit, Flughöhe, Lage.«

»Die Pedale neigen das Flugzeug nach links und rechts.«

Fred setzte seine Füße darauf. Sie waren viel kleiner als die Pedale im Ford seines Vaters. Er betätigte sie probehalber. Dabei bewegten sich zwei Drähte, die innen im Flugzeug verliefen.

»Mit dem Steuerknüppel …« – der Abenteurer griff nach dem vor dem hinteren Sitz und schüttelte ihn – »… kannst du nach oben und unten, nach links und nach rechts lenken.«

Fred griff nach dem Knüppel. Er war schwarz, hatte oben einen roten Knopf und ließ sich leicht bewegen.

»Ich habe hier auch einen, kann also jederzeit eingreifen. Die Kurbel, die aussieht wie ein Fensterheber, kontrolliert die Spritzufuhr und damit die Geschwindigkeit. Das ist schon fast alles. Siehst du den Knopf, den du nicht drücken solltest – den schwarzen auf der rechten Seite?«

Es war genau genommen kein Knopf, sondern ein länglicher Hebel, der an die Kappe eines Füllfederhalters erinnerte.

»Ja.«

»Drücken!«

Fred drückte. Seine Hände zitterten. Nichts tat sich.

»Noch einmal«, sagte der Abenteurer.

Fred drückte kräftiger.

Der Motor stöhnte und hustete, dann sprang er dröhnend an. Das Flugzeug bebte. Fred spürte die Vibrationen. Seine Haut prickelte wie verrückt.

»Hörst du? Das ist das Geräusch erwachenden Lebens!«, sagte der Abenteurer und seine Augen glitzerten feurig.

Fred flüsterte halblaut: »Oh, Hilfe.«

»Also – das Abheben ist einfach. Du lenkst das Flugzeug in die gewünschte Richtung – zur Lücke im Laubdach –, dann gibst du Gas, ziehst den Steuerknüppel zurück und hebst ab.«

Fred stockte der Atem. »Und alles andere?« Er wies auf die Anzeigen.

»Das erkläre ich dir, wenn wir in der Luft sind. Wir müssen brüllen, denn wenn es windig ist, wird es laut, und die Sprechanlage ist eines der wenigen Dinge, die ich nicht reparieren konnte. Zum Glück brauchen wir keinen Kontakt zu einem Kontrollturm. Und nun – Feuer frei!«

Freds Körper schien bleischwer und wie erstarrt. Er musste seine Füße zwingen sich zu bewegen, dann trat er auf das linke Pedal, um das Flugzeug auf die improvisierte Startbahn zu lenken.

»Jetzt Gas geben«, rief der Abenteurer in den Motorenlärm.

»Und wie?«, brüllte Fred.

»Die Kurbel drehen! Links von dir!«

Das Flugzeug wurde schneller, die Räder rumpelten über die uralten Steinplatten.

»Knüppel zurückziehen! Zurückziehen!«

Fred riss mit aller Kraft am Steuerknüppel. Er spürte, wie sich die Nase des Flugzeugs hob und wie sich die Vorderräder vom Boden lösten. Sein Magen verkrampfte sich und dann sausten sie direkt auf das Laubdach zu. Der Himmel über ihnen war kreuz und quer von Grün durchzogen.

Fred schrie vor Angst auf, aber der Abenteurer zog seinen eigenen Steuerknüppel zurück und das Flugzeugheck entwischte den Urwaldbäumen.

»Wäre nicht verkehrt, wenn du die Augen öffnest«, sagte der Abenteurer. »Dann fliegt es sich leichter.«

Fred öffnete die Augen. Sie waren in der Luft.

»Woher wussten Sie, dass ich sie zugekniffen habe?«

»Ging mir bei meinem ersten Flug genauso«, antwortete der Abenteurer, dessen Stimme immer noch etwas rauschhaft klang. »Du fliegst.«

Fred schaute nach unten. Der Urwald war eine unendliche grüne Fläche: Ein gigantischer Perserteppich, wie für einen Gott gemacht. Sein Herz dröhnte lauter als der Wind in seinen Ohren.

Der Abenteurer beugte sich vor und rief ihm ins Ohr: »Lenk mit dem Steuerknüppel nach links. Du musst ein Gefühl für die Kontrollanzeigen bekommen.«

Fred betätigte zaghaft den Knüppel.

»Weiter! Du kannst ruhig zur Seite abschwenken, ohne

das Flugzeug ganz umkippen zu lassen. Du musst ein Gefühl dafür bekommen, dass du auch Risiken eingehen kannst.«

Also zog Fred den Steuerknüppel scharf nach links. Der Flügel sackte ab und das Flugzeug ging in die Kurve. Fred hatte das Gefühl, dass auch sein Magen eine Kurve beschrieb.

»Nicht ganz so scharf in die Kurve gehen!«, schrie der Abenteurer.

Ein Vogel kam ihnen entgegen und das Flugzeug hielt direkt auf ihn zu. »Nicht mit Vögeln kollidieren!«, brüllte der Abenteurer. »Das ist schlecht für den Propeller!«

Fred riss am Steuerknüppel und das Flugzeug sauste rüttelnd in die Höhe.

»Und jetzt? Können Sie nicht steuern?« Fred klang etwas panisch.

»Auf keinen Fall! Steuerknüppel leicht nach vorn schieben!«, rief der Abenteurer.

Das Flugzeug kam wieder in die Waagerechte.

»Folg dem Nebenfluss bis zum großen Strom.«

Bevor Fred Luft holen konnte, überflogen sie Baumwipfel und einen riesigen Papageienschwarm. Und auf einmal lagen nur noch Luft und ein dünner Metallboden zwischen seinen Füßen und dem Amazonas.

»Oh, mein Gott«, murmelte Fred. Das Wasser unter ihm war von einem bläulichen Lila. Er sah den Schatten des Flugzeugs über die Oberfläche tanzen.

Der Abenteurer gab einen Laut von sich, der wie ein Knurren, ein heiseres Seufzen klang. »Mein Gott, wie herrlich. Das hatte ich vergessen.«

Der Fluss bot einen umwerfenden Anblick. Fred überlief es heiß und kalt.

»Man möchte am liebsten nie mehr landen, nicht wahr?«, sagte der Abenteurer. »Wenn Flugzeugen nicht irgendwann das Benzin ausgehen würde, wäre ich immer noch in der Luft. Näher kann man dem Gefühl nicht kommen, in einem Märchen zu leben. Hast du die Kontrollanzeigen im Blick? Gut, dann flieg mal durch die Wolke da.«

Fred krallte die Hand um den Steuerknüppel. »Lieber nicht«, sagte er.

»Du musst das üben. Es ist wichtig.«

»Können wir das nicht verschieben?«

»Nein! Höher! Noch höher!«

Fred zog den Knüppel zurück und lenkte das Flugzeug in die Wolke. Die Luft wurde plötzlich bitterkalt und feucht, und die Welt, die gerade noch in allen Details unter ihm gelegen hatte, hörte auf zu existieren.

»Weitersteigen!«, sagte der Abenteurer. »Du sollst die Wolke oben wieder durchstoßen.«

Fred zog noch kräftiger am Steuerknüppel, bis die Nase des Flugzeugs steil nach oben zeigte. Sie stiegen immer weiter auf. Der Steuerknüppel vibrierte immer stärker. Fred packte fester zu, damit er aufhörte zu zittern.

Der Abenteurer beugte sich nach vorn. »Nicht so verkrampft, Fred! Ich habe zwar gesagt, dass du mit dem Steuerknüppel nicht zimperlich sein musst, aber du hältst ihn wie ein Steakmesser. Die Fingerspitzen reichen. Das Vibrieren des Steuerknüppels zeigt dir, wie stark der Wind ist.«

Fred lockerte seinen Griff. Er spürte in den Fingerspitzen, wie das Flugzeug brummte.

»Schon besser!«, sagte der Abenteurer. Der Wind ließ nach und das Dröhnen in Freds Ohren flaute ab.

Er schaute auf die grüne Welt hinab. »Sollten wir nicht zu Max zurückkehren?«, fragte er.

»Der Junge schwebt noch nicht in Lebensgefahr«, sagte der Abenteurer scharf. »Ich wäre nicht in der Luft, wenn ich auf dem Boden irgendetwas für ihn tun könnte.«

»Entschuldigung«, sagte Fred.

»Er erinnert mich an meinen Sohn«, gestand der Abenteurer unvermittelt. »Diese Augenbrauen.«

Fred zögerte. »Und er ist … an Cholera gestorben?«

»Wie viele andere auch«, antwortete der Abenteurer. Er wollte unbeteiligt klingen, aber seine Stimme hörte sich gepresst an; Fred konnte ihn im Motorenlärm kaum verstehen. »Ich habe meinen goldenen Siegelring in seinen Sarg gelegt, damit jeder, der seine sterblichen Überreste findet, weiß, dass er mein Kind war und geliebt wurde. Ich habe mir einen neuen Ring gemacht.«

Das Flugzeug erbebte. Fred wusste nicht, ob es am Wind oder an dem Mann hinter ihm lag. »Wenn Erwachsene behaupten, man verstehe alles besser, wenn man älter sei, dann lügen sie. Manche Dinge versteht man nie, glaube ich.«

»Das tut mir leid«, erwiderte Fred etwas lahm.

»Jetzt nach links fliegen. Die Regierung hat sich damals kaum um die Eingeborenen gekümmert. Aber ich wollte, dass der Tod meines Sohnes etwas bewirkt. Ich habe Vorräte von Pflanzen, Wurzeln und Pilzen angelegt.« Der Abenteurer ließ die Flugzeugnase nach vorn kippen. »Mittel, die ihm vielleicht das Leben gerettet hätten. Der Urwald hat heilende Kräfte, man muss sie nur kennen. Ich habe jede Menge Medikamente und Kräuter und weiß, wofür sie gut sind. Oder dachtest du, dass ich nur Cachaça trinke und mir ab und zu die Zähne putze?«

»Nein«, sagte Fred. »Das habe ich nie gedacht.«

Der Abenteurer senkte die Stimme noch weiter. Fred musste die Ohren spitzen, um ihn hören zu können. »Ich hätte ihm frohen Herzens alles geopfert – sogar mein Leben, auch wenn das ziemlich platt klingt. Ich hätte den ganzen Regenwald abgebrannt, um ihn noch eine Minute bei mir zu haben. Als ihr über den Hang in die Ruinenstadt gepurzelt seid, hätte ich eure vier Leben gegen seines eingetauscht, ohne mit der Wimper zu zucken. Ich hätte euch mitleidlos beim Sterben zugeschaut, wenn ich ihn im Gegenzug noch einmal in den Armen hätte halten können.«

Der Abenteurer steuerte ruckartig zur Seite und Fred krallte sich am Sitz fest. »Aber das war einmal. Ich hatte befürchtet, meine Gefühle wären für alle Zeit … verbraucht. Aber wie sich zeigt, hat das Herz seine eigene Tankstelle, sein eigenes Kraftwerk. Es erneuert sich und deshalb kann man seine Kraft immer wieder vergeuden.« Der Abenteurer flog noch eine scharfe Linkskurve und begann dann tiefer zu gehen.

»Ich steuere jetzt die Ruinenstadt an. Aber du landest die Maschine.«

Fred fluchte halblaut. Das Landen war sicher das Schlimmste am Fliegen – denn wenn man es vermasselte, wurde man in klitzekleinen Einzelteilen auf der ganzen Welt verteilt.

»Ich tue jetzt mal so, als hätte ich deinen Fluch nicht gehört«, sagte der Abenteurer. »Ich fliege durch die Lücke im Laubdach und du landest die Maschine. Man muss mit den Vorderrädern und dem Hinterrad zugleich aufsetzen. Wenn das nicht möglich ist, dann mit den Vorderrädern zuerst, weil das hintere Rad nicht besonders stabil ist.«

Fred zog den Hemdkragen mit der freien Hand hoch und biss fest darauf. Das half ihm dabei, eine ruhige Hand zu bewahren, obwohl der Stoff nach Honig und Matsch und totem Vogel schmeckte.

Der Abenteurer steuerte das Flugzeug durch die Lücke im Laubdach. Fred drehte sich zu ihm um. Der Mann wirkte hoch konzentriert, schien förmlich zu glühen. Sie rauschten durch die Blätter.

»Jetzt übernimmst du!«, rief der Abenteurer.

Fred hielt auf den Platz und die Skulptur des Jaguars zu. Während des rüttelnden Sinkflugs musste Fred an Max denken, der irgendwo dort unten lag, und er versuchte das Flugzeug nicht gerade neben dem kranken Jungen zu landen.

Die Vorderräder berührten den Boden und prallten gleich wieder ab. Die Wucht riss Fred nach vorn und er knallte mit dem Kopf gegen das Armaturenbrett. Der Abenteurer griff ein; er wendete das Flugzeug, gab Gas und flog zurück durch die Lücke im Laubdach. Fred war kurz orientierungslos und schüttelte sich. Sie waren wieder hoch in der Luft.

»Gar nicht übel!«, rief der Abenteurer.

»Wie bitte? Das war schrecklich! Ich hätte uns fast umgebracht«, rief Fred.

»Nein, für einen ersten Versuch war das nicht schlecht. Man möchte den Steuerknüppel unwillkürlich so weit durchdrücken, dass die Nase des Flugzeugs schon den Boden berührt.« Der Abenteurer klang gelassen. »Aber stattdessen musst du den Knüppel kurz vor der Landung ein kleines bisschen zurückziehen. Das kannst du später am Boden üben. Deine Hand muss das wie von selbst machen. Ich fliege jetzt einen Bogen und dann versuchst du es noch einmal.«

Als sie sich dieses Mal dem Boden näherten, zog Fred das Flugzeug leicht nach oben. Er hielt den Steuerknüppel mit ruhiger Hand. Weil die Nase des Flugzeugs nach oben zeigte, konnte er den Boden nur sehen, wenn er sich zur Seite neigte. Sein Herz hämmerte wie wild.

Das Flugzeug setzte auf, prallte leicht ab, setzte noch einmal auf und raste dann über den Platz auf die Mauer zu, die sehr schnell näher zu kommen schien.

»Langsam abbremsen! Gut!« Der Abenteurer griff nach vorn, legte den Gashebel um und übernahm die Kontrolle. »Gut.« Das Flugzeug kam zum Halten.

Freds Gesicht war schweißüberströmt und er krallte die Hände um die Knie. Ein verrücktes Gefühl, dachte er. Mit nichts anderem auf der Welt zu vergleichen. Er fühlte sich sehr wackelig.

»Was für ein Fluch war das vorhin eigentlich?«, fragte der Abenteurer streng.

»Entschuldigung«, sagte Fred.

»Woher hast du das Wort überhaupt?«

»Aus der Schule.«

»Piloten fluchen nie. Denn das erweckt den Eindruck, sie hätten Angst. Bitte vergiss das nicht und sieh zu, dass du nie wieder in meiner Gegenwart fluchst.«

»Entschuldigung«, wiederholte Fred. Aber es war schwer, Reue zu empfinden, denn das Dröhnen in den Ohren und das brodelnde Adrenalin in seinem Blut waren stärker als alles andere.

»Trotzdem gut gemacht. Auf diese Landung kannst du stolz sein.«

Fred schüttelte den Kopf. »Das Flugzeug ist gehüpft.«

»Aber du hast es am Ende sicher auf den Boden gebracht. Und nur das zählt.«

WARTEN AUF DIE DÄMMERUNG

Max warf sich stöhnend hin und her. Sein Kopf lag in Lilas Schoß und Baca saß auf seinem Bauch. Lilas Augen waren gerötet, und sie hatte sich so oft auf die Lippe gebissen, dass diese blutete.

Als das Abendlicht einen bläulichen Ton annahm, spürte Fred, wie angespannt er war, denn der im Feuerschein liegende Max wirkte so zart, als könnte ihn das leiseste Rütteln des Flugzeugs umbringen. Er saß da und zählte die Atemzüge von Max, bis er es nicht mehr ertrug. Dann machte er sich auf die Suche nach dem Abenteurer.

Der beugte sich gerade über den Flugzeugmotor, in der Hand eine brennende Fackel, um besser sehen zu können.

»Ihr müsst morgen so früh wie möglich starten«, sagte der Abenteurer. »Max ist noch bei Bewusstsein, aber das Fieber ist schon deutlich gestiegen. Ihr folgt dem Fluss in Richtung Nordosten.«

»Wo ist Nordosten?« Fred zwang sich, nicht weiter nervös an den Stichen auf seinem Arm zu kratzen.

»Das Flugzeug hat einen Kompass. Con wird dich dirigieren, sie hat einen guten Orientierungssinn. Der Fluss führt euch nach Manaus. Die Stadt liegt direkt am Wasser. Ihr könnt sie gar nicht verfehlen – dort gibt es ein großes, rosa gestrichenes Opernhaus mit einer Glaskuppel. Die Kuppel reflektiert die Sonne, man sieht sie also schon von Weitem.

Sollte euch das Benzin ausgehen, bevor ihr die Stadt erreicht – und das wird vermutlich so sein –, dann müsst ihr über Land fliegen, bis ihr eine Möglichkeit zum Landen findet. Irgendwann kommen Rinderfarmen und Felder. Du landest auf einem möglichst ebenen Feld. Und nicht vergessen: mit den Vorderrädern zuerst.«

»Vorderräder zuerst.«

»Die anderen müssen sich auf den Rücksitz ducken und die Hände hinter dem Nacken verschränken.«

»Und wenn ich das vergesse? Wenn ich panisch werde?«

»Das halte ich für sehr unwahrscheinlich.«

»Und wenn doch?«

»Das wird nicht passieren. Ich mag ein Exzentriker sein, Fred, aber ich bin nicht verrückt.« Er sah Fred an; es war die Art von Blick, die durch den Brustkorb bis in das Herz drang. »Ich würde dich nicht fliegen lassen, wenn ich nicht hundertprozentig überzeugt wäre, dass du es schaffst.«

Fred fuchtelte nervös mit den Händen. »Können Sie uns denn wirklich nicht begleiten? Ich meine … Sie können mit Ihrem Bein ja auch auf Bäume klettern.«

»Frecher Rotzlöffel«, entgegnete der Abenteurer. Er zog einen Bolzen des Motors an. Sein Schraubenschlüssel bestand aus Knochen. »Nein. Ihr passt nicht alle auf den Rücksitz.«

»Wir könnten zweimal fliegen!«

»Das Benzin reicht nur für einen Flug. Nur für den Hinflug. Und das Flugzeug wäre mit fünf Passagieren so schwer, dass es gar nicht abheben könnte – ich müsste einen von euch hierlassen.«

»Ich könnte bleiben. Mit Ihnen!«, sagte Fred, fragte sich aber zugleich, ob es ihm wirklich ernst war.

»Nein, Fred. Zu Hause gibt es Menschen, die dich brauchen.«

»Erwachsene brauchen keine Kinder.«

»Oh, doch!« Der Abenteurer schaute so finster drein, dass Fred einen Schritt zurückwich.

»Sie haben selbst gesagt, Kinder seien bloß halb gare Erwachsene.«

»Ja, ich weiß. Ich hatte manches vergessen, was ich nie hätte vergessen dürfen. Vertrau mir. Dein Vater braucht dich mehr, als du glaubst.«

Fred erwiderte nichts. Er sah nur das Flugzeug an und stand reglos da.

»Hör mir zu, Fred. Selbst wenn ich Max und euch fliegen könnte, hieße das, dass ich nie mehr hierher zurückkehren würde. Man würde mich und mein Flugzeug erkennen. Dann gäbe es unendlich viele Fragen und Interviews und Zeitungsartikel.«

»Warum sollte es Interviews geben? Weil Sie … weil Sie

Percy Fawcett sind? Oder John Franklin? Oder Christopher Maclaren? Sind Sie einer von ihnen? Einer der spurlos verschwundenen Entdeckungsreisenden? Das sind Sie doch, oder?«

»John Franklin wäre über hundertfünfzig Jahre alt, wenn er noch lebte«, sagte der Abenteurer freundlich. »Das ist nicht gerade schmeichelhaft für mich, Fred.«

»Aber Sie müssen einer von ihnen sein!«

»Ich habe doch schon gesagt, dass ich keinen Namen mehr brauche, weil ich schon so lange hier bin.«

»Sie sind ein Feigling! Sie haben Angst, von hier fortzugehen.«

»Ja, ich gehe nicht von hier fort. Das ist die Wahl, die ich getroffen habe, Fred.«

Fred zog ein Gesicht.

»Ich weiß. Aber hier bin ich am glücklichsten, glaub mir.«

Fred wurde von einer unerwarteten Wut erfüllt. Er verkniff sich die unverzeihlichen Worte, die ihm auf der Zunge lagen. »So glücklich wirken Sie nun auch wieder nicht«, murmelte er bloß.

»Das Wort ›glücklich‹ ist eigenartig. Es ist eines der wenigen Wörter, die mich traurig stimmen. Ich hätte sagen sollen: Hier fühle ich mich am stärksten im Einklang mit mir selbst.«

»Das ist doch verrückt!« Fred merkte, dass er glühte. Er spürte seinen Zorn am ganzen Körper, sogar bis in den Gaumen.

»Warum bist du so wütend, Fred?«

»Ich bin nicht wütend.« Fred starrte den Abenteurer an. »Ich habe bloß Angst, okay?«

»Das ist verständlich. Aber du hattest die ganze Zeit Angst und hast trotzdem weitergemacht.«

»Das war anders.«

»Wieso?«

»Weil wir alles gemeinsam gemacht haben. Das Floß bauen, etwas zu essen beschaffen, alles.«

»Aber nur einer von euch kann fliegen. Warum nicht du?«

»Wenn ich Mist baue«, er sagte nicht, *wenn wir sterben*, aber die Worte lagen auch so in der Luft, »wäre es ganz allein meine Schuld. Das ist viel schlimmer als alles davor.«

»Dann musst du beschließen das anzupacken, was dir Angst macht. Ich glaube, du kannst das. Ich glaube sogar, du bist dafür geschaffen, Dinge in Angriff zu nehmen, die dich ängstigen. Die Angst ist wie ein Jaguar. Und Menschen sind stärker als Jaguare. Du musst die Angst mit Klauen und Zähnen bekämpfen. Und nicht aufhören, wenn du selbst erschöpft bist. Sondern erst, wenn der Jaguar erschöpft ist.«

Fred nickte. Dann fragte er vorsichtshalber: »Meinen Sie das metaphorisch oder ...«

»Ja, metaphorisch. Manchmal gilt es allerdings auch buchstäblich, etwa im Fall meines Beines.«

Hinter ihnen hustete jemand.

»Darf ich etwas mit Ihnen besprechen?«, fragte Con.

Der Abenteurer beugte sich über die Ölwanne. »Ja, sicher«, sagte er. »Was hast du auf dem Herzen?«

Con warf Fred einen Blick zu. »Unter vier Augen.«

Der Abenteurer drehte sich nicht um, schickte Fred aber mit einer ruckartigen Kopfbewegung fort.

Fred sah Con verärgert an, dann ging er. Er hatte den Platz halb überquert, da hörte er sie sprechen. Sie versuchte zu flüstern, aber ihre Stimme drang trotzdem durch die Nachtluft bis zu ihm.

»Ich gehe nicht fort von hier.«

Fred drehte sich verblüfft um. Der Abenteurer überprüfte weiter methodisch den Motor. Fred versteckte sich hinter einem Baum.

»Ich bleibe bei Ihnen«, sagte Con. »Ich habe meine Entscheidung getroffen. Max muss in ein Krankenhaus, aber ich nicht.«

»Nein, ich fürchte, du bleibst nicht«, sagte der Abenteurer und justierte sorgfältig eine Schraube.

»Ich würde Sie auch nicht stören. Ich habe Proviant gehortet und ich esse auch Spinnen.«

»Ja, ich weiß. Und deine Miene hat dich schon vor Stunden verraten. Als würde in der Bank von England der Alarm losgehen. Dein Gesicht ist eine Sirene. Tut mir leid, Mädchen. Aber du steigst in das Flugzeug.«

»Das kann ich nicht! Ich kann einfach nicht!«

»Ich weiß«, sagte der Abenteurer sehr gütig. »Aber du musst.«

»Hier bin ich besser aufgehoben. Zu Hause wünsche ich manchen Menschen den Tod an den Hals.«

Der Abenteurer nickte stumm. Er wartete.

»Sie verstehen das nicht!«, sagte Con. »Ich wünsche mir

das mit aller Macht. Manchmal so sehr, dass mir schlecht wird.«

Der Abenteurer nickte noch einmal. »Ja, so ist das manchmal mit dem menschlichen Herzen, Con. Es kann beißen. Aber lass dich davon nicht beirren. Das geht vorüber.«

»Woher wollen Sie das wissen?«

»Zwischen zehn und sechzehn habe ich mir ständig gewünscht, die Hälfte meiner Klasse und die meisten meiner Lehrer wären tot, aber sie blieben alle frustrierend lebendig. Niemandem ist etwas Schlimmes passiert. Einer ist nach Belgien gezogen, aber das war schon alles.«

»Ich muss aber bleiben!« Con hatte ein rotes Gesicht. »Hier ist das Leben viel sinnvoller.«

»Verstehe. Andererseits hatte ich immer den Eindruck, dass du dich im Urwald viel unwohler fühlst als deine Freunde.«

»Man darf doch wohl seine Meinung ändern!« Con wurde immer roter – an den Ohren, am Hals und am Kopf. »Ich finde es toll hier. Ich habe mich noch nirgends so wohlgefühlt! Zu Hause muss ich immer stillsitzen und darf nichts anfassen. Alles ist abgedeckt, damit ich auch ja nichts schmutzig mache. Manches ist sogar doppelt abgedeckt! Ich darf kein bisschen ich selbst sein.«

»Ja, das kenne ich«, erwiderte der Abenteurer.

»Wenn ich hier schreien will, kann ich das tun. Wenn ich mit den Fingern essen oder auf einen Baum klettern will, hält mich niemand davon ab. Ich kann schlafen, wann ich will, und ich kann jederzeit *rennen.*« Bei den letzten Worten schaute sie so trotzig drein, als würde sie eine Sünde beichten.

Der Abenteurer schien sich ein Lächeln zu verkneifen. »Um all das tun zu können, musst du nicht unbedingt im Dschungel sein. Das hat mehr mit dir zu tun als mit dem Urwald. Du musst nur die Welt zu Hause genauso aufmerksam wahrnehmen, wie du es hier tust. Dann wirst du dich irgendwann nicht mehr so fremd in ihr fühlen. Liebe und Aufmerksamkeit sind so eng miteinander verknüpft, dass man sie kaum unterscheiden kann.«

»Bitte«, flehte Con.

Er seufzte. »Du musst heimkehren, weil ich nicht will, dass die Leute, die nach dir suchen, auf diesen Ort stoßen. Ich lasse nicht zu, dass man diesen Ort entdeckt.«

Er hockte sich hin, um Con in die Augen schauen zu können. »Eines musst du wissen. Dies ist dein erstes, aber nicht dein letztes Abenteuer. Es wird nicht einfach sein. Denn du musst ehrlich bleiben und dem Drang widerstehen, deine Wut und deine Angst herunterzuspielen. Du gehörst nicht zu den Menschen, die es im Leben leicht haben. Weißt du, was ein Löwenherz ist?«

»Nein, nicht so richtig«, sagte sie heftig blinzelnd.

»Die Leute glauben, es würde Tapferkeit meinen. Stimmt, aber es bedeutet auch, dass man ein Herz mit Klauen hat. Ein solches Herz hast du. Con Löwenherz.«

Fred trat in ihr Blickfeld. Er hustete laut. Con wirbelte herum und starrte ihn tief beschämt an.

»Ich dachte, du wärst gegangen«, sagte sie. »Ich hätte nie

geglaubt, dass du jemand bist, der heimlich lauscht.« Sie marschierte davon.

Fred lief ihr nach. Er wusste nicht genau, ob das, was er vorhatte, eine gute Idee war. Es könnte auch nach hinten losgehen, dachte er.

»Con«, fragte er, »was machst du in den Ferien?«

»Da bin ich bei meiner Tante. Das weißt du doch«, antwortete sie biestig. Nach längerem Schweigen fragte sie: »Warum?«

»Na ja«, meinte Fred, »wir haben ein Gästezimmer, und mein Vater fordert mich ständig auf, öfter Freunde einzuladen.«

»Freunde?«, fragte Con, die vom Hals über die Wangen und bis zu den Ohren errötete.

»Ja, Freunde«, sagte Fred. »Was denn sonst?«

HEIMFLUG

Lila weckte Fred noch vor Sonnenaufgang. Das Licht war blaugrau und ihr Gesicht war hager. Sie sah nicht aus wie zwölf, sondern wie achtzig.

»Du musst dafür sorgen, dass er ins Krankenhaus kommt, Fred«, sagte sie, ergriff seinen Arm und grub ihre Fingernägel hinein, damit er auch richtig zuhörte. »Du hast keine andere Wahl.«

Fred konnte spüren, dass sie glühte – vor Hoffnung und Verzweiflung und Liebe. »Ja, ich weiß.«

Er hatte kaum Zeit, sich das Gesicht zu waschen, schon rief der Abenteurer nach ihnen.

»Beeilung!« Er stand mitten auf dem Platz der Ruinenstadt in einem Fleck Sonnenlicht, das die Schuppen seines Rings aufblitzen ließ. »Zeit zum Aufbruch.«

Sie versammelten sich vor dem Flugzeug wie damals auf dem Flugplatz. Fred hatte das Gefühl, dass es Jahre zurücklag. Jetzt sahen sie nicht mehr so sauber und ordentlich aus. Ihre Kleider waren versengt, voller Matsch, zerrissen und stanken nach Fisch. Gesicht und Hände waren zerkratzt und von Moskitos zerstochen. Sie waren etwas magerer, etwas schlaksiger, etwas zäher.

Lila hängte Baca mit zitternden Händen um den Hals des Abenteurers. »Er ist ein viel besserer Schal als Affen.« Ihre Augen glitzerten feucht, aber sie vergoss keine Träne. »Passen Sie gut auf ihn auf?«

»Was?«, sagte der Abenteurer verdutzt. »Nein, auf keinen Fall.«

»Bitte! Er ist noch zu klein, um allein klarzukommen. Er braucht …«

»Er braucht nicht mich. Sondern dich. Er gehört zu dir. Du hast ihn gerettet, du hast ihn gefüttert. Du brauchst ihn.«

»Aber meine Eltern …«

»Deine Eltern werden das verstehen. Sie werden einsehen, dass dies keine normalen Umstände sind.« Er gab ihr Baca zurück, als würde er ihr einen Orden verleihen. »Ihr gehört zusammen.«

Der Abenteurer hievte Max auf den Rücksitz. »Hast du es bequem?«

Max hatte die Augen geschlossen und atmete sehr flach. Seine Finger waren schon angeschwollen.

»Dauert nicht mehr lange, du kleine Kakofonie.« Er strich über Max' Kopf und wandte sich an Lila. »Er ist ein ziemlich lautstarkes Rätsel. Aber ich bin froh ihn kennengelernt zu haben. Sehr froh.«

»Er hat Sie geliebt«, sagte Lila. »*Liebt* Sie«, verbesserte sie sich und wurde ganz bleich.

Der Abenteurer schluckte, dann nickte er. Er machte eine Räuberleiter und half ihr in das Flugzeug. Dort hob sie Max auf ihren Schoß.

»Wenn ihr wieder zu Hause seid«, sagte der Abenteurer, der das glühende Gesicht von Max betrachtete, »dann erzählt allen, wie groß und wie grün die Welt ist. Sagt allen, dass die Schönheit der Welt Verpflichtungen mit sich bringt. Das muss man den Menschen immer wieder in Erinnerung rufen. Wenn man die Welt für klein und schäbig hält, lässt man sich eher gehen. Aber die Welt ist groß und wunderschön.

Und ihr vier dürft nie vergessen, dass ihr auf eurer Odyssee durch den Urwald sogar im Schlaf tapfer wart. Vergesst nicht, auch mal ein Risiko einzugehen. Man wird euren Mut mit stehenden Ovationen belohnen.«

Con schluckte. »Ich fürchte mich aber«, flüsterte sie.

Der Abenteurer nickte sachlich, staubig und vernarbt wie er war. »Du darfst dich fürchten. Aber sei trotzdem mutig.«

Er streckte Con eine Hand hin und sie ergriff sie wie eine Königin und stieg in das Flugzeug. Sie quetschte sich neben Lila auf den Rücksitz. Beide betteten Max auf ihre Oberschenkel.

Der Abenteurer sah Fred lange an. Dann wies er mit einer Kopfbewegung auf die Pilotenkanzel. Fred schwang sich in das Flugzeug.

»Lila, halt Max gut fest, ich schließe jetzt die Tür.« Der Abenteurer warf die gelbe Metalltür zu und schloss den Riegel. »Und noch eines! Vergesst nicht, euch täglich auf Maden zu untersuchen. In meiner Armbeuge hat sich mal eine ganze Kolonie eingenistet.«

Fred hatte die Geschichte schon fast wieder vergessen.

»Ja, genau. Ein schwerer Schlag für meine Eitelkeit.« Er wandte sich zum Gehen.

Fred riss die Augen weit auf. »Halt!«, rief er. »Ich glaube, ich weiß, wer Sie …«

Doch der Abenteurer verschwand schon im Urwald. Fred sah ihm nach.

Max stöhnte vor Schmerzen und Lila beugte sich über ihn. »Wir müssen los«, sagte sie.

Fred nickte. Er schüttelte sich und setzte die Füße auf die Pedale. Er sah ein letztes Mal zum Abenteurer.

»Bereit?«, rief er nach hinten.

»Bereit«, sagte Con, die ihre Zähne so fest zusammenbiss, dass Fred das Knirschen hörte, aber trotzdem ein Lächeln hinbekam.

»Bereit«, sagte Lila, die Max dichter zu sich heranzog und seinen Kopf schützend in die Arme schloss.

Fred warf einen Blick über die Schulter. Max lag still da und atmete flach. Con und Lila hielten sich so fest an den Händen, dass ihre Fingerknöchel weiß waren.

Fred drückte auf den Startknopf. Der Motor sprang knatternd an und brüllte dann auf wie ein Tier.

Fred gab Gas und lenkte die Schnauze des Flugzeugs geradewegs in Richtung Angst und in Richtung Zuhause.

EINE ANDERE ART DES ENTDECKENS

Sie landeten auf einer großen Viehweide, fast so lang und so grün wie der Amazonas-Urwald. Die Räder prallten auf den Boden, das Flugzeug tat einen Satz, dann rumste es wieder auf die Weide. Die Kühe brüllten vor Schrecken und ergriffen die Flucht. Die Vorderräder wackelten, das Hinterrad scherte kurz aus. Sie glaubten eine Sekunde, sich seitlich zu überschlagen, aber das Flugzeug erbebte bloß, der Motor heulte noch einmal auf und dann standen sie.

Die Kühe sollten sich nie von diesem Schrecken erholen.

Doch Fred wurde während seines ganzen Lebens von Dankbarkeit erfüllt, wenn er frisch gemähtes Gras roch.

Alles andere erlebten sie wie in einem Traum. Fred und Con setzten das Flugzeug in Brand, indem sie einen brennenden Zweig in den Motor warfen. Lila stand mit Max in den Armen in sicherer Entfernung. Sie saßen im Gras und schauten zu, wie die gelben Flügel brannten. Es dauerte nicht lange, da hatte das Feuer eine Menschenmenge angelockt. Zahlreiche Leute riefen in Sprachen durcheinander, die Fred nicht verstand, und Lila versuchte zu dolmetschen.

Dann ritten sie auf Pferden zu einer Familie, die eine Motorbarkasse besaß; Ärzte; die Bootsfahrt; Manaus. Ein Krankenhaus für Max. Telegramme, Telefonate. Ein Mann und eine Frau schlichen auf Zehenspitzen in ein Krankenhauszimmer und schlossen Max und Lila so fest in die Arme, dass den beiden die Luft wegblieb.

Danach ein gewaltiger Ozeandampfer mit einem prachtvollen Speisesaal und Steaks und Eiscreme und einem Klavier, auf dem Lila spielte, zögernd, aber wunderschön. Sie saß zwischen ihren Eltern, Baca um den Hals, während Con und Max zum Entsetzen der anderen Passagiere immer im Kreis durch den verspiegelten Ballsaal rannten.

Fred saß auf einem der mit Seide bespannten Stühle, die Beine vor die Brust gezogen, und sah ihnen zu. Er versuchte sich zu beherrschen, aber wenn er an seinen Vater dachte, bibberten seine Knie und Finger vor Hoffnung und Nervosität. »Genug jetzt«, sagte er zu sich selbst. »Genug jetzt. Es ist ein Wochentag. Er muss arbeiten. Er schickt die Haushälterin.«

Mit jedem Tag wurde die Luft kühler. Der Geruch des Meeres wandelte sich von Grün zu Blau. Und dann, noch bevor Fred seine Gedanken ordnen und das Grün des Amazonas aus seinem Herzen wischen konnte, steuerte der Dampfer den Pier an.

Dort wartete ein Spalier von Menschen. Sie hatten die

Fäuste geballt, in ihren Augen lagen Spannung und Sehnsucht. Fred hielt Ausschau nach einem vertrauten Gesicht.

Die Gangway wurde ausgelegt und Lila und Max schrien auf. Ihre Großmutter stand vor der Absperrung und reckte die Arme zum Schiff. Beide rannten über die Gangway in ihre Arme und wurden an die Brust gedrückt. Ihre Eltern folgten lachend. Die alte Frau hatte die gleichen spitzbübisch geschwungenen Augenbrauen wie Max.

»Con!«, rief jemand. Sie drehte sich um und strahlte plötzlich. Fred erblickte ihre Großtante, die hager und kerzengerade und zitternd vor Gefühlen dastand, während ihre Großnichte über die Gangway lief. Fred sah, wie Con von ihrer Tante am Handgelenk ergriffen wurde. Sie umschloss es mit beiden Händen, als wollte sie überprüfen, ob es wirklich die leibhaftige Con war.

Fred folgte mit einigem Abstand. Niemand rief seinen Namen.

Er stand im Tumult, der in der Zollabfertigung herrschte, und sah zum Dampfer. Er versuchte den Aufruhr der Enttäuschung in seiner Brust zu beruhigen.

Und da sah er seinen Vater, dessen Anzug ungewöhnlich zerknittert war und der mit fliegenden Mantelschößen auf ihn zurannte, Matrosen und Frauen mit raffinierten Hüten zur Seite stieß, schneller durch die Luft sauste als ein Flugzeug.

»Ich dachte schon, ich hätte dich verloren«, sagte er und drückte Fred so fest an seine Brust, dass dessen Rippen knackten. »Das hätte ich nicht ertragen. Niemals.«

Fred vergrub sein Gesicht tief im Mantel seines Vaters. Er dachte an den Mann, den sie zurückgelassen hatten und der jetzt wieder allein durch den Regenwald zog. Er hatte seine Stimme im Ohr: *Jeder Mensch auf Erden ist ein Abenteurer.*

Manchmal ist es ein Abenteuer, wenn man ins Unbekannte aufbricht. Manchmal ist es ein Wort für Heimkehr.

EPILOG: ZWÖLF JAHRE SPÄTER

Fred drückte die Tür des *Ritz* auf und eilte so schnell zum Frühstücksraum, wie es möglich war, ohne zu rennen. Er ignorierte das aufgeregte Tuscheln einer Gruppe von Jungen, die ihm durch das Foyer folgten.

Max sprang auf, als er Fred kommen sah, und stieß die Zuckerschale um. Er war auch groß geworden – so groß wie Fred – und sein Gesicht war nicht mehr kleinkindlich rund, aber seine Augenbrauen bogen sich an den Enden immer noch nach oben.

»Da bist du ja! Wir glaubten schon, du wärst noch auf einer Expedition!« Er begrüßte Fred mit einer schraubstockartigen Umarmung.

»Fred!« Lila war zu einer schönen Frau herangewachsen – so schön, dass Fred bei jeder Begegnung stets etwas scheu und beschämt war, bis sie ihn schließlich angrinste. Ihr schiefer Zahn, nun noch etwas schiefer, war ihr geblieben.

Sie drückte ihn fest an sich. »Wie war deine Reise? Alle Zeitungen haben darüber berichtet. ›Eine neue Art von Abenteurer‹, hieß es.«

Bevor Fred antworten konnte, ertönte hinter ihnen eine Stimme. »Ihr seid alle so schick«, sagte jemand. »Ihr hättet mir Bescheid sagen sollen – dann hätte ich meine Rüschenbluse angezogen.«

»Con!«, sagte Max.

Auf den ersten Blick sah Con immer noch so aus wie an jenem Morgen auf dem Flugplatz. Sie hatte immer noch ein spitzes Kinn und wirkte immer noch etwas ungelenk. Aber ihre blonden Locken waren genauso verschwunden wie ihre misstrauische Miene. Sie hatte jetzt einen Kurzhaarschnitt, trug eine Hose, die bis zur Taille reichte, und einen Filzhut, der ein wenig an einen Tropenhelm erinnerte.

Diesen Hut hatte sie im letzten Jahr von Fred zu Weihnachten bekommen. Freds Vater nannte das Zimmer im Obergeschoss immer noch »Cons Zimmer«.

Eine Kellnerin kam mit einem Arm voller Speisekarten näher.

»Danke«, sagte Con, »aber wir wissen schon seit einer Ewigkeit, was wir möchten.«

»Ein Stück von jedem Kuchen auf der Karte«, ergänzte Fred.

»Und viermal heiße Schokolade«, sagte Max grinsend. »Zu Ehren der Maden-Pfannkuchen.«

Nachdem die Kellnerin gegangen war, griff Lila unter den Tisch. »Ich habe jemanden mitgebracht. Er ist sehr, sehr alt.

Könnte sein, dass die Kellnerin etwas dagegen hat – könnt ihr eure Mäntel als Sichtschutz heben?« Sie hob ein graues Fellbündel aus dem neben ihr stehenden Flechtkorb. Das Bündel schlug wie in Zeitlupe die Augen auf.

»Baca!«, sagte Fred.

»Er ist ja riesig«, meinte Con.

»Er ist inzwischen ein höchst ehrwürdiger alter Herr«, sagte Lila. »Früher war er der Schrecken schlechthin.«

»Ein extrem langsamer Schrecken«, sagte Max.

»Er hat ständig versucht den Einband meiner Biologiebücher zu fressen.«

Sie ließen Baca von Arm zu Arm wandern. Sein Fell war nicht mehr so flauschig, und er bewegte sich steif, aber seine Augen glänzten schwarz und seine Schnauze wirkte noch immer neugierig. Er reckte langsam einen Arm und angelte nach einem Klumpen braunen Zuckers.

Dann zeigte Fred den anderen seine Handfläche. Das X war inzwischen sehr blass, aber immer noch erkennbar. »Ist es noch ein Geheimnis?«

Lila hob ihre Hand. »Immer noch ein Geheimnis.«

Max legte seine Hand auf die Tischdecke. »Aber klar.«

»Bis in alle Ewigkeit«, sagte Con.

Fred betrachtete ihre vier Handflächen; seine war noch von den Blasen und Verbrennungen der letzten Expedition gezeichnet, Lilas war von Tierkrallen zerkratzt und Cons mit Tinte bekleckert.

Max brach das Schweigen. »Ob er noch dort ist? Was meint ihr?«

»Ich weiß nicht«, antwortete Fred. »Aber das finde ich bald heraus. Sobald die Regenzeit vorbei ist, kehre ich zum Amazonas zurück. Dann versuche ich die Stadt wiederzufinden.«

»Aber nicht, um sie anderen Leuten zu zeigen, oder?«, fragte Con.

»Nein!«, erwiderte Fred. »Natürlich nicht. Ich möchte ihm nur sagen, dass wir überlebt haben. Er soll wissen, dass wir weiter die Welt erkunden.«

EINE NACHBEMERKUNG ZU ABENTEURERN

Der Abenteurer und die Ruinenstadt sind erfunden, haben aber wahre Vorbilder. Percy Fawcett, dem unser Abenteurer ähnelt, hat tatsächlich gelebt. Er war ein erstaunlich zäher Artillerieoffizier mit einem Schnurrbart, der für drei Männer gereicht hätte. Er suchte lange nach der Stadt Z, wie er sie nannte, ein Ort, an dem er eine Hochkultur und viel Gold vermutete.

1925 verschwand er mit zwei Begleitern, kurz nachdem sie den Oberlauf des Rio Xingu überquert hatten, einen rechten Nebenfluss des Amazonas. Man hat nie wieder etwas von ihm gehört.

Dutzende Abenteurer wie jener, den ich erfunden habe, begaben sich auf die Suche nach ihm. Manche kamen mit leeren Händen zurück; andere blieben verschollen.

Was der Abenteurer über die Urvölker erzählt hat, die durch den Kontakt mit Europäern stark dezimiert wurden, sei es durch Gewalt, sei es durch Krankheiten, gegen die sie keine Abwehrkräfte besaßen, stimmt leider auch. Im Jahr 1500, vor der Invasion durch die Europäer, ging die Zahl der Ureinwohner Brasiliens in die Millionen; heute gibt es nur noch 300 000. Und auch der Regenwald ist ernsthaft bedroht. Während der letzten fünfzig Jahre wurden 60 000 Quadratkilometer abgeholzt. Der Wald muss dringend geschützt werden.

Der Amazonas ist die erstaunlichste Region, die ich jemals gesehen habe. Vor meiner Reise glaubte ich zu wissen, was Schönheit ist, aber das erwies sich als Irrtum. Wenn ihr mehr darüber erfahren wollt, wie ihr zum Schutz des Regenwalds beitragen könnt, dann ist die Website von Greenpeace zum Thema Amazonas ein guter Anfang.

Die Regenwälder sind übrigens tatsächlich reich an Geschichte und Geheimnissen. Ein fünfzehnjähriger Schüler entdeckte 2016 mithilfe von Satellitenbildern und Sternenkarten etwas, das nach einer versunkenen Maya-Stadt aussah. Eine Untersuchung der Bilder deutete auf eine Pyramide und Dutzende von Gebäuden hin. Einige Archäologen vermuten in der Region weitere Maya-Siedlungen – deren Zahl vielleicht in die Hunderte geht.

Bei diesem Gedanken bekommt man eine Gänsehaut. Auf dieser Welt gibt es noch so vieles zu entdecken.

DANK

Im Falle dieses Buches habe ich so vielen Menschen zu danken, dass ich nur einige nennen kann.

Zuerst danke ich aus ganzem Herzen meiner Lektorin, Ellen Holgate, deren außergewöhnlich scharfer Blick nur von ihrer Großzügigkeit übertroffen wird. Ich danke allen bei Bloomsbury, vor allem Emma Bradshaw, der weltbesten Pressefrau.

Ich danke dem großartigen David Gale und allen anderen bei Simon & Schuster in Amerika. Und meiner super Agentin, Claire Wilson.

Ebenso meinem Bruder, der alle ersten Entwürfe liest und sich stets viel zu freundlich dazu äußert.

Und natürlich meinen Eltern, immer und ewig.

Außerdem meinen Freunden, vor allem Daisy Johnson, die schon eine frühe Version zusammen mit ihrer Klasse gelesen hat.

Der großen, übersprudelnden Gemeinschaft britischer KinderbuchautorInnen.

Tariq Shariff, der mich in Brasilien sicher zwischen den Kaimanen durchgelotst und mir gezeigt hat, wie man im Regenwald ganz sicher nicht umkommt.

Simon Murphy, der mich an den Amazonas begleitet und, den Kaimanen zum Trotz, doch noch ins Wasser gelockt hat und unendlich viel besser Piranha fischt als ich.

Und Charles Collier, der mir zu mehr Feuer geraten hat.

Katherine Rundell, geboren 1987, wuchs in London, Zimbabwe und Brüssel auf. Sie ist Fellow am *All Souls College* in Oxford. *Mitten im Dschungel* ist schon ihr viertes Buch bei Carlsen und wurde in England bereits vielfach ausgezeichnet.

Henning Ahrens, geb. 1964 in Peine, studierte Anglistik, Geschichte und Kunstgeschichte in Göttingen, London und Kiel. Neben seiner Übersetzertätigkeit hat er eigene Romane und diverse Gedichtbände veröffentlicht und wurde bereits mit vielen Preisen ausgezeichnet. Henning Ahrens lebt in Frankfurt.

Ein zeitloser Klassiker

Katherine Rundell
Feo und die Wölfe
240 Seiten
Gebunden
ISBN 978-3-551-55686-8

Feo und ihre Mutter leben in einer kleinen Hütte im Wald. Sie wildern Wölfe aus, die einst als Glücksbringer an die St. Petersburger Oberschicht verkauft worden waren, aber jetzt zu groß und wild geworden sind. Nun auf einmal sollen die Wölfe nicht bloß ausgewildert, sondern getötet werden. Doch Feos Mutter weigert sich und wird von General Rakow gefangen genommen. Feo kann in letzter Sekunde entkommen. Gemeinsam mit drei Wölfen, einem Wolfsjungen und einer bunt zusammengewürfelten Kindertruppe macht sie sich auf den Weg, um ihre Mutter zu retten und dem General die Stirn zu bieten.

www.carlsen.de

CARLSEN